KB235155

grotesque

그로테스크
미국 단편소설의 코드

초판 인쇄 2024. 9. 23.
초판 발행 2024. 9. 30.

지은이 한동원
펴낸이 지미정
편집 황현경, 문혜영
마케팅 박장희, 김예진

펴낸곳 미술문화 | 주소 경기도 고양시 일산동구 고양대로 1021번길 33, 402호
전화 02)335-2964 | 팩스 031)901-2965 | 홈페이지 www.misulmun.co.kr
등록번호 제2014-000189호 | 등록일 1994.3.30
인쇄 동화인쇄

ISBN 979-11-92768-28-1 (03800)

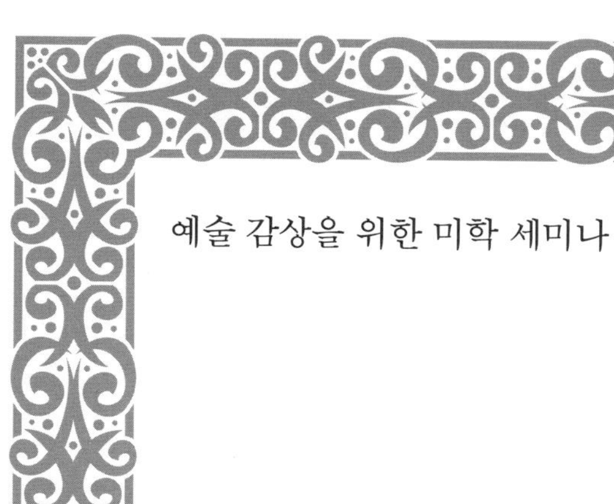

그로테스크
미국 단편소설의 코드

한동원

솔과학

일러두기

- 각 장에서 다루는 단편소설은 대부분 국내 번역본을 참고했으며 필요한 경우 표현을 일부 수정했습니다.
- 인명·작품명·지명은 국립국어원 외래어표기법을 따르되 일부 명칭은 일반적으로 널리 쓰이는 표기를 따랐습니다.
- 단행본·정기간행물은 《 》, 단편소설·시는 〈 〉를 사용했습니다.

서문

우리 시대에도 문학은 여전히 매혹적이다. 게임에 빠져 있거나, 유튜브에 중독되었거나, 시리즈에 심취되었다고 해도, 시와 소설에 감동받아 웃거나 울 수 있다고 믿는다. 어린 친구거나 지하철 노인이라 할지라도 두 시간 안에 20쪽 단편소설을 읽는다면 충분히 행복할 수 있다.

문학의 즐거움은 인간다움을 우려내는 미학이어서, 더불어 사는 사람에게 충분히 권할 만하며, 아직 고독한 당신이 익혀도 좋을 맛이라고 생각한다. 잠자는 사람을 깨우고, 잠 못 자는 사람은 유혹해서 짧은 소설을 강제로 읽게 해도 괜찮겠다고 생각했다.

미국 단편소설Short Story 열 편을 골랐다. 미국 사람들은 그들이 단편소설을 만들었고, 그것이 국민적 장르이고, 미국을 대표하는 예술 형식이라고 주장한다. 문학의 역사가 형편없이 짧은 나라의 허세가 넘치는 소리이지만, 그럼에도 미국이 21세기에 가장 많은 단편소설을 출판하고 소비하는 큰 시장임에는 틀림없다. 그래서 힘차고 싱싱한 작품 열 편이면, 즐거운 스파링 파트너로 손색없다고 생각한다.

단편소설은 장편소설에 비해서 짧고 간결하고 압축적이어서, 서사 테크닉이나 기법이 다른 장르보다 다양하고 찬란하다. (저명한 소설가가 테크닉의 문제로 단편을 쓰지 못하는 경우가 적지 않다. 그만큼 좋은 단편에는 요구 사항이 많다.) 우리는 스타일에 초점을 두고 열 편을 선택했고, 이들이 미국 단편소설의 캐논일 것을 의심하지 않는다.

우리의 이야기는 얼핏 교과서적인 형태를 갖는데, 이는 자유로운 놀이에 구속복을 입히는 것이어서 서운했지만, 다양한 님들을 함께 굴리기 위해서는 불가피했다.

첫 번째로 제법 긴 요약을 실었는데, 이것으로 작품을 대체하려는 의도는 전혀 없다. 등산 지도는 아무리 상세해도 산의 아름다움을 전할 수 없다. 특히 단편소설의 즐거움은 줄거리에 있는 것이 아니므로, 개별 스타일을 살리고자 했다. 그래서 요약이 불가능한 작품 몇은 원문 번역을 그대로 실을 수밖에 없었다.

두 번째 항목setup은 음식에서 전채(오르되브르) 같은 역할로 분석에 도움이 되는 자료를 제시한다. 배경 지식이나 미리 알고 있어야 하는 개념 또는 관련 작품들을 소개한다. 분석 욕구를 불러일으키려는 속셈이다. (소설이 당대의 사회, 역사적 현실을 알게 모르게 반영하고 있음을 보이려고 노력했다.)

세 번째 분석 항목은 작품의 구조와 몸매를 드러내는 작업이다. 전문가들의 논문을 많이 참조했지만 우리 이야기가 논술적으로 보이지 않도록 주의했다. 이 작업은 연구가 아니라 즐기기 위한 것임을 다시 분명히 하고 싶다. (인용과 출처는 최소한으로 줄였다.)

절정의 기쁨을 느끼고 싶은 부분은 네 번째의 해석이다. 우리는 우리 식으로 해석했고, 즐거움을 느꼈다. 작가의 원래 의도를 추측하기보다는 작품이 토하는 소리를 들으려 했다. 작품은 시대에 따라서 빛을 달리하고, 시선에 따라서 다르게 대답한다고 믿기 때문이다.

결국 우리의 밥상을 차렸다고 생각한다.

30년 묵은 미학 세미나의 과제는 영원히 꿈속에도 배달된다. 그래도 즐거웠던 미국 단편소설을 추려서 다시 내놓는다. 하나의 반찬이 식탁을 갑자기 풍성하게 만들 수 있는 것처럼, 공포스럽고 코믹한(그로테스크하다고 한다) 우리의 현실이 짜릿한 기쁨으로 흘러넘칠 것을 기대하기 때문이다. 물론 오류가 있다면 그건 이 글을 쓴 한동원의 것이다.

마지막 뒤처리는 예상보다 길었다. 그래도 기대보다 즐거웠다는 말을 듣고 싶다.

다음은 우리가 읽은 작품 목록이다.

1. 에드거 앨런 포, 김정민 옮김, 〈어셔 가家의 붕괴〉, 《포 단편집》, 지식을 만드는지식, 2015, pp.99-131
2. 샬롯 퍼킨스 길먼 외, 한기욱 외 옮김, 〈누런 벽지〉, 《필경사 바틀비》, 창비, 2010, pp.159-185
3. 셔우드 앤더슨, 김선형 옮김, 〈그로테스크의 서〉 & 〈손〉, 《와인즈버그, 오하이오》, 시공사, 2016, pp.11-25
4. Ernest Hemingway, "Hills Like White Elephants", *The Complete Short Stories of Ernest Hemingway*, the Finca vifia edition, 1998, pp.211-214
5. 윌리엄 포크너, 하창수 옮김, 〈에밀리에게 바치는 한 송이〉, 《윌리엄 포크너》, 현대문학, 2013, pp.7-22
6. 플래너리 오코너, 고정아 옮김, 〈좋은 사람은 드물다〉, 《플래너리 오코너》, 현대문학, 2014, pp.163-184
7. 조이스 캐럴 오츠, 이은선 옮김, 〈어디 가, 어디 있었어?〉, 《넌 네가 누

구라고 생각해?》, 창비, 2009, pp.28-59

8. Jamaica Kincaid, "Girl", *At the Bottom of the River*, Farrar, Straus and Giroux, 1983, pp.6-7

9. 팀 오브라이언, 이승학 옮김, 〈그들이 가지고 다닌 것들〉,《그들이 가지고 다닌 것들》, 섬과달, 2020, pp.15-43

10. 데이비드 포스터 월리스, 신지영 옮김, 〈굿 올드 네온〉,《오블리비언》, 알마, 2019, pp.247-320

(작가의 스타일을 강조하려고, 인용 시 번역문의 강조점을 바꾸기도 했다. 헤밍웨이와 킨케이드는 영문을 직접 번역했다.)

한동원은 문예창작학과와 철학과를 졸업했고, 헤겔 미학을 강의하고 고다르 논문도 썼다. 현재는 저술활동을 게으르게 하고 있다.

목차

서문   5

1. 〈어셔 가家의 붕괴〉 ─ 에드거 앨런 포   10

2. 〈누런 벽지〉 ─ 샬롯 퍼킨스 길먼   34

3. 《와인즈버그, 오하이오》 ─ 셔우드 앤더슨   62

4. 〈흰 코끼리 닮은 언덕들〉 ─ 어니스트 헤밍웨이   88

5. 〈에밀리에게 장미를〉 ─ 윌리엄 포크너   112

6. 〈좋은 사람은 찾기 어렵다〉 ─ 플래너리 오코너   132

7. 〈어디 가니, 어디 있었니?〉 ─ 조이스 캐럴 오츠   154

8. 〈소녀〉 ─ 자메이카 킨케이드   180

　사잇길: 《빌러비드》, 《재즈》   199

9. 〈그들이 가지고 다니는 것들〉 ─ 팀 오브라이언   206

10. 〈굿 올드 네온〉 ─ 데이비드 포스터 월리스   226

에필로그   251

세부목차   286

1

〈어셔 가家의 붕괴〉
— 에드거 앨런 포

The Fall of the House of Usher, 1839
– Edgar Allan Poe

에드거 앨런 포1809-1849는 19세기 초 미국 문학에서 가장 획기적이고 신기원을 이룬 작가이다. 작가이면서 문학 평론가이기도 했고, 시와 단편소설, 특히 미스터리와 섬뜩한 이야기로 가장 잘 알려져 있다. 그는 미국 낭만주의와 그로테스크 소설의 중심인물이다. 또 그는 미국 최초의 단편소설가 중 한 명이며, 탐정소설 장르의 창시자이자 공상과학 소설이라는 신흥 장르에도 크게 기여했다.

포는 19세기 단편소설의 가장 위대한 작가일 뿐만 아니라 문학 형식으로서의 단편소설에 대한 최초의 이론가이기도 하다. 그는 "단편소설은 의심의 여지없이 산문의 넓은 영역에서 가장 고상한 재능을 발휘할 수 있는 가장 공정한 분야"이며, 무엇보다도 앉은 자리에서 '한 번에' 읽을 수 있어 '효과와 인상의 통일성unity of effect and impression'을 달성하는 능력이 있다고 본다. 반면에 소설은 "총체성totality에서 파생될 수 있는 엄청난 힘을 스스로 박탈한다."

그는 글쓰기만으로 생계를 유지한 최초의 유명한 미국 작가이지만, 재정적으로 어려운 삶을 살았다. (우리는 미국 그로테스크 문학의 방향을 잡을 〈어셔가의 붕괴〉를 살핀다.)

요약

이름이 알려지지 않은 서술자가 친구 로더릭 어셔Roderick Usher의 집에 도착한다. 멀리 떨어져 살고 있었지만, 로더릭이 자신의 정신이상을 호소하며 도움을 요청하는 편지를 보냈기 때문이다(시간과 장소는 알려지지 않는다. 서술자는 배경을 정확히 소개하기보다는 자신의 첫인상을 먼저 말한다). "견딜 수 없이 침울한 기분이 들었다. 음울하게 검은 호수와 지붕에서부터 담까지 균열이 나있는 오래된, 낡은 집을 만난 것이다."

집의 내부도 외관과 마찬가지로 침울하고 어두웠다. 로더릭은 감각의 예민함, 즉 빛, 소리, 맛, 촉감에 대한 과도한 감수성으로 앓고 있었다. 로더릭의 누이 매들린Madeline 또한 병들어, 무감각증과 부분 강직 현상으로 죽은 것 같은 인사불성에 빠진다. 그들은 어셔 가문의 마지막 혈통이었는데, 결혼도 하지 않았고 자식도 없었다.

로더릭은 예술에 심취해서, 음악, 회화, 문학에 조예가 깊었다. 서술자는 로더릭의 그림에 감명받았고, 함께 책을 읽고, 그의 즉흥시를 경청하며 그를 즐겁게 하려고 노력했다. 로더릭은 〈귀신 들린 궁전 *The Haunted Palace*〉을 노래했으며, 서술자에게 이 낡은 집이 살아 있다고, 그리고 자신의 운명이 무너지는 집과 연결되었다고 말했다.

어느 날 저녁 로더릭은 서술자에게 매들린이 죽었다고 알린다. 로더릭은 이러저러한 이유를 들면서 매들린을 정식으로 매장하기 전에 집의 지하 납골당에 2주 동안 두겠다고 말한다. 서술자는 로더릭을 도와 매들린을 지하에 안치하는데, 이때 비로소 매들린과 로더릭이 쌍둥이라는 것을 알게 된다. 매들린은 "강직 현상의 죽음에서 으레 보이는 희미한 홍조"가 감돌았다. 일주일쯤 지나자 로더릭과 서술자는 점차 그들이 동요되고 있음을 느낀다(서술자 역시 집의 분위기에 영향을 받았다고 해석할 수 있다).

폭풍이 시작되었고 로더릭이 거의 히스테릭한 상태로 서술자의 침실로 왔다. 로더릭이 창문을 열자 집을 둘러싸고 있는 호수가 불타오르는 것처럼 보였다. 서술자는 흥분한 로더릭을 진정시키려고 중세 기사담 《미친 트리스트 *The Mad Trist*》를 꺼내서 읽는다. 이것은 랜슬럿 캐닝Launcelot Canning의 어리석은 이야기로 로더릭이 좋아할 것은 아니지만, 그래도 근거 없는 불안에 도움이 될 수도 있다는 막연한 기대로 읽는다. 주인공 에설레드Ethelred는 다가오는 폭풍을 피하기 위해서 은자의 거처를 강제로 뚫고 들어갔는데, 은자는 사라지고 용이 지키는 황금 궁전이 나타나고 그곳에서 빛나는 황동 방패를 보게 된다. 방패 위에는 "여기 들어서는 자는 정복자로다. / 용을 죽이는 자는 방패를 얻으리라."라는 글이 새겨져 있었다. 에설레드가 철퇴로 용을 내려치자 용은 날카로운 비명 소리를 내고 쓰러졌다.

그 순간 귀에 몹시 거슬리는, 너무나 기괴한 절규가 실제로 들려왔다(책의 내용과 일치하는 음향이 발생한 것이다).

에설레드가 씩씩하게 방패가 걸린 벽으로 다가갔다. 그러자 방패는 그의 발밑 은빛 바닥으로 떨어지며 끔찍하고 커다란 소리가 났다.

그 순간 어셔의 집에서도 금속 소리의 반향이 들려왔다. 서술자는 처음에는 소리를 무시했지만 로더릭은 점점 히스테리컬해졌다. 로더릭은 결국 자신은 며칠 동안 그 소리를 들었으며, 그것은 관에 넣을 때 아직 살아 있었던 그의 누이가 내는 소리였다고 외쳤다(신경이 과민한 로더릭은 이 무렵에는 미친 사람이었다).

침실의 문이 저절로 서서히 열리자, 매들린이 서있는 것이 보였다. 그녀는 관에서 나오느라고 피 묻은 수의를 입고 있었다. 그녀는 마지막 분노의 발작으로 로더릭에게 쓰러졌으며, 로더릭은 그녀와 함께 목숨을 잃었다(로더릭의 사인死因은 육체적인 것보다는 심리적인 것이다).

서술자가 어셔 집에서 달아나고 있을 때 뒤에서 달빛이 비치는 것을 느겼다. 돌아봤을 때에는 집의 균열이 커지면서 (그 사이로) 달의 모습이 보였다. 달이 둥그렇게 전체 모습을 나타내자 집은 무너지면서 검은 호수에 잠겨 들어갔다.

Setup_관련 작품

◆ 호프만, 《세습지》(1817)

호프만E. T. A. Hoffmann 1776-1822은 독일의 주요 낭만주의 작가이다. 그는 독일에서 괴테 이후 카프카 이전까지 가장 영향력 많은 작가로서, 특히 고딕 공포 작가로 알려졌는데, 후계자는 독일보다 외국에 더 많았다. 포, 고골, 디킨스, 보들레르, 도스토옙스키, 카프카도 그의 영향을 받았다. 그에 대한 평가는 양면적이어서 하이네 같은 사람은 그를 높이 평가했지만, 월터 스콧은 "병든 뇌의 열광적 꿈"이라고 했고, 괴테는 이러한 평가를 번역해서 독일에 전파시켰다. 호프만의 사망 후 독일에서의 평가는 매우 경멸적인 것으로 변했다.

포는 〈어셔 가의 붕괴〉를 창작할 때, 호프만의 작품 《세습지 Das Majorat》를 참조했다. 우리가 〈어셔 가의 붕괴〉를 해석하기 전에 먼저 《세습지》를 살핀다면, 예상보다 작품 이해에 훨씬 많은 도움을 얻을 수 있다.

1인칭 서술자 테오도어Theodor는 종조부Großonkel(할아버지의 남자 형제)와 함께 로데리히Roderich 남작의 세습지인 성城에 도착한다. 남작 영지의 사법관인 종조부는 매년 사냥철인 겨울이 오면 남작을 위해 성을 방문했는데, 올해는 본인과 같은 이름을 지닌 젊은 조카와 함께 왔다.

두 사람은 기사의 방에서 머문다. 종조부는 잠이 들고, 테오도어가 실러의 《유령 보는 자 Der Geisterseher》를 두려움을 느끼며 읽는데, 갑자기 복도

문이 큰 소리를 내며 열리고, 이어서 한숨과 신음 소리, 벽을 긁는 소리, 그리고 인간이 낼 수 있는 가장 깊은 고통의 소리가 들린다. 테오도어는 책을 떨어뜨리고 두려움에 사로잡히지만, 문소리가 다시 난 뒤 발걸음 소리는 사라져 갔다.

다음 날에도 같은 일이 발생하자, 기다리고 있던 종조부가 앞으로 나서며 "다니엘, 다니엘, 이 시간에 여기서 뭐하는 거야!" 라고 외친다. 그러자 놀랍게도 조용해진다.

며칠 후 로데리히 남작과 그의 아내 세라핀Seraphine이 성에 도착한다. 테오도어는 아름다운 남작 부인에게 반해서 마을에서 피아노를 빌려와 그녀를 위해 연주하고, 그들은 음악을 매개로 가까워진다. 테오도어는 기사도적, 낭만적 사랑에 빠진다. 종조부가 그러한 열정이 비참한 결과를 가져올 수 있다고 경고하자, 테오도어는 자신의 관심을 돌리기 위해 남작의 늑대사냥에 참여한다. 사냥에서 공격해 오는 늑대를 얼떨결에 죽인 테오도어는 여러 사람으로부터 결단력 있는 남자로 인정받는다. 얼마 지나지 않아, 남작 부인은 병에 걸리고 남작은 테오도어에게 부인의 긴장된 신경에 긍정적인 영향을 미칠 음악을 연주해 달라고 부탁한다. 그러나 종조부는 테오도어를 데리고 세습지를 떠나고, 그 이후 테오도어는 세라핀을 다시 보지 못한다.

몇 년이 지나 종조부가 중병에 걸리자 그는 테오도어를 불러 세습지의 역사를 모두 알려준다. (이 부분은 종조부가 직접 말하는 형태로 진행된다.) 40년에 걸친 세습지를 둘러싼 로데리히 가족 간의 갈등과 음모, 암살과 유령에 관련된 (복잡한) 이야기이다. 종조부는 테오도어와 그가 세습지를 떠난 지 이틀 후, 남작 부인이 썰매를 타다가 유령에 쫓겨 치명적인 사고로 죽었다는 것까지 말한다.

이후 종조부는 사망하고 테오도어는 프랑스 혁명의 여파로 전쟁에 참여하여 페테르부르크까지 갔다. 그가 러시아에서 귀국하는 길에 세습지에 들러서 과거를 회상하는 것으로 이야기는 끝난다. 소설의 마지막 부분은 다음처럼 되어있다.

> 나는 붕괴된 성으로 올라갔다. 지역의 농부는 무너진 성의 돌들은 대부분 등대로 사용되었다고 알려주었다. 그리고 농부는 성안에 살고 있었던 유령에 관해서도 이야기했는데, 지금도 종종 특히 달이 가득 차면 바위에서 끔찍한 소리를 들을 수 있다고 확신했다.

호프만의 《세습지》는 로데리히 가족들의 복잡한 이야기를 1인칭, 3인칭 서술자를 섞어가며 40쪽의 분량으로 서술했는데, 포는 《세습지》에서 가족들의 갈등과 분쟁을 모두 없애 버리고, 줄거리를 완전히 새롭게 정리했다. 많은 등장인물들이 사라지고, 사랑 이야기, 사냥 파티, 유령 이야기, 지역 정치와 부동산 사업 등 일상의 세부 사항도 모두 제거된다. 가벼운 서사 톤이나 유머, 그리고 과장된 대사나 지엽적인 이야기도 모두 빼서 줄거리를 단순화했고, 남아있는 모든 것은 하나의 결정적인 사건(결말)으로 나아가도록 했다. 그는 글자 그대로 고딕 미니멀리즘gothic minimalism을 완성했는데, 이것이 단편소설의 공식으로 자리 잡는다.

◆ 에드거 앨런 포, 《그로테스크하고 아라베스크한 이야기들》(1840)
포는 1840년에 스물다섯 편의 이야기를 담은 두 권짜리 단편집을 처음 출판했는데, 이는 전해에 잡지에 발표한 〈어셔 가의 붕괴〉의 성공에 힘입은 것이다. 그러나 단편집 자체는 저작권이 확립되지 못한 상황이어서 경제적으로 도움이 되지 못했고, 포는 전업 작가로 살아가기에 어려움을 겪는다. 그럼에도 《그로테스크하고 아라베스크한 이야기들 *Tales of the Grotesque*

and Arabesque》을 출판한 것은 미국 단편소설의 역사에서 매우 중요한 의미를 갖는다.

미국은 영국과의 1812년 전쟁 이후, 미국 고유의 문학을 세워야 한다는 명제를 가지게 되었는데, 이 작품이 단편소설의 영역에서 미국 작품으로 탄생한다. 이 단편집은 제목 그대로 그로테스크하고 아라베스크한 이야기들을 모은 것이다. 당시 영국에서는 공포를 다루는 작품들은 하위 장르로 인기가 없었고, 고딕 소설은 독일이 대명사로 불렸다. 그러나 독일의 고딕 소설은 월터 스콧의 비평이 득세하고 있는 미국에서는 그다지 높은 평가를 받지 못하고 있었다. 월터 스콧은 독일 고딕 장르의 대표 작가인 호프만을 "아편을 무분별하게 사용한 결과" 문학비평보다는 의학의 도움이 필요한 사람이라고 평가했다.

잡지 편집자로 오랫동안 활동한 포는 미국 독자들이 어떤 작품을 선호하는지 분명히 알고 있었고, 동시에 당시의 문학비평에도 예민한 상태였으므로, 새로운 미국식 작품을 만들고자 했다.

이러한 사정은 《그로테스크하고 아라베스크한 이야기들》의 서문에 반영되어 있다. 그는 "나의 작품의 상당한 부분이 테러를 주제로 한 것이라면, 나는 테러가 독일의 것이 아니라, 영혼의 것이라고 주장한다"고 말한다. 다시 말하면 작품들은 독자들의 관심이 많은 "공포와 테러"를 다룰 것이지만, 그렇다고 독일처럼 그 원인을 초자연적이고 미신인 유령에 두는 것이 아니라, 새로운 과학인, 균형 잃은 주인공의 정신 상태에서 찾겠다는 것이다. 즉 주인공의 광신, 강박관념, 집착과 같은 깊숙한 심리적 퇴락 상태에서 공포와 두려움의 원인을 찾겠다는 선언인데, 이것이 공포를 다루는 단편소설의 미국적 특징이 된다. 포는 기본적으로 자신의 테러는 초자연적인 것이 아니라 자연적인 것이라고 주장했고, 이러한 이야기들을 '그로테스크' 하다고 했다.

미국 문학의 시초에 걸려있는 작품이 '그로테스크'하다는 것은 특별한 관심을 받을 만하다. 그로테스크한 특징이 미국 문학의 한 요소가 되었다는 것이 우리가 주목할 내용 중의 하나이기 때문이다.

▲ 포는 그로테스크의 정의를 내리지 않았다. 그리고 오늘날까지도 그로테스크에 대한 만족할 만한 정의는 존재하지 않는다. 그러나 누구나 그로테스크한 것을 만나면 그것을 손쉽게 알아볼 수는 있다. 우리는 미국 소설가들의 그 말의 사용 예를 주목하고, 미국 소설의 역사에서 그 개념의 미국식 전개를 살펴보고자 한다.

포는 그로테스크를 ① 세상의 질서가 어긋난 구체적인 상황과 ② 충격적이고 납득할 수 없는 공포와 테러의 '분위기'를 가리키는 용어로 사용하지만, 초자연적이고 초월적인 측면은 적극적으로 피한다. 더 현대적이며 코믹한 측면을 강조하는 프랑스식 용법과는 다르다. 포의 전 작품을 번역한 보들레르가 포의 그로테스크를 언급하지 않은 이유일 것이다. ▲

▲ 아라베스크는 이야기의 기원과 관련되는 용어로 이해된다. 독일 지역에 관련된 이야기를 그로테스크라 하고, 아라비아를 중심으로 하는 (동양에 뿌리를 둔) 이야기를 아라베스크라 했다. 이런 지역적, 공간적 구분은 포의 모음집보다 5년 먼저 출판된 고골Gogol의 문집 《아라베스키*Arabeski*》에서도 나타난다. 우리는 출처보다는 이야기 자체에 관심이 있으므로 볼프강 카이저의 권고에 따라 그로테스크와 아라베스크를 구별하지 않는다(Wolfgang Kayser, 《미술과 문학에 나타난 그로테스크*Das Groteske*》, 1957, 82). ▲

분석

◆ 서술자

소설, 특히 단편에서는 서술자narrator를 주목하는 것이 작품 이해에 중요하다. 〈어셔 가의 붕괴〉에서는 더욱 그러하다. 이 작품에서는 서술자에 관한 어떠한 정보도 주지 않는다. 로더릭의 어릴 때 친구였다는 점을 제외하고는 이름도, 직업도, 학력도, 신분도, 가족관계도 알지 못한다. 그는 특별하지 않은 사람으로 나타나기 때문에, 독자들은 일단 보통의 상식적인 사람으로 생각할 수밖에 없다.

앤드루 잭슨Andrew Jackson 대통령 시대(1820-1845)의 미국은 교훈적 합리주의와 공리주의적 사유 방식을 지지하고 있어서 이 시대의 사람들은 (영국 경험론의 인식이론처럼) 물리적으로 특정 가능한 것만이 실재한다고 생각한다. 사실 포는 이렇게 설정된 미국인의 정신을 비판하고, 그런 철학을 야유하고 있었다. 그런데 〈어셔 가의 붕괴〉에 등장하는 서술자가 (포가 비판하는) 평균적 미국인, 즉 합리주의와 공리주의적 사유 방식을 가진 인물임을 주목하자. (서술자는 로더릭의 초자연적인 믿음에 대해서, 상식적이고 과학적인 판단을 한다.)

그러한 사람이 어셔의 집을 방문한다는 것은 그가 합리주의 세계에서 그로테스크한 세계로 들어간다는 것을 뜻한다. 이것은 특별한 경험, 그리고 변형을 요구하는 것이기 때문에 주목할 필요가 있다. 포가 어셔의 집으로 들어가기 전의 서술자에게 상당한 망설임과 시간을 준 이유이기도 하다.

무슨 일일까? 말의 걸음을 멈추게 하고 곰곰이 생각해 보았다. 어셔 가의 집을 바라보고 있는 내 마음을 이토록 어지럽히는 것은 대체 무엇일까? 아무리 생각해도 도저히 풀 수 없는 수수께끼로, 생각하면 할수록

물밀듯이 밀어닥치는 어두운 환영들의 실체를 파악할 수 없었다. 나는 결국 불만족스럽긴 하지만 이런 결론을 도출해냈다. 즉 의심할 바 없이, 우리를 이렇게 어지럽히는 힘을 가진, 자연의 아주 단순한 조합들이 존재하지만, 그 힘을 분석하는 일은 우리의 능력 밖이라는 것이다.

▲물론 이 시기의 모든 미국 사람이 합리주의 공리주의자인 것은 아니다. 1820-30년대 미국 뉴잉글랜드 지역에는 (독일 관념론의 영향으로)초월주의 사상이 있었고, 그들은 인간의 감각 경험을 넘어서는 직관적 지식이라는 것이 존재하며, 그것이 절대적 진리이며 인간이 도달할 수 있다고 보았다. 따라서 초월주의 사상에서 보면 〈어셔 가의 붕괴〉의 서술자는 합리적인 세계에 머물러 일상 경험의 한계를 넘을 생각이 없는 평범한 상식인이다. 포는 감각 경험을 넘어서는 직관적 지식이 존재한다는 점에서는 초월주의 사상에 동조하지만, (그래서 일상의 과학에 머무르는 상식인을 비판하고 야유하지만), 인간은 물질적 존재이기 때문에, 언제나 오류의 가능성을 가지고 있어서, 나의 직관적 지식이 절대적 진리라는 보장은 어디에도 없다는 회의적 태도를 취한다. (초월주의는 종교적 영적체험을 갈망했지만, 포는 그렇지 않았다.)

후일 포는 탐정소설에서 일반 경찰의 합리론이 도달하지 못하는, 직관적 진리를 깨닫는 탐정 뒤팽을 만들어낸다. 뒤팽은 경험적 관찰과 실험이 아닌(〈잃어버린 편지〉에서는 경찰들이 방을 구석구석 뒤진다), 시적 직관을 사용해서 진실을 알아낸다. 포는 방구석을 세밀히 뒤지는 경험적, 과학적 인식이론을 내려다보았다. ▲

포는 일상 경험의 한계에 머물러 있는 〈어셔 가의 붕괴〉의 서술자도 조롱하고 있다. 아래 구절을 보자.

다만 각 장면의 개별적인 것들과 그림의 세부들을 좀 다르게 배열하면 슬픈 인상을 주는 힘을 어느 정도 조절할 수 있고 어쩌면 물리칠 수도 있을 거라고 생각했다. 이러한 생각에 힘입어 집 옆에서 흔들리지 않고 빛나고 있는 시커멓고 야한 호수의 절벽으로 말을 몰고 가서 — 전보다 한층 더 오싹한 기분으로 — 내려다보았다. 회색사초와 무시무시한 나무줄기, 멍하니 뜬 눈과 같은 창문들이 다시 정렬되고 전도된 이미지로 물 위에 비치고 있었다.

이 부분이 〈어셔 가의 붕괴〉에 들어있는 보기 드문 '웃기는 장면'인데, 우리 독자들이 웃기에는 난해하다. 서술자는 무시무시한 광경을 그냥 받아들일 수 없어서, 세부 요소의 위치를 바꾸면 광경이 좀 더 자연스럽게 보이지 않을까 하여 호숫가 절벽에서 집의 그림자를 내려다본다. 물론 물속의 모습은 거꾸로 보인다. 그러면 덜 무섭고 자연스럽게 보이나? 당연히 기대에 어긋나게 한층 더 오싹하게 보인다. (초점은 '그러나 전보다 한층 더 오싹하게 but with a shudder even more thrilling than before'에 들어있다. 무서운 괴물을 만났을 때, 거꾸로 보면 덜 무서울 것이라는 믿음을 우리는 포와 함께 웃을 수 있다.)

만일 이 장면에 괴상한 것(공포스러운 것)과 우스꽝스러운 것이 함께하고 있다면, 〈어셔 가의 붕괴〉는 처음부터 현대적 그로테스크 개념을 사용한다고 할 수 있다. 일상적인 것이 극한으로 가서 기괴한 것으로 변화되고, 코믹함이 그곳에 함께 한다면 모던한 그로테스크이다. 그러나 포의 그로테스크는 현대적이라고 하기에는 코믹함이 부족하다. 초자연적인 현상에 집중하기 때문일 것이다. (후일의 셔우드 앤더슨이나 윌리엄 포크너와 비교해 보자.)

그런데 서술자에게 어셔의 집은 어떤 모양으로 보였을까? 두 눈을 멍하니 뜨고있는 얼굴처럼 보였다고 생각할 수 있다. 호숫가의 이 집은 짧은 둑길causeway이 고딕식 현관과 연결되는데, 전체 그림으로 생각하면 이 집의 방문은 입을 통해 얼굴 속으로 들어가는 형태가 된다.

◆ **분위기의 존재**

'분위기atmosphere'라는 단어는 사전적으로 "어떤 장소나 상황에 존재하는 느낌"을 뜻한다. 그런데 서술자는 어셔의 집에 주변의 공기와는 전혀 다른 독특한 분위기가 존재한다고 믿는다. 집 외부에서 볼 때 이 분위기는 썩은 나무와 늪에서 나온 증기처럼 객관적인 것으로 생각되었다. "집 안에서는 슬픔의 분위기였고, 위로할 길 없는 침울함이었는데(이때는 주관적 느낌이다)", 이것은 방 전체를 지배하며 객관적 존재로 공중을 떠돌고 있다 한다.

더 나아가서 로더릭은 그러한 분위기가 (감정을 느낄 수 있어) 집이 살아있다는 증거이며, 수 세기 동안, 자신의 가족이 여기로부터 영향을 받았다고 말한다. 어셔 집의 독특한 분위기는 주변의 자연환경에서 비롯한 것이라고 해석하려는 상식적인 서술자는 로더릭의 이러한 주장에 침묵하고 아무런 말도 하지 않는다.

이 작품은 어셔 가의 독특한 분위기가 느끼는 사람의 주관적 환상이나 꿈이 아니라 객관적인 것이며, 그것이 집 안에 사는 사람들에게 (치명적인) 영향을 미친다고 주장하는 로더릭과 거의 마지막까지 그러한 초자연적인 현상은 존재하지 않으며, 그렇게 느끼는 것은 신경이 과민하게 된 탓이라고 믿는 서술자의 주장을 대립시키며 진행한다.

그런데 〈어셔 가의 붕괴〉는 1인칭 서술자의 진술이므로, 독자는 자연스럽게 서술자의 상식적 합리적 설명을 신뢰하는데(그 결과 로더릭을 광인으로 의심한다), 만일 서술자의 진술을 신뢰할 수 없다고 하면 그 순간부터 어셔의 저택이 실제로 살아 있어서 쌍둥이 남매와 밀접한 연관을 가지고 있는지, 아니면 단순한 로더릭의 신경과민에 의한 망상인지 독자는 판단내릴 수 없다. 이 단편에서는 포의 간섭이 '미약'하기 때문에 일반 독자는 서술자의 시선을 신뢰하거나, 서술자의 신뢰성을 의문시하여 스스로 판단할 수밖에 없다. 포의 서사 테크닉이고 그의 스타일이다.

상식적인 한계 내에 있는 평균적 인간이 그로테스크한 현상에 부닥친다면 자신의 한계 때문에 (자신이 이전에 비웃던) 광인이 될 수밖에 없다는 것이 어쩌면 작가의 의도였는지도 모른다. 신경과민으로 광인이 된 로더릭에게 서술자가 전염되어서 역시 미친 사람madman이 된다는 것이 에피그라프epigraph가 말하는 내용일 것이다.

그의 심장은 팽팽한 류트와도 같았으니,
손이 거기 닿자마자 선율이 흘러나왔다.

그리고 이것이 포가 의도한 1인칭 서술자의 문학적 장치일 것이다.

◆ 〈귀신 들린 궁전〉

소설의 한가운데서 적지 않은 길이의 〈귀신 들린 궁전 *The Haunted Palace*〉이라는 시가 낭독된다. 시는 〈어셔 가의 붕괴〉와 같은 해, 5개월 먼저 발표되었다. 이미 포의 이름으로 발표된 시를 로더릭이 낭송하도록 한 것은 포가 서술자보다는 로더릭에 더욱 일치하고 있음을 뜻한다. 실상 로더릭의 얼굴 묘사는 포의 얼굴과 같다고 한다(작가 포는 서술자를 신뢰하지 않는다!).

그런데 왜 이 시를 읊도록 했을까?

시는 알레고리로서, 멀쩡한 정신을 갖고있던, 그래서 행복했던 사람이 갑자기 미쳐버려서 붕괴하는 과정을 묘사한다. 여섯 개의 스탠자stanza로 이루어졌는데, 1-4 스탠자에서는 (정신이 왕좌에 바로 앉아있는) 아름다운 궁정이 묘사되고, 5-6 스탠자에서는 그러한 아름다운 궁전은 오래된 기억이고, 이제는 무덤 속에 매장되어 버렸다고 한다. 그리고 결정적인 구절은 끔찍한 무리들이 뛰쳐나오면서, 큰 소리로And laugh 깔깔거리지만, 더 이상 웃음이 아니라고 한다But smile no more. 이것은 행복했던 궁전의 마지막 장, 아름다운 목소리는 왕의 위트wit와 지혜wisdom를 노래하는 것이었는데, 귀신이 들린 다음부터는 큰 소리로 웃지만 미소 지을 수 없다는 끔찍하고 그로테스크한 내용이다.

포는 왜 〈귀신 들린 궁전〉을 〈어셔 가의 붕괴〉의 중심에 집어넣었을까? 단편소설의 내용을 시로 이야기하는 것이 아닐까? 문학에서 액자 이야기frame story는 주요 내러티브를 강조하기 위해서 사용된다. 〈귀신 들린 궁전〉은 어셔 가의 이야기의 가운데에서 거울 효과를 내고 있는데, 어셔 가의 주제를 분명하게 이야기하는 것으로 이해해야 한다. 즉, 〈어셔 가의 붕괴〉는 귀신 들리기, 즉 미치는 이야기라는 뜻이다. 에피그라프와 함께 우리는 〈어셔 가의 붕괴〉의 주제를 또 다시 확인할 수 있을 것이다.

보통의 액자 형식 소설에서는 산문으로 된 짧은 이야기가 주로 나오는데, 〈어셔 가의 붕괴〉에서는 시로 주어진다는 점이 독특하기는 하다. 그러나 포가 시인이라는 점을 생각하면 새삼스러울 것은 없다.

〈귀신 들린 궁전〉은 끔찍한 상황을 노래하지만, 시에서 궁전이 무너지지는 않는다. (우리의 결론과 함께 생각해 보자.)

◆ 생매장 공포증taphophobia

산 채로 묻히는 것에 대한 두려움은 오늘날의 우리들은 잘 이해하지 못할 공포이지만, 18세기, 19세기에는 대단히 널리 퍼져 있었다. 예전에는 의사의 사망 진단이 그렇게 믿음직한 것이 아니었다. 생매장되는 경우가 적지 않았다는 뜻이다. 따라서 '생매장예방협회'와 같은 단체가 만들어지기도 했는데, 우리가 아는 유명한 인물도 관 속에서 깨어나는 경험은 피하고자 했다. 쇼팽, 조지 워싱턴, 안데르센과 같은 사람들도 차라리 확실히 죽어서 산 채로 묻히지 않기를 소망했다. (쇼팽은 자신의 심장을 잘라 폴란드에 묻어 달라고 부탁했다. 그의 마지막 유언 "내가 산 채로 묻히지 않도록 내 심장을 자른다고 맹세해 달라"였다. 헨리 3세의 아내도 죽은 줄 알았는데, 나중에 시종들에 의해서 구출되었다고 한다.)

포는 조기 매장에 관한 관심이 많아, 〈베레니스 *Berenice*〉, 〈어셔 가의 붕괴〉, 〈아몬티야도의 상장 *The Cask of Amontillado*〉, 〈검은 고양이 *The Black Cat*〉같은 작품을 남겼다.

가난해서 시신을 대충 동굴에 버리면, 장례 지낸 지 3일 후에 살아나올 수도 있다. (19세기에는 장티푸스 환자들의 사망을 눈으로만 판정하기 어려웠다.)

◆ 〈미친 트리스트〉

〈어셔 가의 붕괴〉의 결정적인 부분에 서술자가 로더릭의 과민한 신경을 진정시킬 목적으로 중세 로망스를 읽어주는 장면이 있다. 포는 시침 뚝 떼고 이 책의 저자는 랜슬럿 캐닝 경 Sir Launcelot Canning(실존 인물이 아니다)이며, 내용은 '어리석은 이야기(포 자신이 쓴 것이다)'라고 말한다. 비록 품위 있고 영적인 로더릭은 전혀 좋아하지 않을 작품이지만 친구의 흥분을 가라앉힐 수도 있을까 해서 읽는다고 말한다.

이 부분에서 생각할 것이 있다. 우선 독자들은 〈귀신 들린 궁전〉이 포의 진정한 작품이지만, 〈미친 트리스트 *Mad Trist*〉는 발표된 적도 없는 가공의 것임을 알고있다.

▲ 〈미친 트리스트〉는 암시된 내용을 따르면 〈트리스탄과 이졸데〉이야기를 연상시키고 있으므로, 제목을 '미친 트리스트'라고 옮긴다. 〈어셔 가의 붕괴〉는 광인의 이야기가 대부분임을 알리는 것이다. ▲

그렇다면 로더릭이 〈귀신 들린 궁전〉을 노래하는 것은 진실일 수 있지만, 서술자가 〈미친 트리스트〉를 낭독하는 것은 허구이다. 존재하지 않는 작가의 책과 제목을 명시하고 그것을 읽었다고 말하는 것은 독자들로 하여

금 이 장면의 허구성을 의식하게 만드는 것이다. (후일의 용어, 메타픽션적 의도가 들어있다고 말할 수 있다.)

 "미친 트리스트"에서는 세 가지 소리, 주인공 에설레드가 은자의 문을 부수는 소리, 용이 죽을 때 내는 비명, 그리고 방패가 땅에 떨어지는 소리가 소개된다. 이 세 가지 소리들은 모두 매들린이 관에서 나와 지하 납골당 문을 열고 위로 올라오는 소리와 정확하게 일치한다.

 이것은 사운드 효과를 이용하여 공포 분위기를 확대하려는 작가의 시도로 이해되지만, 지나친 우연의 설정이 전체 효과가 코믹임을 알린다. 에설레드는 천성이 용감한데, 술을 마셔서 더 힘이 세졌다고 하거나, 용이 비명을 질러서 주인공이 귀를 막았다거나, 방패가 주인공을 기다리지 않고 마루 위로 스스로 떨어져 소리를 냈다는 이야기는 진지한 공포 분위기에는 어울리지 않는다. 포가 코믹을 의도했지만, 그의 유머는 우리에게 그리 신통치 않았다.

▲《세습지》에서 주인공은 유령이 출현하기 직전에 실러Schiller의 《유령 보는 자 *Geisterseher*》를 읽고 있었다. 《유령 보는 자》를 읽을 때, 성의 벽에 살고있는 유령이 문 앞에 나타나는 장면이 유명하다. 1828년, 인기 작가 하인리히 클라우렌Heinrich Clauren이 〈도둑의 성 *Das Raubschloß*〉에서 이 부분을 다음처럼 패러디했다. ▲

 '도둑의 성'에 서술자가 머물게 되는데, 그의 사촌 누이는 몇 주 전에 죽어서 그 성의 지하에 관 뚜껑을 연 채로 안치됐다. 서술자는 그 성에서 잠을 이루기 전에 '템플 기사단의 역사'에 관한 책을 읽는다. 그는 템플 기사단이 매장 의식을 치르면서 기사단장이 철십자가를 망치로 세 번 때리는 부분을 읽는다. 그때 그는 세 번의 노크 소리를 듣는다. 귀를 기울였으나 더는 들리지 않아서 계속 읽는다. 다시 기사단장이 의식에 따라서 철십자가를 세 번 때린다. 그러자 서술자는 뚜렷하게 세 번의 노크 소리와 중얼거림과 탄식을 듣는다. 책이 손에서 떨어지고 멀리서 발자국 소리가 들리는 것 같지만 구분할 수 없었다. 그는 "자연의 소리, 폭풍우가 치는 것이다"라고 달래며 책을 계속 읽는다. 다시 철십자가를 세 번 치는 부분에 이르자. 또 분명한 노크 소리가 들리고 지하실에서 음악 소리까지 올라온다. 결국 그는 칼을 들고 지하로 내려간다.

(사실은 탑을 지키는 청지기들과 수녀들이 진혼곡을 부른 것으로 밝혀져서, 유령의 이야기는 즐거운 해프닝으로 변한다.)

▲《세습지》가 유령이 나오는 고딕 호러물이었다면, 〈도적의 성〉은 공포를 담은 코미디이다. 포도《세습지》를 패러디한 것처럼 보이는데, 포의 작품은 호러나 코미디라기보다는 그로테스크하다.《세습지》에서는 달빛에 유령이 나타나는데, 〈미친 트리스트〉 다음에는 매들린이 서있었다. (포는 "there did stand…"라고 말할 때 "did"를 이탤릭으로 표시했다. 〈도적의 성〉처럼 착각의 오류가 아니라는 뜻이다.) 그러나 실러의《유령 보는 자》에 비하면 그의 〈미친 트리스트〉는 그냥 웃기는 정도다. 〈어셔 가의 붕괴〉는 공포에 코미디를 섞는 그로테스크를 의도했다고 생각된다. ▲

독자는 이러한 장면 직전부터 서술자가 이미 광기에 들었다는 점을 알고 있다. 다음 구절을 기억한다면 〈미친 트리스트〉의 낭독이 터무니없다는 것을 쉽게 이해할 수도 있다.

당연히 이러한 어셔의 상태가 나를 공포에 떨게 했고, 마침내 나에게 감염되었다. 어셔 자신의 환상적이지만 인상적인 미신의 거친 영향력이 서서히 그러나 확실하게 나에게 진행되는 것을 느꼈다.

서술자가 미쳤다는 것은 로더릭이 분명하게 이야기하고 있다. "그 애의 발소리가 계단에서 들려오지 않았어? 그 애의 심장이 끔찍한 소리를 내며

무겁게 뛰고있는 것이 들려오지 않나? 미친놈 같으니라고!" 로더릭이 서술자를 '미친놈Madman!'이라고 말한 것은 서술자가 매들린이 올라오는 소리를 부정했기 때문이다. 여기에서는 작가 포가 로더릭의 말을 이탤릭으로 표시해서 지지한다.

"미친놈! 그녀가 지금 문밖에 서 있다고 너에게 말했잖아!"
"Madman! I tell you that she now stands without the door!"

이것은 로더릭이 초자연적인 지식을 보고 있으며, 작가 포는 그 지식의 정당성을 추인하고 있으며, 상식에 닫혀 있는 서술자는 그의 세계가 무너져 광인이 되었다는 것을 말한다. 이 로더릭의 말이 〈어셔 가의 붕괴〉의 핵심을 표현한 것이다.

해석

◆ 어셔 집의 붕괴

이 단편소설에서 가장 인상적인 이미지는 지하의 관에서 매들린이 올라와, 바람에 열린 문 앞에 서있는 장면과 달아나는 서술자의 배후에서 무너지는 어셔의 집 그림이다. 소설에서 압도적인 것은 제목이 암시하는 것처럼 무너지는 그림이다. 이것은 그로테스크하다.

포가 참조한 호프만의 《세습지》의 'Majorat'는 중세 때부터 내려오던 장자 상속법을 의미하며, 이 경우에 토지를 포함한 모든 재산이 장자에게 독점적으로 상속되고, 장자는 그 재산을 보존, 유지할 의무를 갖는 제도이다. 호프만의 소설에 나오는 상속 재산은 바닷가에 있는 커다란 성이고, 이 성의 상속 문제를 둘러싼 3대의 암투가 진행된다. 재산 다툼의 결과 성에 사는 귀족들은 모두 사망하고, 성에 대한 권리는 국가로 귀속되지만, 성은 무너져 바닷가에 폐허로 남는다.

포는 어셔의 성城같은 집家을 다루었는데, 세습지의 성이 법으로 가족들과 연결되었다면, 어셔의 집은 설명하기 어려운 독특한 분위기와 생물학적 가족(쌍둥이)이 연결되어 있다. 두 작품의 상속인들이 모두 사망하고, 건물은 무너지고, 그 붕괴를 외부에서 온 1인칭 서술자가 묘사하는 것은 동일하다. 그러나 《세습지》의 마지막 장면에서는 서술자가 이미 무너진 성의 잔해를 밟고 올라가며, 이때 농부는 만월이면 무너진 돌 속에서 유령의 울부짖는 소리가 자주 들린다고 말한다.

포의 작품에서는 어셔 집의 붕괴를 배경으로 하여, 서술자가 도망친다. 서술자가 뒤돌아 보니 집의 갈라지는 틈새로 만월이 점차 나타난다. 둥근 핏빛의 달이 모두 나타나면 집은 두 동강이 나서 호수로 무너지는 것이다. 그렇게 "어셔의 집"은 호수에 잠겼다. 포는 작품의 마지막 구절에 인용 부호를 넣어 "어셔의 집"이라고 했다. 왜 그랬을까? 포의 창작이론에 따르면 제일 중요하고 제일 먼저 작성하는 것이 결론 부분이고, 다른 것들은 논리적으로 결론과 연결된다. 그렇다면 농부들이 부르는 이름을 마지막에 강조할 필요가 없지 않을까? 농부들의 호칭은 작품 전개에 어떠한 연관도 없기 때문이다. 혹시 서술자의 "어셔의 집"이라는 뜻이 아닐까? 만일 "어셔의 집"이 서술자의 주관적 이미지라는 표시라면, 호수로 가라앉은 것은 미친 서술자의 이미지이고, 객관적 건물로서 (만일 그런 건물이 있다고 한다면) 어셔의 집은 붕괴하지 않았을 수도 있다. (포 자신이 전문 편집자였기 때문에 인용 부호가 결론 부분에 뜻없이 들어가지는 않았을 것이다. 플롯에 대한 작가의 코멘트일 것이다.)

우리는 어셔의 집이 쌍둥이 자매가 사망한 날 붕괴되었다고 믿지 않는다. 물론 무너진 것은 미친 서술자의 주관적 이미지일 뿐이라는 것은 우리의 즐거운 해석이다.

호프만의 소설은 유령이 등장하는 고딕 소설이지만, 건물의 붕괴는 자연현상으로 처리했다. 포는 유령은 나오지 않지만, 건물에 특수한 분위기를 만들어 가문과 집의 붕괴를 초자연적인 현상으로 보이도록 했다. 이것은 공포와 테러를 초자연적인 것에 귀속시키지 않고 자연적인 것으로 합리화한다는 포의 특징에 위배되는 것처럼 보인다.

그러나 이는 포의 문학적 기교에 속한다. 집이 살아 있다고 말하거나 무너지는 것을 보았다고 말하는 두 사람 모두 진술의 신빙성이 의심되는 사람들이기 때문이다. 로더릭은 처음부터 광기의 테러에 잡혀 있었고, 서술자는 여기에 점차 여기에 감염된다. 포의 전략은 독자들에게 고딕의 공포를 서술자들의 광기를 통해서 전달하지만, 작가는 진실 문제에서는 발을 빼는 것이다. 이것이 무명의 1인칭 서술자가 등장하는 이유일 것이다.

작가는 단지 사람의 얼굴을 닮은 기괴한 집이 호수로 무너졌다는 (믿을 수 없는) 서술자의 진술을 전달할 뿐이다. (우리는 다시 한 번 포의 서사 테크닉, 그의 스타일을 생각해 보자.)

▲ 우리말로는 초자연적이라고 표현되는데, 일상적인 상식이나 일반적 과학적 지식을 넘어서는 현상을 표현하는 초자연적preternatural이라는 단어와 우리의 세계를 초월하는 신적인, 또는 악마적인 현상과 관련된 초자연supernatural을 구별해서 사용하고 싶다. 예를 들어 매들린이 관 속에서 살아 나왔지만, 영계와는 관련 없는 기이한 일이라고 한다면, 그것은 'preternatural'한 것이고, 만일 집이 살아 있어서 거주인의 생사에 피할 수 없는 영향을 준다면 그것은 'supernatural'한 것이다. 일반적으로 말해서 포가 말하는 재미있는 이야기는 처음에는 'supernatural'한 것인 줄 알았는데, 알고 보니 'preternatural'한 것이더라는 탐정소설과 같은 것이다.

따라서 쌍둥이가 모두 죽고 어셔의 집이 붕괴했다면, 포의 소설은 독일식 고딕이 되므로, 그가 제목으로 삼은 그로테스크는 아니게 된다. ▲

◆ 미국 단편소설

포는 호프만의 《세습지》를 참조했을 뿐만 아니라 변형시켜서 단편소설을 만들어 냈고 이 과정에서 단편소설의 형식을 정립한다. 포는 1846년에 《구성의 철학 The Philosophy of Composition》이라는 에세이를 썼는데, 여기에서 자신의 시詩를 예로 들어 글쓰기의 조건, 과정, 목표를 밝혔다. 이것이 그의 비평이론이 되어 단편소설의 형식으로 자리 잡는다. 단편소설에 대한 포의 주장은 후일 미국 문학에 지대한 영향을 미친다. 모더니즘이 20세기 초에 등장해서 전통 형식을 부정할 때까지, 미국 단편소설의 기본 특징은 포의 이론에 영향을 받는다.

포에 의하면 글쓰기는 즉흥적인 작업이 아니라 정확하고 엄격하게 논리적 과정을 거쳐야 한다. 즉, 단편소설이나 시는 (낭만적 성향의 사람이 생각하는 것처럼) 백지 상태에서 영감을 따라 처음부터 써내려가는 것이 아니라, 거꾸로 결말을 우선 결정하고 이러한 결말에 필수불가결한 논리 과정을 단계적으로 만들어야 한다. 〈어셔 가의 붕괴〉를 예로 말하면, 호수 속으로 무너져 내리는 집의 그림을 먼저 생각하고, 다음에는 이러한 그림을 주장하는 미친 사람이 필요하고, 다음에는 그가 미치는 조건, 매들린의 생매장과 어셔 집의 분위기가 필요해진다. 이렇게 거꾸로 구성하면 작품의 서사는 필연적이고 논리적인 것이 될 것이다.

포가 과연 자신의 작품을 이렇게 거꾸로 써내려갔는가는 논쟁거리이다. 다만 이런 주장의 핵심은, 단편소설의 서사가 논리적이어야 하고, 따라서 주제는 단일한 것이어야 한다는 것이다. 이러한 결과 미국 전통적인 소설 형식은 발단-전개-클라이맥스-결말의 단계를 거치는 것으로 이해되었다.

다음으로 중요한 것은 전체 이야기는 짧아야 한다는 점이다. 포는 원고지 몇 장, 혹은 몇 단어여야 한다고 못 박지는 않았지만, 한 번 앉은 자리에서 다 읽을 수 있는 분량이어야 한다고 주장했다. 길어지면 독자의 일반적 집중력 때문에 작품의 단일한 효과unity of effect를 얻을 수 없다고 보았다. 포는 문학작품은 최종적으로 독자의 정서에 호소해야 한다고 보았고, 그러한 목표에 도달하기 위해서는 작품 자체가 단일한 효과를 얻도록 구성되어야 한다고 생각했다.

다시 호프만의 《세습지》와 〈어셔 가의 붕괴〉를 비교하면, 《세습지》에 들어있는 많은 주제들이 포의 작품에는 거의 빠졌다는 것을 알 수 있다. 포는 결말(무너진 성)과 논리적 필연성을 갖지 않은 것들을 모두 제거한 것이다. 그러면 3대에 걸친 귀족 가문의 음모와 투쟁은 모두 사라지고, 간간이 나오는 사랑 이야기, 상속과 관련된 경제 문제, 정치 문제(프랑스 혁명), 점성술, 몽유병, 파티 따위의 많은 곁가지들은 모두 사라진다. 무엇보다도 《세습지》에서 중요한 역할을 하는 유령 이야기도 사라진다. 우리는 〈어셔 가의 붕괴〉에 사회·정치·경제 문제들이 모두 없다는 것을 새삼 알게 된다. 호수로 무너져 내리는 집에 논리적으로 연결되지 않은 것들은 통일성을 위해서 모두 제거했기 때문이다.

짧고, 단일하고, 논리적인 작품에 대한 포의 주장은 미국 단편소설의 일반적 특징이 되었다. 제임스 조이스의 《더블린 사람들》이 새로운 형식을 보여주고, 미국에서 셔우드 앤더슨이 단편집을 낼 때까지는 그러했다.

2

〈누런 벽지〉
― 샬롯 퍼킨스 길먼

The Yellow Wallpaper, 1892
– Charlotte Perkins Gilman

샬롯 퍼킨스 길먼1860-1935은 인본주의자humanist, 소설가, 작가, 강연자로서 사회 개혁을 주장했다. 그녀는 유토피아적 페미니스트였으며 그녀의 생활 방식과 비정통적 개념으로 인해 후대 페미니스트의 롤 모델이 되었다.

그녀는 성sex과 가정 경제는 밀접한 관련이 있으며, 현재 사회에서 여성이 생존하기 위해서는 남편을 기쁘게 해 가족을 경제적으로 부양할 수 있도록 자신의 성적 자산sexual asset에 의존해야 한다고 말했다. 여성들은 어린 시절부터 장난감과 그들을 위해 디자인된 옷에 의해 어머니가 될 준비를 하도록 사회적으로 강요받는다. 길먼은 어린 소녀와 소년이 옷이나 장난감, 활동에서부터 차이가 없어야 한다고 주장한다.

길먼은 역사를 통틀어 문명에 대한 여성의 기여가 남성 중심적 문화로 인해 중단되었으며 인류의 퇴보를 막기 위해 개선이 필요하다고 주장하고, 이를 토대로 한 활동으로 미국 여성 명예의 전당에 헌액된다.

그녀는 에세이, 시, 소설, 단편을 썼는데, 1892년의 단편소설 〈누런 벽지〉는 페미니스트 출판사의 역대 베스트셀러가 되었다.

요약

〈누런 벽지〉는 독자들의 관심에 따라 작품 이해가 크게 달라졌다. 처음에는 여성을 대상으로 하는 고딕 공포물로 이해해서, 작품이 출판되지도 못했었다. 그러다가 1973년 페미니스트Feminist 출판사가 이를 발굴하여 출판하자, 1992년에 100주년 기념판까지 나오는 고전이 되었다. 그러나 우리는 페미니스트의 고전적 해석과는 달리 원작이 가지고 있는 형식적 특징도 고려하고자 한다. 우리는 작품이 일기 형식으로 되어있고, 작가가 12개의 묶음으로 구분했음을 주목한다.

작품 요약은 날짜가 기록되지 않은 일기 형식이므로, 각각의 단락entry에 일련 숫자를 표시할 것이다. 우리에게는 〈누런 벽지〉가 신경증을 앓고있는 주인공이 광기로 접어드는 과정을 기록한 '광인일기'이기 때문에, 질병의 진행 과정과 순서를 이해하는 것이 중요하다.

entry 1

〈누런 벽지〉는 이름이 주어지지 않은 여자의 이야기로 시작한다. 그녀와 남편 존John, 갓 태어난 아기, 시누이Jennie가 함께 보낼 여름 별장을 빌렸는데, 도시에서 상당히 떨어져 있었지만, 멋진 정원도 있는 식민지 시대의 아름다운 저택이다. 서술자는 오랫동안 비어 있어서 "뭔가 기이하다queer"고 느끼면서 낭만적으로 '귀신 들린 집haunted house'이라고까지 말한다. 존은 도시에서 떨어져 있는 별장이 서술자의 가벼운 신경쇠약을 치료하는 데 도움이 될 것이라고 생각한다.

의사이며 매우 실용적인 존은 서술자가 실제로 아픈sick 것이 아니라, 단지 산후에 여성들이 흔히 걸리는 가벼운 신경쇠약이어서, 대처하는 최선의 방법은 저명한 의사 위어 미첼S. Weir Mitchell이 제안한 휴식 치료법rest cure

이라고 생각한다.

의사이기도 한 존은 서술자에게 강장제와 약도 처방하지만, 주로 글쓰기를 중단하라고 지시한다. 위어 미첼의 이론에 따르면 모든 종류의 창작 활동은 환자에게 해로운 영향을 미친다. 그러나 서술자는 이러한 치료법에 동의하지 않고, 오히려 일을 하면 회복이 빨라질 것이라고 생각한다. 존은 창작활동의 자극이 그녀의 긴장을 악화시킬 뿐이라고 말한다.

서술자는 집과 그 아름다운 주변 환경에 대해 이야기한다. 집은 외딴 곳에 있고 울타리와 벽과 대문, 정원사와 다른 일꾼들을 위한 작은 집들, 그리고 우아한 정원이 있다. 그럼에도 불구하고 그녀는 그 집에 뭔가 이상한 strange 점이 있다고 느낀다.

존은 큰 방인 제일 위층의 육아실을 침실로 선택한다. 육아실은 사방에 창문이 있고 햇빛이 충분히 들어오지만, 창살이 있다. 방의 벽지는 두 군데가 벗겨져 있고 지저분하고 혼란스러운 노란색 무늬여서 서술자는 벽지를 바라보는 것조차 힘들어한다.

존이 방에 들어오기 때문에 서술자는 몰래 쓰고있던 일기장을 치운다.

entry 2

2주가 지났고, 서술자는 기분이 나빴다. 존은 병원 일 때문에 낮에는 집에 없고, 때로는 밤에도 자리를 비워서, 서술자는 매우 외롭다. 그녀는 자신의 고통을 이해하지 못하는 남편을 원망하고 그의 지원을 갈망한다. 그럼에도 불구하고 그녀는 자신이 단순한 긴장감으로 인해 고통받고 있다고 믿으며 남편에게 부담이 되고 싶어하지 않는다.

그녀는 혼자서 아무런 일도 하지 못하기 때문에 존의 아내로서 자신의 무능력에 압도적인 죄책감을 느낀다. 아이는 유모Mary가 대신 돌보고 그녀는 그 사실에 감사한다. 벽지는 서술자를 더욱 짜증나게 한다. 그녀는 존에게 벽지를 바꾸자고 하지만 존은 그녀의 불안을 비웃는다. 서술자는 벽지를 없앨 방법이 있었으면 좋겠다고 말한다.

서술자는 벽지의 패턴에 몰두하기 시작한다. 그녀는 부러진 목과 거꾸로 된 두 눈이 자신을 응시하는 것처럼 보이는 패턴에 이끌린다. 서술자는 또한 벽지의 무질서한 패턴의 배후에 숨어있는 '이상한strange' 형태를 알아차리기 시작한다.

창문 너머로 존의 여동생이자, 자상하고 완벽한 가정부인 제니Jennie가 다가오는 것이 보이자 일기장을 내려놓고 휴식 자세를 취한다.

entry 3

서술자와 존은 독립기념일을 맞자 친척들을 초대했다. 제니가 모든 일을 처리했지만 서술자는 여전히 피곤하고 왜 여전히 건강이 나빠지는지 알지 못한다. 존은 당신이 나아지지 않으면 의사 위어 미첼에게 보낼 수도 있다고 경고했고 서술자는 그 가능성에 두려움을 느낀다.

존이 없는 동안 서술자는 정원을 걷거나 방에 누워 벽지를 바라본다. 그녀는 그 "무의미한 패턴" 뒤에 숨은 운율이나 이유를 찾아야겠다고 결심한다. 그녀는 그 이해할 수 없는 모양, "시각적 공포의 거대한 경사 물결"에 대해 길게 설명한다. 이 패턴은 또한 그녀가 침대에 누워서 보면 낮의 빛에 따라 변한다. "끝없는 그로테스크"를 따라가다 지친 그녀는 일기장을 덮고 낮잠을 청한다.

entry 4

서술자는 존에게 사촌 헨리와 줄리아를 방문하게 해달라고 말하지만 거절당한다. 서술자의 유일한 위안은 아기가 건강하고, 그가 육아실에 있지 않다는 사실이다. 그녀는 아기 대신에 자신이 육아실에 있다는 사실에 만족한다.

날이 갈수록 벽지는 점점 더 자극적인 것이 된다. 그녀는 혼란스러운 패턴을 살피는 데 몇 시간을 소비하고 심지어 벽지를 좋아하기 시작했다고 인정한다. 존이 그녀의 요청을 무시하거나 집을 떠날 때마다 그녀는 노란 벽지의 소용돌이치는 모양에서 위안을 찾는다.

햇볕이 잘 드는 방의 한 부분에서 그녀는 바깥쪽의 무늬 아래에서 더 정돈된 하위 패턴을 발견하기 시작한다. 바깥쪽 무늬가 창살이 되고 그 창살 안의 흐릿한 모양도 점점 뚜렷해지기 시작하더니, 이제는 그것이 "몸을 구부리고 기어가는stooping down and creeping" 여성임을 알아보게 되었다.

entry 5

어느 날 밤 서술자는 존에게 (여기선 기력을 회복하지 못하고 있으니) 이 집을 떠나 다른 곳으로 가고 싶다고 말하지만, 그는 휴식 치료가 효과가 있다고 말하면서, 거절한다.

그녀는 벽지를 다시 살펴본다. (그녀는 잠들지 않았으며 벽지의 저 바깥쪽 무늬와 안쪽 무늬가 실제로 함께 움직이는지 아니면 따로 노는지 가늠하느라 애쓰며 오랜 시간을 누워 있었다.)

그러다 동쪽 창문으로 첫 햇살이 들어오면 패턴이 빠르게 변한다는 것을 알아낸다. 달빛이 비추면 또 패턴은 완전히 다르게 보인다. 패턴이 철장이 되고 여성의 모습이 매우 선명해진다.

entry 6

존은 서술자를 (건강을 위해) 더 자주 눕힌다. 서술자는 그의 명령을 따르는 척하지만, 잠을 잘 수 없고 단순히 눈으로 벽지의 패턴을 따라간다. 그러나 그녀는 존에게 자신이 깨어 있다는 사실을 말하고 싶지 않다.

서술자는 존과 제니가 이상하게 행동하기 시작한다는 것을 알아차린다. 그들이 벽지에 관심을 보인다. 제니는 벽지에 얼룩이 묻었다는 핑계로 벽지를 만진다. 서술자는 자신 이외에는 아무도 그 패턴을 알아내지 못하도록 하겠다고 결심한다.

서술자는 벽지 덕분에 삶이 더 흥미로워졌다. 벽지가 주는 자극 덕분에 건강이 좋아지고 차분해졌으며 마침내 기대할 만한 무언가가 생겼다. 하지만 그녀는 존이 비웃거나 자신을 데려갈까봐 벽지 덕분에 건강이 좋아졌다는 것을 말하지 않는다. 그녀는 벽지에 대해 충분히 알아내기 전까지는 이 집을 떠나고 싶지 않으며, 남은 휴가 일주일이면 충분할 것이라고 생각한다.

서술자는 밤에 벽지의 변화를 볼 수 있도록 낮에는 대부분의 시간을 자면서 보낸다. 매일 새로운 패턴이 벽지에 나타나기 때문에, 서술자는 그 패턴을 거의 모두 추적할 수 없다. 그녀는 벽지에서 미묘하지만 오래 지속되는 냄새가 집 전체에 퍼져 머리카락에 스며든다는 것을 알아차린다. 처음에는 "노란 냄새yellow smell"가 거슬렸지만, 이제는 익숙해졌다.

마침내 서술자는 벽지가 밤에 흔들리는 이유를 알아냈는데, 벽지 속 여자가 창살 무늬를 붙잡고 흔들면서 벽지를 통과하려고 하기 때문이다. 서술자는 벽지 무늬 속 여성이 한 명만 빠르게 기어다니는 것인지, 아니면 여러 명인지 확신하지 못한다. 여성은 밝은 부분에서는 가만히 있고 어두운 부분에서는 창살 무늬를 흔들며 빠져 나오려고 한다. 하지만 수많은 여성의 목을 조여버린 무늬를 통과할 수 있는 사람은 아무도 없다.

서술자는 대낮에 창밖의 여자를 보는데, 그 여자는 다른 사람들이 오면 숨는다. 서술자는 그녀가 대부분의 여성들이 대낮에는 절대 하지 않는 '기는' 행동을 하기 때문에 벽지 뒤의 여자라고 확신한다. 서술자는 대낮에 기는 것이 발각되면 매우 수치스럽다는 사실을 인정하고, 자신은 문이 잠겨있고 존이 없는 낮에만 기어다닌다고 말한다.

서술자에게는 벽지의 '바깥쪽 무늬'를 '안쪽 무늬'에서 떼어낼 수 있는 시간이 이틀밖에 남지 않았다. 그녀는 조금씩 시도해보기로 결심한다. 존과 제니는 그녀를 점점 의심하고, 서술자는 존이 제니에게 그녀에 대해 의사로서 질문하는 것을 듣는다. 서술자는 당황하지만, 3개월 동안 노란 벽지 아래에서 자고 나면 누구나 이상하게 행동할 수 있다고 판단한다. (존과 제니도 벽지에 은밀한 영향을 받고있는 것이 확실하다.)

그들은 곧 집을 떠날 것이기에 하인들이 가구를 포장한다. 존은 읍에서 하룻밤을 묵어야 하고, 서술자는 지금이 벽지 속 여자를 풀어줄 마지막 기회라는 것을 깨닫는다. 달이 떠오르자 벽지 속 여자는 무늬를 흔들어댄다. 서술자는 벽지를 떼어내어 그녀를 돕는다. 아침이 되자 그녀는 방의 절반쯤 머리 높이의 벽지를 뜯어냈다.

아침에 제니는 반쯤 벗겨진 벽지를 보고 충격을 받는다. 서술자는 패턴이 너무 못생겨서 그냥 뜯어낸 것이라고 설명하자, 제니는 안도하며 자신이 직접 해도 괜찮을 거라고 농담을 한다. 서술자는 제니가 벽지를 건드리지 않도록 하고 싶어한다. 서술자는 육아실에서 '휴식'하고 깨어나면 제니를 부르겠다고 약속한다.

밤이 다가오고 서술자는 혼자이다. 그녀는 육아실 문을 잠그고 열쇠를 앞길에 던진다. 그녀는 벽지 속 여자를 잡아서 그녀의 망상이 진짜라는 것을 증명함으로써 존을 놀라게 하고 싶다. 그녀는 여자를 묶을 밧줄을 가지고 있다. 서술자는 계속해서 벽지를 벗겨내지만 벽을 따라 높은 곳에는 손을 뻗을 수 없고, 침대를 움직여 여자를 도울 수도 없다. 그녀는 손이 닿는 대로 벽지를 떼어내고, 그 안에서 "목이 졸린 머리와 구근 모양의 눈, 곰팡이가 자라는… 조롱 섞인 비명"을 듣는다.

좌절하고 화가 난 서술자는 창문 밖으로 뛰어내리고 싶지만, 창살은 단단하고 그런 행동은 "오해를 받을 수 있다"는 것을 깨닫는다. (이 부분부터 시점이 변화한다. 서술자는 벽에서 나온 여인과 동일하다.) 그녀는 기어다니는 많은 여성들 때문에 밖에 나가거나 창밖을 보는 것조차 두렵다. 그녀는 그들이 자신처럼 벽지에서 나온 것인지 궁금해 한다. 그녀는 밧줄로 자신의 몸을 묶는다. 그녀는 방을 기어다니는 것을 좋아하지만 "밤이 되면" 다시 벽지 안으로 들어가야 한다고 생각한다.

존은 집에 돌아와 열쇠를 찾아서 잠긴 문을 열고 들어간다. 그는 기어다니는 서술자를 보고 무엇을 하는 것이냐고 비명 지른다. 그녀는 자신이 마침내 벽지 밖으로 나왔고, 벽지 대부분을 벗겨냈으니 자신을 도로 집어넣을 수 없을 것이라고 말한다. 존은 기절하고 서술자는 방을 계속 돌아다니면서 매번 그를 기어 넘어 다닌다.

Setup_배경적 사실

◆ 나는 왜 〈누런 벽지〉를 썼는가?

길먼은 1913년 《포러너 *Forerunner*》에 한 쪽짜리 〈나는 왜 〈누런 벽지〉를 썼는가〉라는 글을 실었다. 다음은 그 핵심 내용이다.

수년 동안 저는 우울증, 또는 그 너머로 이어지는 심각하고 지속적인 신경쇠약으로 고통받았습니다. 이 문제가 발생한 지 3년째 되던 해에 저는 독실한 믿음과 희미한 희망의 끈을 놓지 않고 국내에서 가장 잘 알려진 신경질환 전문가를 찾아갔습니다. 이 현명한 사람은 저를 침대에 눕히고 휴식 요법을 적용했는데, 여전히 건강한 신체가 즉각적으로 반응하자, 저에게 별다른 문제가 없다고 결론을 내리고 "가능한 한 가정적인 삶을 살 것", "하루에 두 시간만 지적생활을 할 것", "내가 살아있는 한 다시는 펜, 붓, 연필을 만지지 말 것"이라는 엄숙한 조언과 함께 저를 집으로 돌려보냈습니다. 1887년이었습니다.

저는 집으로 돌아가 약 3개월 동안 그 지시를 따랐지만, 정신적 파멸의 경계선에 가까워져 그 너머를 볼 수 있을 정도였습니다.

그래서 남은 지성의 나머지와 현명한 친구의 도움을 받아, 유명한 전문가의 조언을 바람에 던져 버리고 다시 일하러 갔습니다. 모든 인간의 정상적인 삶인 일, 즉 기쁨과 성장과 봉사가 그 안에 있고, 그것 없이는 가난하고 기생충 같은 존재가 되는 일, 궁극적으로 어느 정도의 권력을 회복할 수 있는 일, 그 일을 하러 갔습니다.

이 좁은 탈출구에서 자연스럽게 기쁨을 느낀 저는 장식과 추가를 가미한 〈누런 벽지〉를 썼고(저는 벽지에서 환각을 보거나. 이의를 제기한 적이 없습니다), 그 사본을 거의 나를 미칠 정도로 몰아간 의사에게 보냈습니다. 그는 절대 인정하지 않았죠.

이 작은 책은 정신과 의사들에 의해 한 종류의 문학의 좋은 표본으로 평가받고 있습니다. 제가 알기로는 이 책이 비슷한 운명에 처한 한 여성을 구해줬는데, 가족들이 겁에 질려서 정상적인 활동을 할 수 있도록 그녀를 내보냈고 그녀는 회복했습니다.

하지만 가장 좋은 결과는 이것입니다. 수년 후 저는 그 위대한 전문의가 〈누런 벽지〉를 읽은 후 신경쇠약증에 대한 처방을 바꾸었다고 친구들에게 고백했다는 이야기를 들었습니다.

사람들을 미치게 하려는 의도가 아니라 미쳐가는 사람들을 구하려는 의도가 있었고, 그 의도는 통했습니다.

◆ 당시 여성은 '게으르고 무식하기'를 요구받았다

18세기부터 19세기 초반까지 대부분의 유럽과 미국의 가족들은 함께 일하면서 농사일을 분담하거나, 가족 소유의 소규모 사업체에서 일하며 생계를 꾸려나갔다. 그러나 1830년 이후 상업이 급성장하고 대기업이 생겨나고 대도시로 이주하면서 경제 생산의 중심이었던 가정은 구성원들이 점차 집 밖에서 생계를 꾸려나가는 노동자로 변화하였다. 대부분의 경우 남성이 주된 '생계부양자'였고 여성은 집에 남아 아이를 키우고, 청소하고, 요리하고, 돌아온 남편을 위한 안식처를 제공해야 했다. 빅토리아 시대는 여성에게 엄격하게 정의된 가정을 지키고 도덕적 의무를 준수할 것을 기대했기 때문에 성 양극화가 심화된 시기였고, 이런 측면은 미국도 마찬가지였다.

그러나 미국은 남북전쟁 이후 재건의 시대에 돌입했고, 여성들이 점차 집 밖에서 일하는 경우가 많아졌다. 그럼에도 여성의 가정 내 역할에 대한 기대와 요구는 변화가 없었다. 그 결과 어린 시절부터 집 밖의 일을 한 여성들은 집안일을 배우는 시간이 적었고, 출산이나 육아와 같은 전통적인 여성의 역할에 어려움을 겪게 되었다.

이 무렵 미국의 중산층 이상의 여성에게 히스테리hysteria가 발발하는 비율이 급격히 늘었다. 그리고 이 질병은 당시 상당히 풍부했던 의사들에게 양질의 풍요로운 환자들을 제공했다.

▲위의 글은 작가 길먼이 출산 이후 신경계통의 질병을 일으킨 것이 주부(어머니)로서의 준비 부족에 기인한다든가(활동적인 여성이어서), 부유한 집을 방문하기도 하는 의사가 '게으르고 무식해야idle and ignorant' 하는 빅토리아 여성의 이상에 맞춘 치료법을 만들었다고 주장하려는 의도가 있는 것이 아니다. 작품 해석을 위한 배경 사실을 언급할 뿐이다. ▲

분석

◆ '광인일기'의 언어

길먼의 광인일기는 여성의 광기를 매우 사실적으로 묘사하기 때문에 그 서술기법을 주목할 필요가 있다.

〈누런 벽지〉의 원고를 받은 《월간 아틀란틱》의 편집자 스커더H. E. Scudder는 "내가 이 글을 읽고 나 자신을 비참하게 만든 것처럼 다른 사람들을 비참하게 한다면, 나 자신을 용서할 수 없을 것이다."라고 하면서 원고를 돌려보냈다.

이러한 비참함은 서사의 기교에서 나온다. 길먼은 처음에는 주인공을 19세기의 전형적인 착한 여인으로 서술했다. 그녀는 남편이 지시하는 것을 모두 지시하는 대로 하는 착한 아내로 나온다. 〈누런 벽지〉에서 주인공은 자신을 나타내는 단어인 나I 이외에, 중성 대명사로 'one'을 사용하고 있는데, 미묘한 뉘앙스 해석이 필요하다.

"그는 내가 아프다는 것을 믿지 않아요! 그러니 내가 어쩌겠어요?"
"You see he does not believe I am sick! And what can one do?"

남편은 서술자가 아프다는 것을 믿지 않는다. (서술자는 자신이 아프다고 생각한다.)

"남편이 믿지 않으니 내(one)가 어떻게 해요?"
(남편이 시키는 대로 한다는 뜻)

서술자는 개인적인 의견이나 사적인 감정이 있다. 그것은 모두 인칭대명사 'I'로 표현된다. 그러나 그것들이 남편이나 세상의 반대에 부닥치면, 나(중성대명사)는 그들을 따를 수밖에 없다. 인칭대명사의 사적인 것을 모두 억압하고, 권위적인 남성 사회의 지시에 따른다. 이런 경우에는 남성들의 관점에서 서술자는 착하고 좋은 여자인 것이다. 다음 구절은 이것을 더욱 분명하게 보여준다.

"개인적으로 나는 자극과 변화가 있는, 마음에 드는 일이 나에게 좋을 것이라고 믿어요. 그러나 어쩌겠어요?"
"Personally, I believe that congenial work, with excitement and change, would do me good. But what is one to do?"
(일하지 말고 쉬어야 한다는 뜻)

이 구절들은 entry 1에 나온다.
그러나 entry 4에서는 상황이 크게 변화된다.

I don't know why I should write this.

I don't want to.

I don't feel able.

And I know John would think it absurd. But I must say what I feel and think in some way - it is such a relief!

내가 왜 이 글을 써야 하는지 모르겠다.

나는 쓰고 싶지 않다.

나는 그럴 능력이 없다고 느낀다.

그리고 나는 존이 글쓰기를 어리석은 짓이라고 생각하리라는 것을 안다.

하지만 내가 느끼고 생각하는 바를 나는 어떤 식으로든 **말해야 한다.**

그게 얼마나 큰 위안이지!

인칭대명사 'I'가 의도적으로 강조되었고, 서술자는 자신이 느끼는 바를 남편에게 말을 해야겠다고must 나선다.

이러한 점은 복종하고 순종하는 착한 아내에서 자기를 주장하는 병든 여자로 변화하는 과정을 선명하게 보여준다. '광인일기'로서 〈누런 벽지〉는 1인칭 자아가 자신을 주장하고, 행동하고, 그 결과를 보여준다. 이것은 페미니스트의 관점에서는 억압된 자신을 해방시키는 과정일 수 있지만, 전통적인 이데올로기에서는 광기로 가는 길이다. 광인이 되는 것이 자기 해방일 수 있는가 아닌가는 지금 여기에서 다룰 문제는 아니다. 다만 중성대명사에 가려있는 인칭대명사가 나타나서 서술자를 이끌고 가는 과정을 다루는 것이라면, 〈누런 벽지〉라는 작품이 서사를 일기의 형태로 하는 것이 유효적절하다. 선하고 착한 여인이 광적인 상태로 변화하는 과정을 모두 보여주기 위해서는 'the one'이 우위에 있는 전반부와 광기의 끔찍한 상태로 보여주는 내적 독백과 같은 후반부가 모두 어울리는 일기가 가장 적합할 것이기 때문이다. 《월간 아틀란틱》의 편집자가 끔찍하다고 말한 것은 착한 여자가 광기에 사로잡혔기 때문일 것이다. 이 점에서 길먼은 성공했다.

▲ 주의하자. 〈누런 벽지〉의 착한 여자는 영국 계통의 뉴잉글랜드에 거주하는 중산층 백인 여성이고, 빅토리아 여성상을 배경으로 한다. 《월간 아틀란틱》의 편집자는 교양이 부족한 인디언이나 흑인, 또는 중국인 여성의 광기를 그렇게 끔찍하게 여기지 않았을 것이다. ▲

그리고 일기의 스타일은 뒤로 갈수록, 즉 광기가 깊어질수록 문체가 짧아지고, 감탄 부호가 많이 첨가된다. 적절한 표현기법이라고 생각되는데, 마지막 entry 12의 다음 구절을 살펴보자.

① Why there's John at the door!

   왜 존이 문 앞에 있지!

② It is no use, young man, you can't open it!

   소용없어, 젊은이, 너는 문을 열 수 없어!

③ How he does call and pound!

   그가 얼마나 소리치고 문을 두드리나!

④ Now he's crying for an axe.

   이제 도끼를 달라고 소리치네.

⑤ It would be a shame to break down that beautiful door!

   저 아름다운 문을 부순다면 부끄러운 일이 될 거야!

이 짧은 문장을 보면, 독자들은 서술자가 방 안에서 혼자 독백을 하고 있는지, 또는 방 안의 누구와 대화를 하고 있는지 판가름하기 어려울 것이다. 저자는 의도적으로 대화에서 독백과 대화가 애매해지도록 글을 전략적으로 쓰고있다. 이것은 점차 서술자의 의식이 분열되어가는 것을 묘사하기 때문이다. (처음에는 개인적 자아I가 사회적 자아one로 구별되어 가더니, 이제는 개인적 자아I가 타자other로 분열되는 것이다.) 이것은 〈누런 벽지〉의 마지막에서 극적인 단계로 진행된다.

> "나 드디어 나왔어요." 내가 말했다. "당신과 제인의 반대에도 불구하고!"
> "그리고 내가 벽지 대부분을 벗겼으니, 당신은 나를 다시 집어넣을 수 없어요!"
> "I've got out at last," said I. "in spite of you and Jane!"
> "And I've pulled off most of the paper, so you can't put me back!"

이 마지막 구절에서 가장 문제가 되는 것은 제인이 누구냐는 것이다. 단순한 (제니의) 오타라는 주장에서부터, 제인 에어Jane Eyre를 염두에 둔 것이라는 말도 있지만, 대부분은 서술자의 이름이라고 본다. 남편과 아내의 가장 평범한 이름이 존과 제인임을 염두에 두고 하는 말이기도 하다.

그렇다면 바닥을 기어다니는 여성은 자신을 완전히 독립적인 개체로 여기는 모양이 된다. 서술자로서의 제인은 완전히 자신을 분리시키고 (미쳐서) 벽지에서 나온 여성이 되어 기어다닌다. 원래 벽지에서 나오는 여인을 묶으려던 밧줄로 자신을 묶었다는 점도 기억하자. 자신을 벽지에서 나온 여인과 동일시하는 것으로, "광인일기"의 마지막에 어울리는 결말이다.

그런데 언어 관점에서 주목해야 할 것은 서술자의 "교양 있는 언어" 사용이다. 당시 미국에서는 여성에 대한 일반적인 기대가 "게으르고 무식할 것"인데, 여기 소설 속 주인공은 미쳐가면서도 좋은 형식good form을 사용한다. 이렇게 교양 있는 말을 하는 사람을 미치게 하다니! 당시 남성 편집자가 원고를 읽으면서 소름이 끼쳤던 이유이기도 하다. 몇 가지 예를 보자.

창문 밖으로 뛰어내리는 것이 멋진 행동일 테지만, 창살이 너무 강해서
시도조차 할 수 없다.
To jump out of the window would be an admirable exercise, but the
bars are too strong even to try(entry 12).

분열이 절정에 달한 일기의 마지막 부분이어서, 내용이 끔찍하다. 그러
나 놀라운 것은 네발짐승이 되어 바닥을 기어다닐 여자가 이렇게 정중하고
장식적인 좋은 형식의 영어를 사용하다니!

이제는 도끼를 가져오라고 고함치고 있다. 저렇게 아름다운 문을 부순다면
심히 유감일 것이다!
Now he's crying for an axe. It would be a shame to break down that
beautiful door(entry 12)!

영어 문장이 상황과는 달리 정중하고 품위가 있어서, 오히려 끔찍하게
느껴진다. 물론 이것이 19세기 교양 있는 형식임을 알아야 느낄 수 있는 것
이지만. 작품의 마지막 구절은 한글 번역처럼 야유 같은 것이 들어있는 건
아니고, 품위를 유지하면서 사회적 요구를 내면화하고, 자신의 길을 가는
정치적 의미도 보여준다. 진실로 그로테스크하다.

"그런데 저 남자 왜 기절했을까요? 하지만 그는 기절했고, 그것도 벽 옆 내
길을 막았어요, 그래서 나는 매번 그를 기어서 넘어가야 해요!"
"Now why should that man have fainted? But he did, and right across
my path by the wall, so that I had to creep over him every time!"

이제 서술자는 동물적 성질이 지배하여, 몸은 짐승처럼 움직인다. 그런데 언어는 사회적 통념을 철저히 지키고 있는 것 같다. 차라리 개 짖는 소리나, 원숭이처럼 울부짖었다면 덜 기괴했을 것이다.

◆ 상상력으로 보는 광인일기

열두 토막의 일기에서 가장 중요한 것은 누런 벽지의 무늬를 해석하려는 그녀의 노력이다. 벽지는 일단 누런색으로 그녀의 신경을 거슬린다. 벽지는 그녀를 "메스껍고 거의 토할 것"처럼 만드는데, 그건 벽지가 "그을리는 불결한 누런색"이기 때문이다. 게다가 벽지는 마구 뻗어나가서 예술적 의미는 모두 어기는 무늬를 가지고 있다. 서술자는 "디자인의 원칙을 좀 안다". 그런데 이보다 더 흉한 벽지를 본 적이 없다.

서술자는 벽지를 객관적으로 묘사하기보다는 시적인 표현을 동원해서 말한다. "미약하고 불확실한 곡선들이 갑자기 자살을 해버린다. 터무니없는 각도로 뛰어내리거나 전례없는 모순으로 스스로를 파괴한다." 또는 매우 전문적인 것 같은 표현도 나온다.

> 어떤 관점에서 각각의 벽지는 옆과 무관하게 독립되어 있고, 그 안의
> 부풀어 오른 곡선과 장식적 진전섬망震顛譫妄을 일으킨 "열등한 로마네스크
> 무늬"라고도 할 수 있는 우스꽝스럽고 고립된 수직의 기둥 속에서 위아래로
> 흔들리며 나아가고 있는 것처럼 보인다. 달리 보면 그것들은 비스듬히
> 연결되어 있고, 그 휘몰아치는 윤곽선은 시각적 공포를 불러일으키는
> 비스듬한 파도가 되어 밀려온다. 대량의 해조류가 폭풍우 속에서
> 몸부림치는 것 같다(entry 3).

위와 같은 어려운 말을 듣는 경우에는 독자는 대상으로서의 무늬를 이해

하는 것보다는 그런 말을 하는 서술자의 내적 상태를 들여다보게 된다. 그러면 우리는 쉽사리 서술자의 심정이 폭풍우 속에서 몸부림치는 해조류처럼 흔들리고 있어서 자살이라도 할 것 같다고 이해할 수 있다. 사실로 디자인 실력이 좋은 작가 길먼이 무늬를 "진전섬망(알코올 중독 환자가 겪을 수 있는 정신착란)을 일으키는 저질의 로마네스크"라고 표현했다면, 그건 일반 독자에게 벽지 무늬는 그냥 (몰라도 좋은) 미스테리로 남겨놓고, 서술자의 두려움만을 전달하려는 의도라고 본다. (이것은 〈어셔 가의 붕괴〉의 처음 장면에서 서술자가 집을 바라볼 때 느끼는 심정을 전달하는 포의 전략과 닮았다.)

서술자가 공포를 느낀다는 점과 그로테스크한 분위기에 들어갔다는 점은 분명하게 전달된다. "부러진 목처럼 축 늘어지고 부풀어 오른 두 눈동자가 거꾸로 서서 쳐다보는" 무늬는 서술자의 두려움을 그대로 전달한다.

두려움, 혐오, 공포를 대처하는 방법은 사람마다 다르지만, 우리의 서술자는 상상력으로 대상을 잡아 다스리고 그것과 대화한다. 서술자는 지적능력도 좋지만, 상상력이 탁월한 여인으로 이해된다. 다음 인용을 참조하자.

나무가 우거진 아름다운 오솔길 하나가 저택에서 선창까지 뻗어있다. 나는 언제나 이 수많은 길과 정자 속에 사람들이 걸어다니고 있다고 상상하지만 존은 내게 절대 공상에 빠지지 말라고 주의를 주었다. 나처럼 신경이 과민하고 약한 사람이 나처럼 상상력이 풍부하고 이야기를 지어내는 습성이 있으면 온갖 들뜬 공상에 빠지기 마련이라며, 그런 성향을 제어하려면 의지와 상식을 동원해야 한다는 것이다. 그래서 나는 그렇게 하도록 노력한다(entry 2).

서술자는 아무도 없는 길을 보고도, 사람들이 걸어다니고 있다고 상상하며, 이야기를 지어내는 습성이 있다. 그런데 그녀는 벽지에서 이중의 패턴을 알아 보았는데, 전면의 패턴front pattern은 창살처럼 보이고, 그 뒤sub pattern에는 기어다니는 여자가 있었다. 벽지에서 갇혀있는 여자가 보인 것이다.

이것은 혐오감과 공포를 불러일으키는 벽지의 무늬에 대항해서 상상력으로 만들어낸 스토리이다. 물론 이 스토리는 육아실에 갇힌 그녀 자신의 이미지가 투사된 것으로, 그 스토리는 그녀의 무의식이 만들어 내는 소망충족의 한 형식일 것이다.

▲ 굳이 작품 분석하면서 프로이트의 용어를 끌어대는 이유는 히스테리 환자가 벽에 스토리를 작성해서 치유 과정을 겪는 것이 소설가들이 소설 쓰는 행위와 기본 틀이 동일하다고 말하고 싶어서이다. 물론 소설 쓰기는 언어행위이고, 상상력은 다양한 방식으로 구체화할 수 있지만.

벽지를 텍스트라고 하고, 서술자가 그 텍스트를 이해할 수 있도록 바라보고, 결국 해석했다면, 그 해석은 서술자의 스토리가 될 것이다. ▲

처음에 서술자가 뒷면 패턴에서 여자를 보았을 때에는 호기심을 느껴서 살며시 일어나 "만져보러 간다". 두 번째 여러 명의 여성이 기어다니는 듯한 모습을 관찰하자 이번에는 혐오감을 느낀다. "전혀 마음에 들지 않는다. 존이 나를 여기서 데리고 나가주었으면!" 그러나 나중에는 그들이 모두 벽지에 의해서 진압되고subdued, 조용해지는 공통점이 있음을 알게 되고, 연대의 감정을 느끼게 된다.

뒷면의 여자는 전면의 창살을 잡고 흔든다. 그녀는 창살을 빠져나오려고 한다. 그러나 누구도 전면 패턴을 넘어가지 못한다. 목이 무늬에 졸리기 때문이다. 여자들의 머리가 빠져나오면 무늬는 그들의 목을 졸라 거꾸로 뒤집으며 그들의 눈을 하얗게 만들어 버린다(entry 9).

　벽지 속의 이야기를 이렇게 이해하면, 서술자의 할 일이 정해진다. 그녀는 갇혀있는 여자를 탈출시켜야 할 것이다. 서술자는 벽지를 뜯어내는데, 갇혀있는 여자를 탈출시키는 일은 물론 남편 몰래 진행될 것이고, 이사 전날에는 드디어 벽 속의 여자를 이끌어내는 데 성공한다. 독자들은 이러한 상황에서 질문을 하게 된다. 서술자의 상상력이 만들어낸 여자가 탈출해서 방안으로 들어왔다면, 그때 방 안에 두 명의 여인이 있을까? 아니면 서술자 혼자 있는가?

　일기의 마지막에서는 서술자가 혼자 기어다니는 것으로 묘사되고 있다. 아니 벽에서 기어다니던 여자가 방으로 나와 서술자로서 행동하고 있다. 독자들은 벽의 여자와 서술자가 동일한 존재로 합쳐졌다고 생각할 수밖에 없다. 이러한 존재는 탈출한 여자이기 때문에, 서술자는 변화되었다고 말해야 한다. 탈출한 서술자가 기어다닌다. 그녀는 남편으로부터도 해방된 여자로 나선다.

　문을 열어 달라는 남편의 명령을 무시하고 열쇠를 가지고 오라고 단호하게 명령한다. 남편에게 어린아이 취급받던 여인이 이제는 남편을 아이 취급한다.

"나 드디어 나왔네요." 내가 말했다.
"당신과 제인이 있었어도. 그리고 내가 벽지를 거의 다 벗겨 버렸으니, 당신, 이제 나를 다시 집어넣을 수 없어요(entry 12)!"

이 말은 승리의 선언이다. 저 남자(남편이고, 의사인)는 졸도하고 나는 매번 그를 기어 넘어가며 방 안을 계속 기어가며 돈다.

페미니스트들은 이것을 여성 해방의 일이라고 주장한다. 〈누런 벽지〉가
남성 중심 사회에 일격을 가한 작품이라 하고, 그들의 교과서에 실었다.

◆ 'smooch'의 미스터리

분석의 장에서 언어와 무늬의 미스터리를 어느 정도 밝혔다. 그러나 설명
하기 어려운 문제는, 〈누런 벽지〉의 전체 해석과 밀접하게 관련되어 있는
단어 'smooch'의 해석이다. 이 단어는 세 번 나오는데, 우리의 번역처럼 얼
룩 정도로 하면 어려움이 없어 보이기도 한다(entry 6, entry 8, entry 12).
그러나 세 번째는 문제가 생긴다. 번역이 이해가 되지 않기 때문이다.

순조롭게 기어다닐 수 있고, 내 어깨가 벽의 저 기다란 얼룩(smooch)에 딱
들어맞으니 길을 잃을 리가 없지(entry 12).

20세기 현대 영어에서 'smooch'는 껴안고 키스하는 성적인 뜻인데, 19
세기에서는 전혀 다른 의미로 사용되었던 것 같다. 대개 첫 번째 사용된 문
맥으로 이해해서 옷에 묻는 얼룩으로 번역하지만, 두 번째 모든 가구 뒤에
있는 직선의 고른 'smooch'는 얼룩으로는 잘 맞지 않고, 특히 마지막 어
깨 높이의 길을 잃지 않도록 한다는 점에서는 더욱 어울리지 않는다. 그래
서 미국 교과서에 실리는 작품이지만, 의미를 알 수 없는 단어 'smooch'가
〈누런 벽지〉의 수수께끼로 남았는데, 1986년에 메리 자코버스Mary Jacobus
가 "네 발로 기는 여성은 남성적 이성理性에 의해서 구속되지 않는 여성의
동물성을 구현한 것"이라고 주장하고 그렇게 해석되자, 곧 2000년대에는
〈누런 벽지〉 서술자의 기어다니는 것은 고양이의 행동feline behavior이라는
말이 나오기 시작했다. 그렇다면, 벽에, 모두 가구 뒤에 있는 노란 얼룩은
고양이의 영역 표시와 같은 것이 된다. 그것이 벽에 있다면 고양이는 길을

잃을 염려가 없을 것이다.

그리고 이해하기 어려웠던 침대 프레임을 갉고gnawed, 침대를 물어뜯고, 방바닥을 긁고, 구멍 내는gouged 행동들은 광인이 하는 것이라기보다는 고양이의 일에 가깝다. 무엇보다도 기어다니는 네 발 짐승이었는데, 밖에 나가기를 싫어하고 방을 돌아다니는 습성은 들고양이라기보다는 집고양이를 닮았다. (육아실에 영역을 표시했고, 외부에는 아니다.)

그녀는 창 밖에서 기어다니는 여자를 본다. 그녀는 마차가 오면 "블랙베리넝쿨(Blackberry vines)" 아래로 숨는다(entry 10).

그렇다. 낮에 마차를 보고 넝쿨 아래로 숨는 것은 젊은 처녀라기보다는 고양이일 것이다.

▲ 그러나, 서술자가 후면 무늬에서 기어다니는 것, 무늬를 뚫고 나오려다가 목이 졸리는 것도 성인 여자라기보다는 고양이라고 말하는 것은 무리가 아닐까? 고양이를 여자라고 말하고 있는 것일까? 우리는 다르게 해석한다. ▲

해석

◆ 서술자의 붕괴

〈누런 벽지〉는 '페미니스트 출판사Feminist Press'라는 용감한 이름의 출판사가 1973년에 재출간한다. 이것은 미국 페미니즘의 고전이 되었으며, 1987년에는 소설 베스트셀러 10위 안에 들기도 했다. 페미니스트들은 벽지는 서술자가 처해있는 압도적인 억압적 사회구조를 상징하며, 벽지 뒤에서 기어다니는 인물이 서술자의 분신double이며, 그녀를 벽지에서 나오도록 돕는 것은 서술자의 진정한 내면을 해방시키는 것이라고 읽는다.

그러나 서술자가 남편의 몸 위를 기어가는 것이 서술자의 승리를 의미하는 것인가에 의문을 제기하는 사람들도 적지 않다. 많은 페미니스트들은 네발로 기어가는 것이 최종적인 재앙이 아니라 자아의 정체성과 개인적 성취를 향해 나아가는 과정의 필수적인 단계라고 긍정적으로 해석한다.

그러나 우리는 길먼이 신경쇠약증에 대한 어떤 의사의 휴식요법이 환자를 돌이킬 수 없는 광기에 빠지게 한다는 것을 폭로하려는 의도를 가졌고, 그것을 성공적으로 이루었다고 보았다. 따라서 페미니스트들의 〈누런 벽지〉의 결말 해석은 그들의 소망 형식을 너무 많이 투사하여 설득력이 낮은 것으로 보인다.

우리는 벽지가 '누런' 벽지라는 점도 주목해야 한다고 생각한다. 길먼은 뉴잉글랜드에서 태어나고 자랐으며, 1880-90년대에는 이민자에 대한 반대, 황색에 대한 불안감이 급증하고 있었다. 그들(백인 아리아인)에게 이민자들은 '쓰레기'였고, 미국을 오염시킬 정신력이 낮은 사람들이었다. 그들은 1882년에 중국인 배제법을 제정했다. 이 무렵에 황색은 열등함, 낯설음, 비겁함, 추함, 후진성을 내포했다.

색으로 〈누런 벽지〉를 읽는다면, 첫 번째 토막에서부터 서술자는 자신을 (영국)미국인으로 특권을 누리는 사람으로 상정하는 것을 알 수 있다. "평범한 사람들"이지만, "식민지 저택, 세습재산"을 확보했고, 이 집은 개인 부두도 있다(특권적 백인이다). 이런 사람이 "부러진 목"과 "부푼 눈"을 가진 변색한 얼굴의 누런색에 둘러싸여 있다. (그녀는 디자인에 민감하니 색에도 예민했을 것이다.) 백인 여성은 누런 냄새, 누런색이 묻지 않도록 조심해야 한다.

▲벽지를 창살로만 해석하면 벽 속의 여자는 해방되었다. 그러나 '누런' 벽지를 색으로 본다면 벽지의 여자는 피부색이 변했다고 해석해야 할 것이다. 서술자가 뉴잉글

랜드의 특권적 백인이고 벽 속의 여자가 누런 피부의 중국 여인이라면, 벽지를 벗기는 것이 단순히 창살만 제거하는 것이 아닐 것이다. 우리는 누런 피부의 여인이라면 아무리 미쳤다 하더라도 백인 서술자가 동일시하기 어려웠을 것이라고 생각한다. ▲

우리는 벽지에서 도움받아 나온 여성이 네발로 기는 것을 '고양이'와 닮은 동물성을 표현한다고 말하기보다는 후진 유색 인종의 열등성의 표현이라고 읽는다. 벽에서 나온 여인은 원래 고양이이기 때문에 기어다니는 것이 아니라, 열등한 중국 여인이기 때문에 기어다닌다. 그래서 중국 여인이 도망치려 한다면 묶으려고 밧줄을 준비한 것이다.

결론에서 서술자가 남편을 넘어서 기어다닌다면, 그것은 서술자가 진정한 내면에 도달한 것이 아니라, 완전히 미쳐서 열등한 중국인 흉내를 낸다는 뜻이다.

우리는 〈누런 벽지〉 서술자는 해방된 게 아니라, 붕괴되었다고 읽는다.

▲길먼이 페미니스트 운동에 가담했고, 사회주의 개혁관을 가지고 있었다는 것은 확실하지만, 그녀가 인종주의자이고, 계급주의자이고, 동양인에 대한 불편한 감정을 가지고 있었다는 것도 확실하다. 미국의 1차 페미니즘 운동이 인종 문제에 둔감했다는 것은 여기에서도 확인할 수 있다. ▲

◆ **미국식 그로테스크**american grotesque

우리는 〈누런 벽지〉를 〈어셔 가의 붕괴〉의 다른 버전으로 읽을 수도 있다는 점에 주목한다.

서술자 제인Jane을 어셔 가家의 매들린으로 읽을 수 있다는 점이 포인트인데, 지하 납골당에 갇힌 매들린을 외딴집 꼭대기 방 붙박이 침대에 갇힌 제인으로 바꾸기도 그렇게 어렵지 않을 것이다. 외따로 떨어진 집의 금 간

건물을 군데군데 벗겨진 어지러운 벽지로 생각해볼 수도 있고, 여자처럼 맥없이 쓰러져 기절하는 남편 존을 그저 힘없이 쓰러져 죽어버린 로더릭을 생각나게 한다고 말할 수도 있다.

〈어셔 가의 붕괴〉에서 한 마디의 대사도 없는 매들린을 〈누런 벽지〉에서 1인칭 서술자로 한 것이 페미니즘적 시각이라고 말할 수도 있을 것이다. 미약하지만 〈누런 벽지〉의 서술자는 남자 의사의 처방에 대해서 항의도 해보고, 자신의 주장을 제기하기도 한다. 물론 모두 억압되고 무시되어 광기로 진행되기는 하지만. 그럼에도 제인의 주장은 나름의 항의 형식이다.

"개인적으로 나는 그들의 생각에 동의하지 않는다Personally, I disagree with their ideas. 하지만 내가 어찌하겠는가But what is one to do?"라고 물러서지만, 의사 남편 존에 대한 제인의 평가는 그녀의 시각을 알려준다.

존은 극도로 실용적이다. 그는 신앙을 참지 못하고, 미신을 경악하고,
만져지고 보이지 않는 것이나 숫자로 나타낼 수 없는 것에 대한 이야기는
공공연히 비웃는다.
John is practical in the extreme. He has no patience with faith, an intense horror of superstition, and he scoffs openly at any talk of things not to be felt and seen and put down in figures(entry 1).

이것은 경험과학, 그리고 상식을 추종하는 일반인의 전형적인 특징인데, 우리가 〈어셔 가의 붕괴〉에서 살핀 것처럼 주된 공격 대상이었다. 〈누런 벽지〉의 서술자는 존의 특징을 묘사하면서, 그가 자신의 정신적인 질병을 치료하게 된 곤란한 상황을 점잖게 표현하고 있다. 표현은 점잖고, 위트까지 보이지만 부당한 권위에 대한 날을 세우고 있다. 그녀는 나름대로 일기를 쓰거나 상상력을 동원해서 벽지를 그리며 대항한다.

우리는 밧줄로 묶인 여성이 폐쇄된 방을 기어다니는 것을 남성 중심 사회에 대한 승리라고 주장하기는 어렵다고 본다. 그래서 마지막 장면은 해방이 아니라 광기로 파멸하는 그림이어야 한다고 생각한다. 〈누런 벽지〉는 그로테스크한 붕괴로 읽어야 한다. 〈어셔 가의 붕괴〉와 마찬가지로 1인칭 서술자의 붕괴, 그의 그로테스크한 광인일기로 읽자. 그러나 단순히 공포 이야기만은 아니라는 점, 〈어셔 가의 붕괴〉와는 달리 억압적 사회에 대한 도전과 투쟁이 분명히 다루어지고 있음을 기억하자. 물론 이것은 〈누런 벽지〉가 〈어셔 가의 붕괴〉와는 다른 장르에 속한다고 말하는 것이 아니라, 포가 개척한 그로테스크 분야의 외연 확대라고 보는 것이다.

앞으로 살펴보게 될 것처럼 사회적인 문제, 현실의 문제가 그로테스크의 본질로 등장하기 때문이다.

3

《와인즈버그, 오하이오》
— 셔우드 앤더슨

Winesburg, Ohio, 1919
– Sherwood Anderson

셔우드 앤더슨1876-1941은 1차 세계대전과 2차 세계대전 사이에 미국의 글쓰기, 특히 단편소설의 기법에 큰 영향을 끼친 작가이며, 그의 글쓰기는 헤밍웨이, 포크너와 같은 저명한 작가들에게 영향을 미쳤다.

그는 당대 단편소설의 인기 작가 잭 런던Jack London 1876-1916이나 오 헨리 O. Henry 1862-1910와는 달리 줄거리를 강조하거나 도덕적 교훈을 제공하는 것에 반대하고 플롯plot보다는 형식을 중요시했다. 그는 깜짝 놀라게 하는 결말보다는 억압되고 외로운 삶의 결정적인 한 순간을 포착하는 것에 집중했다. 셔우드 앤더슨의 명성은 주로 그의 실험 정신에 기인한다.

셔우드 앤더슨은 《와인즈버그, 오하이오》(1919)라는 단편집을 1차 세계대전(1914-1918) 직후에 출판한다. 이 단편집에는 〈그로테스크의 서書〉라는 서문이 있고, 다음에 스물한 편의 단편들이 있다. 이 서문에서 앤더슨은 그로테스크에 대한 정의를 내리고 단편들에서 등장인물들의 그로테스크함을 보여 주었다. 이것은 확실히 새로운 일이었다.

《와인즈버그, 오하이오》는 그로테스크한 일의 하나로 비뚤어진 성적 욕망, 동성애, 훔쳐보기, 알몸 스트리킹 등을 과감하게 언급한다. 이러한 내용은 당시 보통의 미국 시민들에게는 공포스럽고 혐오스러운 것이어서, 독자들이 도서관에서 책을 가져와 불을 지르기도 했다. 우리는 《와인즈버그, 오하이오》 서문 〈그로테스크의 서書〉와 첫 번째 단편 〈손〉을 다루고자 한다.

I. 서문 : 〈그로테스크의 서〉

요약

어떤 늙은 작가가 자기 방의 높은 창문 너머로 나무를 보면서 잠에서 깨어나고 싶었다. (그의 방은 좁고 낮아서 답답했다.) 그는 목수를 불러 침대를 높이고자 한다. 그러나 목수와 작가는 침대를 높일 계획을 세우다가, 다른 이야기를 하게 된다. 목수가 남북전쟁에서 군인으로 복무한 일, 감옥에 갇힌 일, 굶어 죽은 동생 이야기를 털어놓았고, 노작가는 여기에 빠져든다. 그들은 감정이 격해져 결국에는 침대를 올리는 일을 잊어버렸다. (후일 목수가 자기 마음대로 침대를 높여서, 늙은 작가는 의자를 놓고 침대로 올라가야 했다.)

▲노작가가 목수의 이야기를 경청하는 것은 주목해야 한다. 그는 단절되고 의사소통이 없는 그로테스크한 등장인물들과는 달리 공감능력이 있는 사람으로 묘사되고 있기 때문이다. 노작가는 작품의 마지막 이야기에서 마을을 떠나는 청년 윌러드 Willard의 나이 든 모습으로 추측할 수 있다. ▲

노작가는 침대에 누우면 꼼짝도 하지 않는다. 그는 골초였고 심장이 두근거렸다. 갑자기 죽을지도 모른다고 생각하지만, 이런 생각에 놀라기보다는 오히려 더 살아 있음을 느낀다. 그는 자신의 내면에 어떤 젊은 것이 있다고 생각한다. 그는 이 젊은 존재가 기사처럼 "사슬 갑옷" 입은 젊은 여성이라고 상상한다. 작가는 옛날에는 아주 잘생겨서 많은 여자들의 사랑을 받았다고 믿는다. 그리고 그는 보통 사람들과는 다르게 아주 특별히 내밀한 방식으로 그 여자들을 알았다고 생각한다. (서술자는 노작가의 이러한 생각에 거리를 두고 말한다.)

침대에서 작가는 꿈 아닌 꿈을 꾼다. 자신의 내면에 있는 젊은 존재가 인물들의 긴 행렬을 이끌고 지나간다. 그들은 모두 그로테스크하다. 그로테스크한 것들이 모두 끔찍하지는horrible 않다. 어떤 것은 재미있고 어떤 것은 거의 아름답기까지도 했다. 노작가는 한 시간 가까이 진행된 이 행렬에 깊은 영향을 받아 "그로테스크의 책"이라는 제목으로 이야기를 쓸 결심을 한다. "그로테스크의 책"이 출판되지는 않았지만, 서술자는 그것을 한 번 본 순간 큰 인상을 받았다고 말한다. 서술자는 이 책을 통해 사람과 사물을 새로운 방식으로 이해할 수 있었다고 믿는다.

노작가가 자신의 생각을 수백 페이지의 글로 채우는데, 노작가의 주장도 그로테스크하게 될 가능성이 있었다. 그러나 그렇게 되지는 않았다. 책을 출판하지 않았고, 그의 내면의 젊은 것이 그를 구원했기 때문이다.

Setup

◆ 사이클Short Story cycle

《와인즈버그, 오하이오》는 한 편의 서문과 스물한 편의 단편소설로 이루어진 연작소설이다. 원래 연작소설은 우리가 아는 《데카메론》, 《캔터베리 이야기》, 또는 《아더 왕 이야기》에서 보는 것처럼 오랜 역사를 가지고 있는 형식으로, 단순한 단편 모음집collection과 구분되는데, 연작소설의 단편들은 그 자체로 독립적인 작품이면서도 작품들이 어떤 형태로든 연관성을 가지며, 작품 전체에 통일성을 부여하고, 단편 자체가 전체의 통일성 아래에서 새롭게 이해될 수도 있다.

연작소설은 20세기 들어서 모더니즘과 관련해서 새롭게 주목받기 시작한다. 한 편의 단편소설은 포의 주장처럼 '효과의 통일성unity of effect'을 가지고 있어서 뚜렷한 전체성totality과 개체성을 드러내고 있었는데, 모더니즘에서는 단편소설의 통일성이나 필연적 전개를 반대하고 오히려 독립적, 파편적, 반복의 미학을 내세운다. 그 결과 20세기의 연작소설의 단편들은 소설의 조직된 권위(전능적인 서술자)에 반대하고 다양한 목소리와 관점을 제공하는데, 앤더슨은 이러한 다수의 목소리, 파편화, 병렬과 같은 것이 새로운 시대에 어울린다고 보았다.

▲ 헤밍웨이나 포크너와 같은 작가들이 앤더슨의 이러한 주장을 긍정적으로 받아들였다. 헤밍웨이의 《우리 시대 *In Our Time*》, 포크너의 《내려가라, 모세여 *Go Down Moses*》라는 연작소설은 앤더슨의 《와인즈버그, 오하이오》의 영향을 받은 것이고, 우리가 앞으로 살피게 될 오브라이언의 《그들이 지니고 다니는 것들》도 앤더슨까지 거슬러 올라갈 수 있다. 이처럼 앤더슨의 모더니즘은 그 새로움과 영향력을 미국 단편소설의 역사에 단단하게 각인했다. ▲

《와인즈버그, 오하이오》는 중서부 미국 작은 마을에 사는 사람들의 고립, 분리, 의사소통의 단절과 같은 내용을 다루고 있다. 이러한 등장인물의 고립을 표현하기에는 연작소설Short Story Cycles 형태가 적절하다는 것은 직관적으로 분명하게 알 수 있다. 이 작품의 많은 등장인물이 마을에서 나란히 살고 있지만, 그들은 서로 고립되어 있고, 서로의 요구와 곤경을 알지 못한다는 것은 독립된 작품으로 하나씩 설명하는 것이 유리할 것이다. 동시에 이러한 연작소설은 공동체 마을에 대한 지역 신화를 비판하고 평범한 사람들이 갖고있던 시골 마을에 대한 낭만적 믿음도 부수게 된다. 이렇게 단편소설의 새로운 형식(연작)이 주제와 밀접한 관계를 갖는다.

◆ 《와인즈버그, 오하이오》

연작단편소설에서 작품 전체에 통일성을 부여하는 방식은 작가의 솜씨에 따라 다양하다. 지역에 중심을 둘 수도 있고, 핵심 주인공(종종 서술자)을 이용할 수도 있고, 집단적 등장인물을 등장시킬 수 있으며, 이야기 패턴 pattern에 초점을 둘 수도 있을 것이다. 앤더슨은 작은 마을 '와인즈버그'를 배경으로 하고 그 지역 사람들 이야기를 썼다. 와인즈버그라고 이름 지은 마을의 모델은 그가 어린 시절(1884-1896)을 보낸 인구 1,800명의 클라이드 Clyde 마을이었다. (사실 오하이오 주에는 와인즈버그Winesburg)라는 작은 도시가 실재하고 있었지만, 작품을 쓰던 당시 그는 알지 못했다.)

　《와인즈버그, 오하이오》에는 작가가 클라이드 마을을 염두에 두고 그린 지도도 있는데, 어떻게 보든지 간에, 여기는 산업화되기 이전의 작은 마을이어서 도시라는 이름이 적합하지 않다. 이런 시골 마을의 전원적인 풍경 속에 사는 사람들의 이야기, 그들의 고독, 의사소통 불가, 단절을 그렸다. 작품 《와인즈버그, 오하이오》는 미국의 산업화 이전의 낭만적 마을에 숨어 있는 그로테스크함을 드러내는 작품이다.

　실상, 연작소설에 지역적 배경으로 통일성을 부여한 것은 조이스의 《더블린 사람들》을 꼽을 수 있고, 가공의 도시를 만들어 이야기의 토대로 삼은 경우는 포크너의 요크나파토파Yoknapatawpha를 언급할 수 있다. 그러나 작품의 주제를 "지역 공동체의 삶에서 분리되어 파편화하는 개인들"의 이야기라고 한다면, 《와인즈버그, 오하이오》가 작품 전체로서 자신의 독자적 내러티브를 가지고 있다고 할 수 있다. 다시 말하면 연작소설의 형식에서 공간을 공통으로 하지만, 그로테스크를 구성 원칙으로 하는 것은 《와인즈버그, 오하이오》의 개성이라는 뜻이다.

우리가 《와인즈버그, 오하이오》에서 주목하는 것은 바로 이 점이다. 앤더슨은 중부의 작은 마을 이야기를 모은 것이 아니라, 그들의 그로테스크함을 보여준 것이다. 이 작품의 현대적인 특징은 그 점에 있다.

▲《와인즈버그, 오하이오》를 우리의 표현으로 '연작 단편소설'이라고 지칭했는데, 미국에서는 주로 'Short Story Cycle'이라 한다. 우리도 이후에는 '단편 사이클'이라 부를 것인데, 특별히 마지막 부분이 시작부분으로 되돌아가는 순환구조가 아니더라도 미국식으로 '사이클'이라고 부를 것이다. 그래서《와인즈버그, 오하이오》는 《오하이오》 사이클로,《그들이 가지고 다니는 것들》은《그들이 가지고》 사이클이라고 할 것이다. ▲

분석

◆ 〈그로테스크의 서〉

앤더슨이 처음에 출판사에 넘긴 원고의 제목은 "그로테스크의 서The Book of the Grotesque"였다. 뉴욕에서 작은 출판사를 하던 휴브쉬Benjamin W. Huebsch 1876-1964가 작품을 읽고 흥미를 가져서, 앤더슨에게 작품의 제목을 "와인즈버그, 오하이오"로 바꾸자고 제안했다. 그리고는 단편 "그로테스크의 서書"를 서문으로 돌렸다.

여기에서 두 가지를 생각하자. 하나는 휴브쉬가 이미 조이스의 《더블린 사람들》(1914)과 《젊은 예술가의 초상》(1916)을 출판했다는 사실이다. 그렇다고 해서 "와인즈버그, 오하이오"라는 지역 이름이 스물두 편의 단편소설을 포함하고 있는 《오하이오》 사이클의 제목으로 우연히 되었다고 말하는 것은 아니다. 휴브쉬는 아마도 "그로테스크 서書"라는 우울한 제목보다는 "와인즈버그, 오하이오"가 판매실적을 더 높일 수 있다고 생각했을 것이다.

또 하나는 "그로테스크 서書"가 원래의 제목이었고, 앤더슨은 이것이 《오하이오》 사이클의 구성 원칙이길 원했었다는 점이다. 《와인즈버그, 오하이오》라는 제목은 앤더슨의 사이클이 미국 단편소설을 해방시켰다는 측면을, 그것이 미국 그로테스크american grotesque의 새로운 형태였다는 것을 슬쩍 가린다. 우리는 이 책을 읽을 때, 반대로 이러한 점을 유의할 것이다.

◆ 스타일

앤더슨의 산문은 구어체적인 자연스러움이 특징인데, 이는 아버지나 마크 트웨인Mark Twain 같은 구전 이야기꾼oral story teller에게서 배웠을 것이다. 앤더슨은 초기 작품에서는 이런 스타일이 충분히 화려하지 않다고 생각해서 사용하지 않았는데, 아마도 거트루드 스타인의 《부드러운 단추*Tender Buttons*》(1914)를 읽고 나서(혹은 그녀를 파리에서 만나고 나서), 자연스럽고 단순하게 쓸 수 있는 용기를 얻은 것 같다. 그는 스타인으로부터 그의 산문을 특징짓는 핵심 단어keywords의 반복과 단순한 문법을 고집스럽게 사용하는 법을 배웠고, 〈기드온 성경 *Gideon Bibles*〉의 어법도 습득했다.

구어체, 핵심 단어의 반복, 단순한 구문(그의 문장은 대부분 주어, 동사, 목적어 또는 보어로 구성된다), 성서적 어법 외에도 몇 가지 다른 문체적 특징이 있다. 그의 산문은 대개 '그리고and'로 연결된 일련의 긍정으로 이루어져 있으며, 종속적이기보다는 축적적accumulative이다. 그러나 구어체 산문이면서 정작 대화를 많이 사용하는 편이 아니고, 상대 대명사나 인칭대명사를 자주 사용하지 않기 때문에 실제로 대화처럼 들리지 않는다.

또 그는 명시적으로 말하기보다는 암시하는 '생략의 기술'을 배운 것 같다. 사실 그의 어휘는 그가 광고인이었음에도 최상급 어휘가 아닌 밋밋하고 무채색인 경우가 많다. 그는 말의 부적절함을 알고, 경험의 섬세함을 표현하기 위해서는 인상주의적으로 글을 써야 한다고 생각한 듯하다. 종종

이야기가 논리적인 순서대로 전달되지 않고 횡설수설하는 것 같은, 긴장감 없이 내심의 것을 전달하는 독특한 스타일을 가지고 있다.

◆ 부드러운 남자

서문에서 목수는 남북전쟁 참전병이었는데, 한때 앤더슨빌 감옥에 수감되어 형제를 잃었다고, 그 형제가 굶어 죽었다고, 늙은 작가에게 이야기한다. 목수는 그 얘기를 할 때마다 울었다. 작가와 마찬가지로 흰 콧수염의 남자가 울면, 입술에 주름이 져서 콧수염이 위아래로 들썩거렸고, 시가를 입에 물고 훌쩍거리며 우는 노인은 우스꽝스러웠다.

흰 콧수염의 늙은 남자들은 상처와, 외로움, 그리고 다른 남성으로부터 이해받고 위로받고자 하는 욕구를 가지고 있었다. 상처와 외로움을 이해하고 위로하는 부드러운 유대감은 성 구별이 그렇게 강조되었던 시대에는 드문 것이었다. 부드러움, 공감능력은 여성에게 요구되는 것이었기 때문이다. (우리는 〈누런 벽지〉에서 성차별이 강요되던 시절의 여성의 어려움을 살펴보았는데, 여기에서는 반대로 남성형의 다른 형태를《와인즈버그, 오하이오》의 첫 이야기로 읽고있다.) 함께 시가를 나누어 피우고, 눈물을 흘리고 받아주는 관계는 상호적인 것이며, 19세기 전통적인 남성상에서는 볼 수 없어 그로테스크한 장면에 가깝다. 작가는 노인이 우스꽝스럽다고 말하고 있다(단편에 등장하는 조지 윌러드가 다른 사람의 이야기를 잘 들어주는 공감능력이 있었다. 우리가 노작가를 조지 윌러드의 늙은 모습으로 생각하는 이유 중의 하나이다).

그런데 부드러운 노인 작가는 여성적인 특징을 가지고 있을 뿐만 아니라 기사의 외투를 입은 여성을 임신한 상태이다. 작가는 자아 안에 동화되지 않은 타자로서 여성적인 것을 품고있다. 이러한 묘사는 남성 중심의 성적 차이에 대한 지배적 허구를 깨뜨리는 도전으로 볼 수 있다. (실제로 1차 세계대전이 끝나는 무렵에는 전통적 남성성masculinity에 대한 위기가 퍼져 불안감이 퍼지고 있었다.)

노작가가 품고있는 젊은 것은 긴 행렬을 이끌고 있는데, 이 행렬은 그로 테스크하지만 끔찍하지는 않고, 오히려 '웃음'을 자아내는 것, 아름답다고 말할 수 있을 정도의 것이기도 하다. 노작가(물론 앤더슨의 모습인)는 아이를 낳듯, 그들의 이야기를 글로 쓴다. 그는 행렬을 이루고 나타나는 그로테스 크한 것들에 대해서 두려움이나 혐오감을 가지고 있지 않고, 오히려 글을 쓸 만한 가치, 그만큼 매력 있다고 생각했다.

◆ 새로운 그로테스크
그는 새로운 그로테스크를 설명한다.

태초에, 생각들은 무수히 많았지만 진리truth는 없었다.

성서의 창세기 같은 문체인데, 내용은 전혀 종교적이지 않다. 사람들의 생각, 즉 (세계에 대한) 이론이나 의견은 많았지만, 절대적 진리는 없었다. 거 의 전통적인 의미에서 신은 없다는 주장과 같아서 이 무렵 앤더슨은 니체 를 즐겨 읽지 않았나 싶은 질문도 나온다. 절대적 진리가 존재하지 않자, 인 간은 스스로 진리를 만들고, 각각의 진리는 모호한 이론이나 의견의 합성 물로 만들어졌다. (인간이 자신의 생각, 철학, 의견으로 만든 것이기 때문에, 진리 는 하나가 아니라 복수truths가 된다.) 그것들이 기능을 제대로 발휘하면, 그들 은 모두 아름다웠다.

이때의 진리는 인간의 실천적 삶에 관련되는 것들, 순결virginity, 열정 passion, 부와 가난, 검약과 과소비와 같은 것에 대한 이론이어서, 보편적인 것이라기보다는 특수한 것에 관련되어 진실眞實이라고 번역하는 것이 옳 다(우리 번역은 처음부터 진실이라고 했다). 앤더슨의 주장에 의하면 세상에는 수백 가지의 진실이 있고, 모두 아름다웠다. 그런데 어떤 사람이 많은 진실 중에 하나를 가져다가 자신의 진리라고 부르고 그것에 따라서 살려고 한다면, 그는 그로테스크하게 되며, 그가 주장하는 진리는 허위가 된다.

위의 이야기는 이름이 알려지지 않은 서술자narrator의 진술인데, 이 서술자는《와인즈버그, 오하이오》에서 발생하는 사건에는 직접적으로 관여하지 않지만, 등장인물의 속마음이나 사건들에 관해서 코멘트를 한다. 그러나 항상 상세하게 말해주는 것은 아니고, 설명 자체가 단순해서 독자들의 궁금증을 모두 풀어주는 것도 아니다. 이점은《와인즈버그, 오하이오》의 핵심적인 개념인 '그로테스크'를 설명함에서도 그러하다.

대체로 말해서 우리의 삶에 관련된 주관적 윤리나 상대적 도덕을 모든 사람이 따라야 하는 법칙이나 규율로 해석하고 강요하면, 그 사람이 그로테스크해진다고 말하는 것처럼 이해된다. 간단하게 지나가는 것처럼 말하고 있지만, 이것은 중요한 내용을 담고있다.

그로테스크가 실천적 삶에 관련되는 것이어서 환상이나, 초현실적이거나, 저 세상에서 발생하는 것이 아니라, 현재 우리의 현실에서 일어나는 것임을 말하고 있음을 이해하자. 유럽에서는 19세기 이전까지는 그로테스크는 초현실적이고 환상적인 것이어서 우리의 현실을 위협할 수는 있어도, 일상의 사회 현실에서 발생하는 것은 아니었다. 그런데 앤더슨은 현실적 삶에서도 그로테스크한 것들이 많다고, 오히려 현실적인 삶이 그로테스크하다고 주장한다. 물론 현실에서 그로테스크하다고 할 수 있는 것들은 옛날의 것처럼 공포스럽거나, 혐오스럽지는 않지만, 어떤 점에서는 우습기도 하고 사랑스럽기도 하지만, 그럼에도 불구하고 고쳐져야 하는 허위이자 구원받아야 하는 질병인 것이다.

그런데 서술자가 열거하는 현실적 삶과 관련된 진실이 '순결', '열정', '부와 가난', '검약과 과소비'와 같은 것이라면, 미국의 청교도 정신과 관련 있는 것처럼 들린다. 어쩌면 산업혁명 시대에 전통적인 낡은 신앙의 기괴한 모습으로 변질되는 것을 그로테스크하다고 보고있는 것인지도 모르겠다.

여하튼《와인즈버그, 오하이오》는 1차 세계대전 이후의 현대와 충돌해서 붕괴되고 있는 전통 마을의 이야기를 담고있다. 이것이 초월적, 공포, 혐오감의 그로테스크 개념을 비근한 일상 세계의 모습으로 내면화하는 것이 될 수 있고, 미국 그로테스크american grotesque의 새로운 모습이라고 말할 수 있을 것이다. 이런 관점에서 보더라도《와인즈버그, 오하이오》는 미국 단편소설의 혁명이다.

해석_미국 그로테스크의 전개

19세기 후반까지만 해도 예술과 문학에서 그로테스크의 개념은 주로 환상적인 것, 섬뜩한 것, 초자연적인 것에 초점을 맞추었다. 그로테스크한 것은 '평범한ordinary' 것과 어느 정도 닮았지만 일반적으로 왜곡된 방식으로 표현되어 대상의 신체적 특징이 무섭거나 심지어 코믹하게 부조리한 경우가 많았다. 르네상스 시대부터 19세기까지 그로테스크는 종종 영적 영역의 신비를 인간의 타락에 대한 우화적 표현과 결합해서 매우 광범위한 영역에 걸쳤기 때문에 그로테스크의 특징과 형태에 대한 정확한 의미를 명확하게 규정하기는 어려웠다. 학자들은 "그로테스크는 형태가 없는 개념이며, 명사로 사용하면 하나의 단어(그로테스크)가 여러 범주를 차지하거나 범주들 사이에 속한다는 것을 뜻"한다고 했다. (정의할 수 없다는 의미였다.) 그러나 그로테스크한 것은 일관되게 사회적 규범에서 벗어난 사물이나 사람이었다. 정상적인 세계에서는 언제나 괴물이었다는 뜻이다. 그러나 19세기 후반에 이르러 이러한 개념은 변화를 겪게 되는데, 예술가들이 '정상normal'

세계가 그 자체로 그로테스크하거나, 사람을 그로테스크의 중요한 원인으로 인식하기 시작한 것이다.

볼프강 카이저Wolfgang Kayser는 초자연적이거나 환상적인 요소가 아닌 사회 현상의 결과로 그로테스크한 소설이 등장한 것을 19세기 후반으로 보고, 이러한 변화를 도스토옙스키와 고골 같은 러시아 작가들의 작품에서 찾았다. 다른 학자들도 대개 러시아 작가들을 현대 그로테스크의 선구자로 칭송한다.

미국은 20세기 초, 앤더슨이 환상적이거나 초자연적인 현상이 아닌 현대생활의 조건으로서 그로테스크를 탐험하기 시작했다. 이는 더 이상 일탈로서의 그로테스크가 아니라 그로테스크함을 유도하거나 그로테스크함 그 자체로 존재하는 현대 사회의 역할에 초점을 맞추었다는 점에서 중요한 의미를 갖는다. 또한 그로테스크한 특성은 더 이상 주로 신체적인 것이 아니라 소외와 고립이라는 정신적인 영역으로 올라왔다는 의미이기도 하다. 포에서 시작된 미국 그로테스크의 개념은 이렇게 전개되어 간다.

II. 단편 : 〈손〉

요약

이야기는 배경과 주인공을 설정하는 문장으로 시작된다. "오하이오 주 와인즈버그 마을 근처 계곡 가장자리에 서있는 작은 목조 건물의 반쯤 썩은 베란다에서 작고 뚱뚱한 노인이 초조하게 위아래로 걸어가고 있었다." 혼자 서서 들판을 바라보던 노인은 딸기 수확을 마치고 집으로 돌아가는 젊은 청년과 처녀들이 가득 찬 마차를 보았다. 그들은 서로 웃고 즐거워하고 있었는데, 한 소년이 마차에서 뛰어내려 소녀를 끌고 가려고 했다. 소녀는 새된 비명을 질렀다. 그러자 긴 들판 위로 가느다란 소녀의 목소리가 들여온다. "오, 윙 비들바움, 머리 좀 빗어, 눈에 다 들어가잖아." 노인은 대머리였는데, 불안하고 작은 손으로 마치 헝클어진 머리 타래locks라도 정리하는 것처럼 대머리 앞이마를 만지작거렸다.

이 남자는 "영원히 겁에 질린" 외톨이 윙 비들바움Wing Biddlebaum으로, 20년 동안 마을 근처에 살았지만 와인스버그 주민들과는 거의 인연이 없었다. 하지만 윙은 지역 신문 기자인 조지 윌러드George Willard와 우정 비슷한 관계를 맺었고, 조지는 가끔 윙의 집을 방문했다. 조지는 스무 살 정도였고 윙은 예순다섯 살로 보이지만 사실은 마흔 살 정도였다. 윙은 현관 앞에서 걸으면서 조지가 오기를 바라며 길 아래를 내려다본다. 조지와 함께있지 않을 때는 외롭고 두려운 존재이지만, 그와 함께있으면 자신감 있고 수다스러워지며 외로운 세월 동안 발전시킨 아이디어를 표현할 수도 있다.

윙의 가장 눈에 띄는 신체적 특징이자 그에게 윙Wing이라는 별명을 안겨준 것은 바로 그의 손이다. 윙은 말하는 동안 손짓을 하고 손을 흔들며 끊임없이 움직인다. 윙이 처음 와인즈버그에 왔을 때(젊었을 때), 빠르고 확실한 손놀림으로 하루에 전설적으로 딸기를 140쿼트quarts나 따기도 했다. 그러나 조지는 윙이 갑자기 자신의 손을 의식하고 등 뒤로 손을 돌리거나 주머니에 밀어넣는 것을 자주 발견한다. 조지는 이에 대해 물어보고 싶었지만, 윙을 더 잘 알게 되고 더 존중하게 되면서, 그런 물음으로 사생활을 침해할 수 없다고 생각한다.

물어보기 직전까지 간 적도 있었다. 두 사람은 들판을 걷고 있었고 윙은 "영감을 받은 사람처럼" 말을 했다. 윙은 조지가 와인즈버그 사람들처럼 얽매이지 말고 자신의 인생에서 무언가를 만들어야 한다고 단호하게 말했다. "너는 자신을 파괴하고 있네."라고 그는 조지에게 외쳤다. "넌 혼자있고 싶어하고 꿈을 꾸는 성향이 있는데 넌 꿈을 두려워하고 있어." 그의 두 손이 슬며시 나와서 조지의 어깨 위에 놓인다. 새롭고 대담한 것이 그의 목소리에 실린다. "지금까지 배운 것은 다 잊으려고 해야 한다." "꿈을 꾸기 시작해야만 해." 그는 다시 양손을 들어 소년을 어루만졌는데caress, 갑자기 공포에 질린 표정이 되더니 벌떡 일어나 양손을 호주머니에 쑤셔 넣었다. 그는 눈물을 훌쩍이며 자기 집으로 떠났고, 조지는 홀로 들판에 서서 혼란스러워한다. 조지는 고통스러운 비밀이 담긴 윙의 손에 대해 더 이상 묻지 않기로 결심한다.

그 비밀은 윙이 조지 또래였던 과거와 관련이 있다. 펜실베이니아 시골의 학교 교사였던 그의 이름은 아돌프 마이어Adolph Myers였다. 그는 교육과 자신이 맡은 소년들에게 헌신하는 진정한 재능을 가진 교사였다. 마이어는 "천성적으로 청소년을 가르치는 교사가 될 운명이었다." 마이어는 학생들과 저녁에 학교 계단에 앉아 지금 조지에게 하는 이야기를 나누며 소년들의 어깨를 어루만지며, 헝클어진 머리를 쓸며 장난했다. 마이어의 부드러운 목소리와 부드러운 손길에 영향을 받은 소년들은 꿈을 꾸기 시작했다. 그러나 한 소년은 자신과 마이어에 대해 "말로 표현할 수 없는 일"을 상상했고 마이어가 자신을 성적으로 학대했다고 부모에게 말했다. 부모는 곧바로 조치를 취했다. 한 남자가 학교에 찾아와 마이어를 구타했고, 교사는 마을에서 쫓겨났다. 오하이오를 지나던 마이어는 상품 상자에서 '비들바움Biddlebaum'이라는 이름을 보았고 와인스버그에 도착했을 때 새 이름을 사용했다. 와인스버그의 누구도 무슨 일이 있었는지 모른다. 윙 자신은 펜실베이니아에서 무엇이 잘못되었는지 알지 못하며, 그의 손이 문제의 원인이라는 것만 알고 있었다. 이제 그는 혼자 살고, 친구도 없으며, 자신의 손을 스스로 지키려고 노력한다. 그는 집 베란다를 걸으며 조지 윌러드가 와서 외로움을 덜어주기를 바란다. 그러나 조지는 오늘 밤 오지 않았고 윙은 혼자서 또 다른 저녁을 보낸다.

Setup_ 관련 시집들

전례가 없을 정도로 혁신적인 《와인즈버그, 오하이오》도 내용과 형식에서 영향을 받은 다른 작품들이 있다. 두 권의 시집을 알아보자.

◆《스푼 리버》(1915)

《스푼 리버Spoon River》는 일리노이 주의 강 이름을 딴 가상의 마을(스푼 리버) 주민들의 이야기를 서술한 시집이다. 여기에는 212명의 인물이 등장해서 244개의 이야기를 하는데, 대부분 마을 공동묘지에 묻힌 시민들의 자전적 묘비문으로 꾸려져 있다. (죽은 사람이 짧게 시를 읊는 식이다.)

저자 마스터스Edgar lee Masters는 고향 루이스타운을 떠나 시카고로 이주했고, 그곳에서 시를 발표했다. 그런데 스푼 리버에 등장하는 인물들이 대부분 고향(루이스타운) 마을에서 알고 지내거나 들어본 사람들을 모티브로

했기 때문에, 마을 사람들은 시에 나오는 사람들이 대략 누구인지 알아보았고, 그들에 대한 시인의 묘사를 반대했다. (루이스타운 학교와 도서관에서는 1974년까지《스푼 리버 선집》이 금지되었다.)

《스푼 리버》의 프롤로그에 해당하는 시는 시민들의 이름을 불러 "어디에 있느냐?"라는 질문을 반복적으로 던지고, 언덕(공동묘지)에 "잠들어 있다"고 대답하는 형식을 취한다. 이것은 중세 초기까지도 거슬러 올라가는, 인생의 덧없음과 세속적인 것의 허무함을 말하는 오래된 문학적 모티프이다. 프롤로그는 개별적으로 이름과 함께 그들의 별명 "광대, 술꾼, 싸움꾼…"을 부르는데, 항상 선한 의도는 아니지만, 그래도 활기차고 활동적인 인생의 전성기를 알려준다. 이들이 모두 "잠들어 있다"라는 차분한 어조의 대답이 시의 기본 틀을 형성한다. 죽은 자들이 섬뜩하거나 기괴한 존재가 아니라 인류의 공동 운명에 참여하는 사람들로 묘사되고 서술자의 목소리에는 연민이 있어 보인다.

그럼에도 무덤의 위치를 말하면서, 술주정뱅이가 은행가 옆에 묻힐 수 있다거나 언론계의 거인인 편집자는 "하수가 흐르는 강변"에 묻히는데, 실상 그곳은 낙태가 숨겨진 곳이라는 둥, 생전의 위상과 상관없이 누구도 자신의 유해를 통제할 수 없음을 보여준다. 또 "조국을 위하여"라는 묘비명 아래 묻힌 자는 나라를 사랑해서가 아니라 징역형을 피하기 위해서 입대한 자이고, 종교적 이미지 아래 묻힌 자도 사실은 인생을 알지 못하고 죽었다고 노래한다.

사람들은 종종 거짓 연대기를 만들고 실제보다 더 고결하고, 더 독실하게, 더 친절한 사람으로 보이려고 한다. 그래서 산 사람들은 단편적으로만 진실을 알 뿐이고, 완전히 아는 자는 죽은 사람뿐이라고 말한다.

이 시는 미국 중서부의 작은 마을에서 겪는 삶의 고난과 어두운 비밀을 묘사해서, 시골생활이 단순하고 건전할 것이라는 고정관념에 도전했다. 마스터스는 미국 소도시의 문제와 악습을 지나치게 강조한다는 이유로 너무 병적이라고 비난받았다.

앤더슨은 가상의 마을 《오하이오》 사이클을 쓸 때, 《스푼 리버》 앤솔로지에서 영향을 받았다. 마스터즈의 244편의 자유시로 미국 중서부의 작은 마을을 그렸다면, 앤더슨은 스물두 편의 단편 산문으로 작은 마을을 그로테스크하게 그렸다.

◆ 《부드러운 단추》

거트루드 스타인은 다음에 우리가 살피게 될 헤밍웨이의 멘토 역할을 한 시인이지만, 셔우드 앤더슨에게도 커다란 영향을 주었다. 그녀는 공개적인 레즈비언이었고, 당시 파리를 중심으로 하는 20세기 예술계 전반에 커다란 영향력을 행사했다. 《와인즈버그, 오하이오》에 미친 영향을 짐작하기에는 《부드러운 단추 *Tender Button*》의 시 한 편이면 충분할 수도 있다.

'부드러운 단추'는 사실적인 단추와 '부드럽다'라는 전혀 다른 성질을 연결해서 독특한 이미지를 만드는데, 그냥 여성의 젖꼭지를 의미한다고 말해도 안 될 것도 없다. 스타인의 대담함은 아마도 젖꼭지를 일차적 의미로 했을 것이다. 다음은 〈지갑 A *purse*〉이다.

A purse was not green, it was not straw color, it was hardly seen and it had a use a long use and the chain, the chain was never missing, it was not misplaced, it showed that it was open, that is all that it showed.

지갑은 녹색이 아니었고, 연갈색도 아니었고, 거의 보이지 않았고, 그것은 사용되었고 오랫동안 사용되었고, 그리고 체인, 체인이 빠진 적이 없었고, 잘못 놓인 적이 없었고, 지갑은 열려 있음을 보여 주었고, 그것이 보여주는 것은 그것뿐이었다.

지갑은 동전을 넣어 다니는 가죽 주머니를 의미할 뿐만 아니라, 은밀하게 여성의 치마 속에 있는 육체의 일부를 뜻할 수도 있다. 그래서 시의 전반부는 남성이 보는 시각을 부정하는 것이고 결론 부분이 여성이 보는 지갑의 본래의 기능(핵심)을 알려준다. 놀랍게도 핵심은 열려 있다는 것이고, 그것이 "전부"라고 한다.

《와인즈버그, 오하이오》는 거트루드 스타인만큼 적극적이거나 노골적이지 못하다. 그래도 미국에서는 파격적인 동성 간의 문제, 젠더 문제를 조심스럽게 다루었다.

분석

앤더슨이 그로테스크의 개념을 소개한 다음에 제일 먼저 소개한 것이 윙 비들바움Wing Biddlebaum이다. 그는 마을에서 고립되어 있는 "왕따"인데, 이것이 첫 장면에 매우 인상적으로 소개된다. 딸기 수확을 마치고 돌아가는 젊은이와 소녀들의 왁작거림, 그들의 살아있는 소란이 지나가면서 노인에게 날아오는 조롱이 윙의 상황과 처한 입장을 알려준다. 한 무리의 젊은이들의 즐거운 함성은 홀로 서있는 노인의 고독함을 대조적으로 잘 보여준다. 그런데 이런 대비 장면에서는 얼핏 보아서는 이해하기 어려운 다음 구절이 뒤따른다.

파란 셔츠를 입은 한 소년이 마차에서 뛰어내리고는 소녀들 중 한 사람을 끌어내리려고 했지만, 그녀는 새된 비명을 지르며 싫다고 앙탈을 부렸다.

길에선 소년이 발로 흙덩어리를 차자, 지는 태양의 얼굴을 먼지가 가로질러 떠올랐다.

이 장면은 통상적인 구애 장면보다는 난폭해서 거의 폭력적인 강간 시도 처럼 이해되는데, 이 장면이 여기에서 윙과 어떤 관련이 있는 것일까? 〈손 *Hands*〉을 읽어 보면, 윙은 교사로서 제자인 어린 소년을 부드럽게 애무했고 이런 행동이 문제 되어서 얻어맞고 마을에서 쫓겨난다. 우리는 작가가 〈손〉의 도입 부분에 의도적으로 마초적인 소년의 이성애적 구애 장면을 집어넣어서, 여성적인 동성애 성향의 윙을 부각시키고 있음을 알 수 있다. 〈손〉은 앤더슨이 윙 비들바움의 그로테스크한 동성애적 성향을 《오하이오》 사이클의 첫 번째 이야기로 올린 것이다.

먼지를 걷어찬 소년의 이야기는 뒤따라 나오는 소녀의 목소리가 덮어 버린다. "오 윙 비들바움, 머리 좀 빗어, 눈에 다 들어가잖아comb your hair, it's falling into your eyes." 대머리의 노인에게 이런 야유는 잔혹하고, 야비해 보인다. 현실감 있는 명령형이지만 사실성은 부족하다. 어떤 소녀가 이런 문장으로 야유를 할까?

그러나 "불안한 작은 손으로 풍성하게 헝클어진 머리칼을 정리하려는 것처럼 맨살의 하얀 앞이마를 만지작거리"는 노인의 코믹한 동작에 대한 야유임을 생각하면 효과적이기는 하다. 윙이 20년 전 펜실베이니아에서는 구타당하고 쫓겨났는데, 여기 와인즈버그에서는 야유를 받는 상황을 소개하는 것이다. (동시에 마초적인 소년의 행동으로부터 독자의 관심을 바꾸었다.)

이 장면은 그가 마을에 소속되지 못했다는 점을 보여준다. 그는 (마을)집단과 대비되어 홀로 읍 근처에 있는 골짜기 가장자리에서 산다. (대부분 《와인즈버그, 오하이오》의 사람들은 변두리에 살아서, 읍 자체가 중심이 없는 것처럼 느껴지지도 한다.)

이런 단편적이고 외따로인 노인에게 가까이 다가오는 청년은 조지 윌러드이고 이들은 우정 비슷한 (노인과 소년) 관계를 맺고 있으며, 처음 장면에서 윙 비들바움은 그를 기다리느라고 베란다를 오르고 내리고 있었다.

〈손〉은 비들바움을 20년 전의 펜실베이니아에서의 에피소드와 와인즈버그에서의 조지 윌러드와의 관계로 간략하게 서술한다. 서술자의 이야기 테크닉은 글자 그대로 미니멀리즘에 가깝다.

펜실베이니아에서 독일식 이름으로 불렸던 아돌프 마이어Adolph Myers 선생은 황혼녘까지 소년들의 여기저기를 더듬고 머리카락을 쓸며 이야기를 했는데, 목소리도 음악적으로 되었고, 그의 손길을 받은 소년들은 꿈꾸기 시작한다. 그런데 서술자는 남자를 사랑하는 섬세한 여성의 열정으로 부드럽게 애무한다고 말해서, 성적인 요소가 포함되어 있는지 아닌지는 분명하게 말하지 않는다. 마이어 자신은 성적인 의도(특히 남성 동성애자의 것)는 없다고 믿고 있었던 것 같은데, 당시에 유행하고 있던 프로이트와 같은 심층심리학자가 보았다면 아무리 부드러웠다고 하더라도 동성애적이라고 해석했을 것이다. 서술자도 여러 차례 'caress'라는 단어를 사용한 것을 보면 그렇게 해석한 것 같다.

그런데 지능이 떨어지는half witted 소년이 마이어의 손길을 성적인 것으로 해석해서 문제를 일으켰다. 마이어는 헨리 브래드포드Henry Bradford라는 훨씬 더 미국적 이름을 가지고 있는 술집saloon 주인에게 얻어터지는데, 독일식 이름의 마이어가 부드러운 피부를 하고 있다면, 서부의 사나이 브래드포드의 단단한 주먹관절knuckles은 끔찍한 것이었다. 이 코믹한 상황(아니 그로테스크한 상황)은 계속되어, 주민들이 밤에 밧줄을 들고 선생의 목을 매달려고 찾아온다. 이 미국식, 청교도식 테러는 옷을 벗고 자고있는 마이어를 불러내서 교수형을 하려 한다. 마이어는 달아나고 그의 뒤로 막대기와 부드러운 진흙 덩어리가 날아왔다고, 코미디 영화 장면처럼 서술되었다. 그런데 이 부분보다 더 웃기는 것은 지능이 떨어진다고 설명한 소년이 선생 손의 표현을 주인보다 더 잘 이해했다는 사실이다.

와인즈버그에서는 윙(훨씬 코믹한 이름으로 바꾼)이 윌러드를 갈망한다. 그는 펜실베이니아에서는 다수의 소년들에게 의심과 불신을 씻고 (공동체를 위한) 꿈을 꾸도록 가르쳤지만, 와인즈버그에서는 선택된 제자 윌러드에게 공동체의 구성원들을 잊고 무시하라고forget and shut ears 가르친다. 그러나 윙 비들바움의 꿈 이야기는 내용이 중요하지 않다. 서술자가 어떤 꿈인지 구체적으로 말하지 않기 때문이기도 한데, 그것은 그의 진심인 손놀림을 위한 포장지에 불과하기 때문일 것이다. 서술자 또한 그렇게 이해하고 (간단하게) 이야기하고 있다. 윙이 윌러드와 함께있어 분위기가 잡혔을 때 그는 영감에 사로잡혔다. (표현이 이렇지만, 흥분되었다는 의미일 것이다.) 그러자 손들이 움직인다. 손들이 나서서 윌러드의 어깨에 놓인다. (문장의 주어가 윙이 아니고, 손이라는 점을 주의하자.) 여기가 꿈 이야기가 포장지일 뿐인, 진실한 욕망이 펼쳐지는 순간이다.

그런데 서술자의 초점이 손에서 윙의 얼굴로 옮긴다. 윙의 얼굴은 공포에 질렸다. 서술자는 이렇게 대충 말한다. 왜 공포에 질렸나? 자기 손에 놀라서? 윌러드의 반응이 전혀 기대와는 달라서? 윙은 벌떡 일어나 손을 주머니에 찔러 넣고 집으로 가버린다. 윌러드는 당혹했고, 두려움에 떨었다.

윌러드는 윙이 갑작스럽게 일어나서 집으로 돌아갔기 때문에 두려움에 떤 것은 아닐 것이다. 윌러드는 윙의 손놀림에 두려웠던 것이고, 이 반응에 깜짝 놀란 윙은 일어난 것일 터이다.

펜실베이니아에서는 적극적인 소년이 마이어의 부드러운 사랑을 망쳤다면, 와인즈버그에서는 사랑을 알지 못하는 소년이 마이어의 적극적인 손놀림을 멈추게 했다. 윙은 소년의 존재에 허기져 있었으나 허기는 다시 고독과 기다림의 일부가 되었다.

〈손〉은 비들바움이 조지 윌러드를 기다리며, 베란다를 걸어 올라갔다 내렸다가 하는 것으로 시작해서 해가 지고 어두워질 때까지 계속해서 올라갔다 내려갔다가 방으로 들어가는 것으로 끝난다. 기다리는 일은 일상이고, 특별히 사건이라고 할 만한 일도 발생하지 않았기 때문에 〈손〉은 특별한 플롯을 전달하는 것이 아니라, 그저 비들바움의 일상을, 그 단면을 보여줄 뿐이다.

이러한 작품 형식은 매우 충격적인 동성애라는 주제만큼이나 새로운 혁신적인 것이었다. 앤더슨은 포가 모범을 보여준 기승전결이 확실한 플롯을 전달할 생각이 없었다. 그는 인생 자체에 플롯이라는 것이 없으므로, 소설도 꽉 짜인 논리적 스토리는 필요 없다고 보았다. 그의 회고록에 나오는 표현처럼 말하자면 인생이 느슨하게 흘러가기 때문에 《와인즈버그, 오하이오》도 새로운 느슨함new looseness으로 이루어진다.

이것이 셔우드 앤더슨의 모더니즘이고, 미국 문학에 공헌한 바이다. 물론 독자들이 《와인즈버그, 오하이오》를 불태워 버린 것은 그것이 모더니즘의 형식 때문이 아니라 동성애를 이야기했기 때문이다.

해석

앤더슨의 역할을 하는 흰 콧수염의 노작가가 묘사한 인물들은 모두 그로테스크한 사람들이다. 그리고 제일 처음 등장하는 윙 비들바움도 물론 그로테스크한데, 그렇다고 그가 끔찍하지는horrible 않고, 어쩌면 거의 아름답다고 할 만했다. 작가 자신이 부드러운 인물이었고 어쩌면 윙 비들바움이 작가의 분신일 수도 있었기 때문에 그럴 수도 있다. 오히려 남성적인 것과 여성적인 것을 함께 가지고 있는 윙 비들바움보다는 배타적으로 한쪽의 성만을 주장하는 펜실베이니아의 청교도적인 주민들이 더욱 그로테스크하다. 흰 콧수염 노작가의 정의에 의하면 하나의 진실을 독점해서 자기 진실이라 부르고 그 진실에 의거해 살아가려고 하면 바로 그 순간부터 그가 그로테스크한 존재가 된다. 마이어를 구타하고 교수형에 처하려고 했던 펜실베이니아의 주민들이나 그를 조롱하고 야유하는 와인즈버그 오하이오의 주민들이 오히려 더 그로테스크하고 끔찍하다고 보여주는 것이다.

앤더슨이 미국의 조용한 소도시가 그로테스크하다고 말하는 것은, (앤더슨 이전에는 대도시의 몰려든 괴상한, 그로테스크한 사람들 이야기가 많았다. 미국 단편소설에서는 멜빌의 〈필경사 바틀비〉를 꼽는다.) 그로테스크함이 어떤 특정한 사건이나 사건의 결과가 아니라, 인간의 본성에 속하는 것일 수 있다고 말하는 것으로 이해된다. 즉, 이전에는 환상이나 영계의 영역에 속하거나, 그것에 관련해서 그로테스크함이 나타났다면, 이제는 인간의 본성 자체에 내재한 것으로 정리되었다는 뜻이다. (농담처럼 말하자면, 그로테스크의 세속화라고 할까?)

이제 인간에 내재한 품성으로 그로테스크가 나타난다면, 소설은 고성이나 외딴 집에 의존하지 않고 끔찍한 이야기를 할 수 있게 된다.

우리는 여기에서 역사적인 것을 하나 기억하기로 하자. 앤더슨이 발견한 인간의 품성은 미국의 2차 산업혁명 이후라는 것이다. 다시 말하면, 미국의 아메리카 드림이 지나가고 난 자리에 그로테스크함이 발견되는 것이 아닐까 한다. 그로테스크한 것이 예술의 일반적 범주가 되는 것은 아메리칸 드림의 그림자로 나타난다는 것을 기억하자.

셔우드 앤더슨의 그로테스크는 〈손〉의 마지막 장면에 잘 표현되어 있다. 만일 지난 장에서 다루었던 〈어셔 가의 붕괴〉나 〈누런 벽지〉의 결말의 드라마틱한 붕괴 장면을 기억한다면, 윙 비들바움의 마지막 장면은 극히 일상적이었다는 점이 드러날 것이다. 삶의 인상적인 한 계기를 보여줄 뿐이다.

방충망 문 옆에 접이식 침상을 놓고 잠을 자려고 옷을 벗을 준비를 했다. 하얀 빵 부스러기 몇 개가 식탁 옆 깨끗하게 닦인 마룻바닥에 떨어져 있었다. 낮고 등 없는 의자에 등불을 놓고 빵 부스러기를 주워 하나씩 하나씩 믿을 수 없으리만큼 빠른 속도로 입 안에 집어넣었다. 식탁 밑에 짙은 얼룩처럼 번진 빛 속에서 무릎을 꿇은 형체는 교회에서 예배를 드리는 사제처럼 보였다. 불안하고 표정이 풍부한 손가락들은 빛을 받았다 사라졌다 하면서 번득였는데, 아마 그걸 본 사람이 있다면 수십 년 동안 묵주를 만져온 경건한 신앙인의 손가락으로 착각하고도 남았으리라.

그는 내일도 동일한 삶을 살 것이다. 앤더슨은 인생에는 플롯이 없다고 모던하게modern 말했다. 앤더슨의 스타일이다.

4

〈흰 코끼리 닮은 언덕들〉
― 어니스트 헤밍웨이

Hills like White Elephants, 1927
– Ernest Hemingway

헤밍웨이1899-1961는 미국 산문을 대표하는 작가로 언급된다. 그의 산문은 "미국 글쓰기의 본질을 바꾸었다"고 말할 정도이지만, 그의 스타일이 장편소설보다는 단편에 보다 적합해서, 그의 명성이 단편소설을 근거로 한다고 말할 수 있다. 확실히 헤밍웨이의 뛰어난 단편소설은 조이스의 《더블린 사람들Dubliners》이후 영어로 쓰인 가장 훌륭한 작품이라고 할 수 있다. 그러나 장편에서는 물론 《율리시스》와 겨룰 만한 것을 쓴 것도 아니고, 단단한 것이라 하더라도 포크너나 멜빌에 근접할 수 있을 정도이다.

우리는 그의 가장 뛰어난 단편 중의 하나인 〈흰 코끼리 닮은 언덕들〉을 살펴본다. 이 작품은 요약이 불가능해서 전문을 그대로 올린다. 번역은 필자가 직접 했다. 이하 〈흰 코끼리〉로 줄여서 언급한다.

전문(全文)

에브로 계곡 건너편 언덕은 길고 하얗게 펼쳐져 있었다. 이쪽에는 그늘도 나무도 없었고 기차역은 햇볕이 내리쬐는 두 줄의 철길 사이에 있었다. 역사驛舍의 옆에는 건물과 대나무 구슬로 만든 커튼의 따뜻한 그림자가 있었는데, 그 커튼은 바의 열린 문에, 파리를 막기 위해 매달려 있었다. 미국인과 소녀가 건물 밖 그늘에 있는 테이블에 앉아 있었다. 날은 매우 더웠고 바르셀로나에서 출발한 급행열차가 40분 후에 도착할 예정이었다. 기차는 이 환승역에서 2분간 정차한 후 마드리드로 떠날 것이다.

"뭘 마실까요?" 소녀가 물었다. 그녀는 모자를 벗어 테이블 위에 올려놓았다.

"꽤 덥네." 남자가 말했다. "맥주 마시자."

"도스 세르베사(맥주 두 잔이요)." 남자가 커튼 속으로 말했다.

"큰 거요?" 한 여자가 출입구에서 물었다.

"네, 큰 거 두 잔이요."

여자는 맥주 두 잔과 펠트 받침 두 개를 가져왔다. 그녀는 펠트 받침과 맥주잔을 테이블 위에 놓고 남자와 소녀를 바라보았다. 소녀는 언덕들의 모양에서 눈을 돌렸다. 언덕들은 햇볕에 하얗게 빛나고 있었고, 대지는 갈색으로 건조했다.

"언덕들이 흰 코끼리처럼 생겼어요." 그녀가 말했다.

"흰 코끼리는 한 번도 본 적이 없어."

남자가 맥주를 마셨다.

"그래요, 당신은 못 봤을 거야."

"봤을 수도 있어." 남자가 말했다. "당신이 내가 못 봤을 거라고 말하는 것만으로는 아무것도 증명할 수 없어."

소녀는 구슬 커튼을 바라보았다.

"저 위에 뭔가 그림이 있네요." 그녀가 말했다. "뭐라고 쓴 거죠?"

"아니스 델 토로. 술이야."

"우리 마셔볼까요?"

남자는 커튼 너머로 "여봐요" 하고 불렀다. 여자가 바에서 나왔다.

"4헤알이요."

"아니스 델 토로 두 잔 줘요."

"물도 드려요?"

"물하고 마실래?"

"모르겠어요." 소녀가 말했다. "물과 함께 먹어도 돼요?"

"괜찮아."

"물과 함께 드실래요?" 여자가 물었다.

"네, 물과 함께요."

"감초 맛이 나요." 소녀가 말하며 잔을 내려놓았다.

"모든 게 다 그래."

"그래요." 소녀가 말했다. "모든 것이 감초 맛이 나요. 특히 당신이 오랫동안 기다려온 것들은 모두 그래요, 압생트처럼."

"오, 그만해."

"당신이 시작했잖아요." 소녀가 말했다. "난 재미있었어요. 좋은 시간을 보내고 있었어요."

"좋아, 좋은 시간이 되도록 노력해 보자고."

"좋아요. 저도 노력 중이었어요. 산이 흰 코끼리처럼 보인다고 했잖아요. 그렇게 밝지 않았어요?"

"밝았어."

"새로운 음료를 마셔보고 싶었어요. 그게 우리가 하는 모든 것이잖아요?

― 둘러보고 새로운 음료를 마셔보는 거."

"그렇지 뭐."

소녀는 언덕을 바라보았다.

"아름다운 언덕이네요." 그녀가 말했다. "그들이 정말로 흰 코끼리처럼 보이진 않아요. 나는 그냥 나무 사이로 보이는 코끼리의 피부색을 보고 그렇게 말한 거예요." "우리 한 잔 더 할까요?"

"좋아."

따뜻한 바람이 구슬 커튼을 테이블에 부딪치게 했다.

"맥주가 맛있고 시원하네." 남자가 말했다.

"사랑스러워요." 소녀가 말했다.

"정말이지 엄청 간단한 수술이야, 지그Jig." 남자가 말했다. "정말로 수술이라고 할 수도 없어."

소녀는 테이블 다리가 놓인 땅바닥을 바라보았다.

"당신이 신경쓰지 않을 거라는 거 알아, 지그. 정말 아무것도 아니야. 그냥 공기만 집어넣는 거야."

소녀는 아무 말도 하지 않았다.

"나도 같이 갈 거야, 항상 당신과 같이 있을 거야. 그들은 단지 공기만 집어넣을 것이고, 그래서 모든 것이 완벽하게 자연스러운 일이야."

"그럼 그 후에는 어떻게 하죠?"

"우리는 좋아질 거야 그 후에. 예전처럼."

"어째서 그렇게 생각해요?"

"그게 현재 우리를 괴롭히는 유일한 거야. 그게 우리를 불행하게 만드는 유일한 거야."

소녀는 구슬 커튼을 바라보다 손을 내밀어 구슬 두 줄을 잡았다.

"그러면 우리가 괜찮아지고 행복해질 거라 생각해요?"

"그럴 거야. 당신은 두려워할 필요 없어. 나는 그것을 한 많은 사람들을 알고있어."

"나도 알아요." 소녀가 말했다. "그리고 그 후에 그들은 모두 너무 행복했어요."

"좋아." 남자가 말했다. "당신이 원하지 않으면 할 필요가 없어. 당신이 원하지 않는다면 나는 당신이 그것을 하도록 하지 않을 거야. 하지만 나는 그것이 아주 간단하다는 걸 알아."

"정말 하고 싶으세요?"

"그게 최선인 것 같아. 하지만 당신이 정말 원하지 않는다면 하지 않았으면 좋겠어."

"내가 하면 당신이 행복해지고 모든 게 예전처럼 돌아가고 날 사랑하게 될 거라고?"

"난 지금도 당신을 사랑해. 내가 사랑하는 거 알잖아."

"알아요. 하지만 내가 그렇게 하면 상황이 다시 좋아질 거고, 만일 내가 어떤 것이 흰 코끼리 같다고 말하면 그러면 당신은 그것을 좋아할까요?"

"사랑할 거야. 지금도 좋아하지만 나는 그저 생각할 수가 없었어. 내가 걱정하게 되면 어떻게 되는지 당신 잘 알잖아."

"만일 내가 하면 당신은 전혀 걱정하지 않겠지요?"

"거기에 대해서는 걱정 안 해, 아주 간단하니까."

"그럼 할게요. 난 나에 대해 신경쓰지 않으니까."

"무슨 말이야?"

"난 나에 대해 신경쓰지 않아요."

"아냐, 난 당신을 신경써."

"오, 그래요. 하지만 난 나에 대해서 신경 안 써요. 그리고 난 할 거고 그러면 모든 것이 좋아지겠지요."

"당신이 그렇게 느낀다면, 하지 않는 것이 좋겠어."

소녀는 일어나서 역 끝까지 걸어갔다. 건너편에는 에브로 강변을 따라 곡물 밭과 나무들이 펼쳐져 있었다. 저 멀리 강 너머에는 산들이 있었다. 구름 그림자 하나가 곡물 밭을 가로질러 움직이자 그녀는 나무들 사이로 강을 보았다.

"그리고 우리는 이 모든 것을 가질 수 있었어요." 그녀가 말했다. "그리고 우리는 모든 것을 가질 수 있었는데, 매일 우리는 그것을 더 불가능하게 만들었어요."

"뭐라는 거야?"

"모든 것을 가질 수 있었다고 했어요."

"우리는 모든 것을 가질 수 있어."

"아니요, 우린 그럴 수 없어요."

"우리는 온 세상을 가질 수 있어."

"아니, 그럴 수 없어요."

"우리는 어디든 갈 수 있어."

"아니, 그럴 수 없어요. 더 이상 우리 것이 아니야."

"우리 것이야."

"아니, 그렇지 않아요. 그리고 한 번 빼앗기면 다시는 되찾을 수 없어요."

"하지만 아직 빼앗기지 않았어."

"기다려보면 알 거예요."

"그늘로 돌아와." 그가 말했다. "그렇게 느끼면 안 돼."

"어떤 식으로도 느낌은 없어요." 소녀가 말했다. "난 그냥 알아요."

"나는 당신이 하고 싶지 않은 일은 어떤 것도 하지 않았으면 좋겠어."

"나에게 좋지 않은 것도 원하지 않죠." 소녀가 말했다. "알아요. 맥주 한 잔 더 마실까요?"

“좋아. 하지만 당신이 깨달아야 하는 건….”

“알아요.” 소녀가 말했다. “우리 그만 얘기하면 안 될까요?”

그들은 테이블에 앉았고 소녀는 계곡의 마른 쪽 언덕을 바라보았고 남자는 그녀와 테이블을 바라보았다.

“당신은 깨달아야 해.” 그가 말했다. “나는 당신이 원하지 않는다면 당신이 그것을 하는 것을 원하지 않아. 나는 당신에게 어떤 의미가 있는 것이라면 그것을 기꺼이 받아들일 거야.”

“당신에게는 아무 의미없어요? 우린 잘 지낼 수 있을 것 같은데.”

“물론 그건 의미있어. 하지만 난 너 말고는 아무도 원하지 않아. 다른 사람은 원하지 않아. 그리고 그것이 아주 간단하다는 것을 알아.”

“그래요, 당신은 아주 간단하다고 알고있죠.”

“당신이 그렇게 말해도 좋아, 그러나 나는 그것을 알아.”

“지금 나를 위해 무엇을 좀 해줄래요?”

“당신을 위해서라면 뭐든 할게.”

“제발, 제발, 제발, 제발, 제발, 제발, 제발 그만 말해요!”

그는 아무 말도 하지 않고 역사 벽에 기대어 놓은 가방들을 바라보았다. 거기에는 그들이 하룻밤을 보낸 모든 호텔의 라벨들이 붙어 있었다.

“하지만 당신이 하는 것을 원치 않아.” 그가 말했다. “그래도 상관없어.”

“소리 지를 거예요.” 소녀가 말했다.

여자가 맥주 두 잔을 들고 커튼 사이로 나와 축축한 펠트 받침 위에 내려 놓았다.

“5분 후에 기차가 와요.” 그녀가 말했다.

“뭐라고 했어요?” 소녀가 물었다.

“5분 후에 기차가 온다고.”

소녀는 여자에게 환하게 웃으며 고마움을 표시했다.

“가방을 역 반대편으로 가져가야겠어.” 남자가 말했다.

여자는 그에게 미소를 지었다.

“알았어요. 그럼 돌아와서 맥주를 마저 마셔요.”

그는 무거운 가방 두 개를 들고 역을 돌아 다른 선로로 옮겼다. 그는 선로를 올려다보았지만 기차는 보이지 않았다. 돌아올 때 그는 기차를 기다리는 사람들이 술을 마시고 있는 바 룸으로 걸어갔다. 그는 술집에서 아니스를 마시며 사람들을 바라보았다. 그들은 모두 합리적으로reasonably 기차를 기다리고 있었다. 그는 구슬 커튼을 통과해 나갔다. 그녀는 테이블에 앉아 있었고 그에게 미소를 지었다.

“기분이 좋아졌나?” 그가 물었다.

“좋아요.” 그녀가 말했다. “나한테 아무 문제없어요. 좋아요.”

Setup

◆ 헤밍웨이의 문체

미국 단편문학에서도 헤밍웨이는 독특한 개성적인 문체를 보여준다. 그의 문체는 다음에 우리가 검토할 포크너의 문체와 대비되어 쌍벽을 이루는데, 헤밍웨이는 짧고 단순한 문장을 쓴다. ‘짧다short’는 말은 길이를 뜻하는데, 동시대의 다른 작가들보다 평균적으로 문장당 7단어 정도가 적다. 물론 이것은 길고 복잡하기로 유명한 프루스트의 작품의 평균적 문장보다는 3분의 1 정도 짧은 것이다(헤밍웨이는 후기 작품에서 문장이 길어진다). 이러한 스타일은 그가 신문사 편집실에서 받은 “짧은 문장을 사용하라”는 지침의 영향 때문이라는 지적도 꾸준히 있었지만, 주관적 감정을 배제한 객관적 기술이어서 정서적 측면은 오롯이 독자에게 돌아간다. 그의 문장은 하드보일드hardboiled하다는 평가를 받는데, 《우리 시대 *In Our Time*》에 나오는 1차 세계 대전의 묘사를 보자.

> We were in a garden at Mons. Young Buckley came in with his patrol from across the river. The first German I saw climbed up over the garden wall. We waited till he got one leg over and then potted him. He had so much equipment on and looked awfully surprised and fell down into the garden. Then three more came over further down the wall. We shot them. They all came just like that.
>
> 우리는 몽의 정원에 있었다. 영 버클리가 강 건너편에서 순찰대를 이끌고 들어왔다. 첫 번째 독일인이 정원 담을 넘어 올라오는 것을 내가 보았다. 우리는 그가 한쪽 다리를 넘길 때까지 기다렸다가 그를 쏘았다. 그는 장비를 너무 많이 착용하고 있었고 몹시 놀란 것처럼 보였고 정원으로 떨어졌다. 그리고 세 명이 더 벽을 넘어왔다. 우리는 그들을 쐈다. 그들 모두 꼭 그렇게 왔다.

이것은 헤밍웨이의 초기 문장이지만 후기에도 나타나는 기본적인 특징을 모두 포함하고 있다. 짧고, 단순한 문장으로 이루어졌고, 복합 문장은 'and'로 연결된다. 복합 문장도 연결 문장들이 짧고, 주어가 생략되니까 오히려 훨씬 간결한 인상을 준다. 그래서 간결한 문장이 단조로움을 피할 수 있다. 형용사도 부사도 거의 없어 심리적 설명이 적다. (총을 쏘는 주인공의 느낌이나, 분위기는 없다. 마치 기계가 쏘는 것 같다.)

단순하고 회화에서 사용되는 단어로 사건을 설명하는데, 저자의 정서적 표현은 최소한으로 압축되었다. 아마도 "그들 모두 꼭 그렇게 왔다."가 저자의 감정을 조금 표현할 것일 터인데, 이렇게 하는 것이 오히려 독자들에

〈흰 코끼리 닮은 언덕들〉

게 더 많은 느낌을 준다,

단편소설에서 헤밍웨이의 간결하고, 간단하며, 객관적인 서술은 내레이터의 역할을 축소하고 등장인물의 대화를 바로 보여주는 경향을 가져온다. 그래서 살펴보는 〈흰 코끼리〉처럼 거의 대화로 이루어진 단편이 등장할 수 있다. 여기에서 서술자는 "he said," "she said,"를 아마도 제일 많이 말할 것이다. 그럼에도 〈흰 코끼리〉가 연극과 차이가 나는 것은 대화 사이의 서술문이 연극의 지시문stage directions이 아니라 소설의 내러티브narrative이기 때문이다.

이러한 문체는 작가가 사건을 객관적으로 설명하기 위해, 즉 작가의 감정을 넣어서 말하지 않기 위해 생겨난 것이다. 작가는 자신의 주관적 감정을 직접적으로 나타내지 않지만, 오히려 그 때문에 독자가 사건이 가져오는 정서를 충분하게 느낄 수 있다.

헤밍웨이는 기자와 소설가의 차이를, 사건을 기록할 때 신문 기자는 현장에 없어도 간략하게 보고하는 것이 가능하지만(열차 사건의 경우, 경찰서의 서류만으로도 신문 기사를 작성할 수 있는데), 작가는 사건 현장에서 사건이 불러오는 감정을 느끼되, 독자들도 그 감정을 느끼도록 주관적 표현은 생략하고 객관적으로 기록한다고 보았다. (작가는 생생한 현장 경험이 중요하다. 그는 그래서 참전하고, 사냥하고, 낚시를 하면서 그 경험을 소설로 옮겼다.) 짧고 객관적인 글로 독자들이 느끼도록 한다는 것은 그가 말하지는 않지만, 셔우드 앤더슨의 영향을 무시할 수는 없을 것이다.

▲앞에서 살핀 셔우드 앤더슨은 구어체적 문장이어서 서술자가 직접 독자에게 말을 걸어서 참여를 유도하기도 하지만, 헤밍웨이에게는 그런 일이 없다. 또 셔우드 앤더슨은 결정적인 순간에 표현적인 언어를 적절히 사용하지만, 헤밍웨이는 형용사, 부사의 사용을 적극적으로 삼간다. 헤밍웨이가 한 걸음 더 나아갔다. ▲

◆ 생략이론

헤밍웨이의 문학이론, 특히 단편소설의 이론을 생략이론theory of omission, 또는 빙산이론이라고 한다. 이것은 1920년대, 그가 파리에서 생활할 때 기초를 잡았다. 헤밍웨이는 빙산 원칙이 모든 소설의 본질에 해당하는 이론이라고 보고 다음처럼 말한다.

산문을 쓰는 작가가 자신이 쓰고있는 내용에 대해 충분히enough 알고 있다면 자신이 알고있는 것을 생략omission할 수 있고, 독자는 작가가 진정으로 충분히 쓴다면 마치 작가가 (생략한 것들을) 말한 것처럼 강하게 느낄 수 있을 것이다. 빙산의 움직임의 위엄dignity은 빙산의 8분의 1만이 물 위에 있기 때문이다. 자신이 알지 못하기 때문에 생략하는 작가는 글에 빈 공간만 만들 뿐이다(〈하오의 죽음〉, 1932의 마지막 부분).

스토리의 8분의 7은 수면 아래에 두고, 8분의 1만 작품에 남기라는 요구는 단편소설의 법칙처럼 주장되었고, 그것이 문학의 본질적 특성이라고 이해되었다. 이러한 주장은 1960년대에는 생략이 소설의 구조를 강화할 뿐만 아니라, 작가가 제거한 소재의 질에 따라서 작품의 질이 결정된다는 평가 기준으로까지 발전했다.

그는 《단편소설의 기술 *The Art of the Short Story*》(1959)에서 자신의 작품을 대상으로 하고 그 평가를 보여주었다. 〈두 개의 넓은 마음을 지닌 강 *Big Two-Hearted River*〉(1925)은 1차 세계대전의 불쾌한 경험을 잊기 위해서 주인공이 열심히 송어 낚시에 몰두하는 이야기인데, 작가는 전쟁 이야기를 모두 생략해 버렸다. 전쟁의 트라우마와 그 불쾌한 경험은 다른 작품에서, 다른 작가들도 많이 다루는 것이기 때문에, 생략할 수 있다고 본 것이다. 〈살인자들 *Killers*〉(1927)은 초고에서는 시카고의 겨울, 경제, 사회 문제를 언급하는 부분이 있었는데 모두 제거하고 살인자 두 명이 식당에 나타나는 것으로 시작했다. 〈청결하고 불빛 밝은 곳*A Clean Well-Lighted Place*〉(1933)은 생략할 수 있는 모든 것을 제거했다. 나이 든 손님이 늦은 밤까지 불빛 밝은 곳에 앉아서 술을 마시는 이야기인데, 왜 그렇게 늦도록, 밝은 곳에 앉아서 술을 마시는지는 줄거리에서는 알 수 없다. 그것은 빙산의 아랫부분에 해당하는 것이며, 헤밍웨이는 이렇게 모든 것을 생략한 이 작품이 다른 작품보다 우위에 있다고 봤다.

이런 단편소설의 이론과 평가 기준을 고려해서 〈흰 코끼리〉를 살펴보자.

분석

〈흰 코끼리〉는 최소한의 것들만으로 이루어진 작품으로, 이해하기 위해서는 많은 상상력이 요구된다. 배경은 스페인 에브로Ebro 계곡의 기차 환승역이다. 이 환승역에는 40분 후에 바르셀로나Barcelona에서 마드리드Madrid로 가는 열차가 도착할 예정이고, 이 역 옆에 있는 바의 구슬 커튼이 쳐진 문밖 그늘에 미국인 남자와 그의 여자 친구가 앉아 있다.

생략기법을 최대로 사용한 작품이기 때문에, 우리가 아는 것이 별로 없다. (혹은 모른다는 것도 의식하지 못하고 있을 수 있다.) 미국 남자는 이름도 나이도 직업도 알려주지 않는다. 여자는 국적도, 나이도, 몸매도, 화장도, 옷차림도 모른다. 남자가 '지그Jig'라고 부르고 있고, 스페인어를 알지 못한다는 것만 나온다.

대화의 핵심 주제는 '임신중절'인데, 작품 전체에서 '임신중절'이라는 단어가 등장하지 않는다(만일 그 단어가 들어갔다면, 당시에는 단편소설을 발표하기 어려웠을 것이다). 간단한 수술이며, 단지 공기를 집어넣을 뿐인 자연적인 시술이라고 하는 말만으로는 그것이 '임신중절'임을 알아차리기가 쉽지 않다. 지금도 미국 학교에서는 이 작품을 교재로 사용하기도 하는데, 다 읽고도 임신중절 이야기인 줄 모르는 학생들이 항상 적지 않다고 한다. 작가가 의도적으로 그 단어를 회피한 것이다.

내용을 알면 제목이 상당히 절묘함을 알 수 있다. 흰 코끼리를 선물로 받게 되면 그것은 희귀하고 대단히 값진 것이기도 하지만, 그것을 길러야 하는 엄청난 부담이 있어서 선물이라기보다는 저주로 느낄 수도 있는 것이다. 이런 흰 코끼리의 두 가지 성질 사이에서 소녀는 값진 선물로 인식하고, 남자는 대단한 부담으로 받아들이고 있다. 그래서 그들의 대화는 평행선을 달리는 것이다.

이 작품은 논의의 처음부터 시작하는 것이 아니라, 오래 진행된 토의의 중간을 보여준다. 그리고 독자들에게 결말이 무엇이라는 것을 확실하게 알려주지 않고 끝나기 때문에 전통적인 플롯을 기대하는 사람들에게는 충격일 것이다. (이 무렵의 독자들은 헤밍웨이의 생략이론에 익숙하지 않다.) 헤밍웨이의 원고를 받은 출판사들도 작품을 거부했는데, 그들은 이것을 'story'라 부를 수 없고(미국에서는 단편소설을 'Short Story'라고 한다.) 기껏해야 일화anecdote나 스케치sketch라고 보았다.

시작 부분은 상상력을 동원할 필요가 없다. 초고가 아직 케네디Kennedy 도서관에 남아 있는데, 초고에서는 한 쌍의 남녀가 기차를 타고 코끼리 닮은 언덕을 지나 마드리드로 가는 열차를 바꿔 탈 수 있는 환승역에 도착하는 것으로 시작하기 때문이다. [시대는 1차 세계대전(1914-1918)이 끝나고 얼마 되지 않은 때, 아직 스페인 내전(1936-1939)이 일어나기 전이다. 아마도, 글이 발표되던 1927년 무렵일 것이다.]

우리의 텍스트는 이미 환승역에 도착해서 바의 커튼 밖에 앉아있는 남녀로부터 시작한다. 그들은 갈아탈 기차가 오기까지 40분을 기다리며 임신중절에 관해서 이야기한다. (이 이야기를 하기 위해서 밖에 따로 앉았는지, 외국인이어서 밖에 앉은 기회에 그 이야기를 하는지는 알 수 없다.)

당시 1920년대에는 임신중절이 가톨릭 국가뿐만 아니라, 유럽 전체에서 불법이었다. 역설적인 것은 스페인은 강력한 가톨릭 국가인데, 그곳으로 수술하러 간다는 점이다. (개인적인 인연을 이용하는 것인지, 비공식적인 불법 루트를 사용하는 것인지도 알 수 없다.)

그 주제에 대한 논의는 적어도 몇 주 전부터 시작되었고, 오늘 파리에서 스페인의 에브로Ebro강의 환승역까지 기차로 왔다면, 그리고 수술을 위한 도시 마드리드행 급행열차를 기다리고 있다면, 임신중절에 대한 기본적인 합의는 이루어졌다고 보아야 한다. 즉, 환승역에서의 토론은 수술을 하느냐 마느냐의 초기 결정에 관한 것이 아니라는 의미이다.

미국 남자는 수술은 간단한 것이니 심각하게 생각하지 말라고 재차 확인하고, 여자는 수술 이후를 생각하고 있다. 남자 입장에서 수술은 자유를 막는 장애 요소를 제거하는 일이고, 따라서 수술을 하면 여자 친구에게서 자유로워질 수 있다. 여자 입장에서 임신은 남자 친구와의 인연을 공공연하게 할 수도 있지만, 그를 구속하고 자신도 준비 없는 삶에 직면할 수 있다. 지그는 환승역까지 왔지만, 결정이 굳은 것은 아니다. 미국 남자는 지그의 태도에 불안을 느끼고(그녀가 합리적인 결론을 바꿀 수 있다고 생각한다) 달래고 있다.

남자의 속마음, 유일하게 서술자가 보여준 속마음은 다른 손님들은 합리적이고, 소녀는 비합리적이라는 것이다. 마드리드행 기차가 온다는 말에 소녀가 환하게 미소 짓는 것은 그녀가 중절을 거부하고 승리했기 때문이 아니라, 남성의 합리적 압박이 끝났기 때문이다. 지그의 미소는 그녀의 인격적 성장이나, 페미니즘과는 무관한 것으로 생각된다. 그들의 대화는 환승역의 바 안에서 할 수 있는 것이 아니었으므로, 마드리드행 기차 안에서도 다시 이야기하기는 어려울 것이다.

미국 남자는 대화 중에 같은 내용의 말을 여러 차례 반복한다. 그가 진정으로 원하는 것이 무엇이며, 그것이 얼마나 압력으로 작용하고 있는가를 보여주는 예이다. (반복은 그의 스타일에서는 강조의 뜻이다.)

"But I don't want you to do it if you don't really want to."
"I don't want you to do it if you feel that way."
"I don't want you to do anything that you don't want to do―."
"I don't want you to do it if you don't want to."

마치 음악의 유도 동기처럼, 미국 친구를 특징짓는 구절이 될 수도 있다. 분명한 것은 남자가 강력하게 임신중절을 원하면서도 이 말을 계속해서 되풀이한다는 것이다. 즉, 남자 친구의 압박은 지그도 자발적으로 원하는 것처럼 굴라는 말이다. 다시 말하면 낙태에 대한 도덕적 책임을 혼자 짊어지지 않겠다는 의미이고, 결혼하지는 않겠다는 함의이다.

지그는 남자의 압박의 의미를 정확히 알고있다. 그녀의 대답도 그래서 강력하다.

"제발, 제발, 제발, 제발, 제발, 제발, 제발, 입 좀 다물어 줄래요?"
"Would you please, please, please, please, please, please, please stop talking?"

똑같은 반복이라도 지그의 것이 더 직접적이고 호소력이 있다. 지그의 것이 감정적이기 때문이다.

이들의 생활 방식은 호텔을 떠돌며, 무엇인가를 살펴보고, 새로운 음료를 마시는 것이다. 이 무렵 압생트는 프랑스에서는 금지된 술이었는데, 최음제로도 알려져 있었다. 지그의 대사 중에 "모든 것이 감초 맛이 나요. 특히 당신이 오랫동안 기다려온 것들은 모두 그래요, 압생트처럼"은 기대했던 압생트 효과에 대한 실망을 담고있고, 남자의 다음 말 "오, 그만해"는 그가 주도적으로 한 일에 대한 실패를 반영한 것이다. 성적인 내용도 암시되었다.

〈흰 코끼리〉는 몇 구절의 서술문이 끼어들고 있지만, 기본적으로 대화 위주로 되어있다. 그러나 버지니아 울프Virginia Woolf는 이 작품에는 대사가 과도해서 작가가 절제하지 못했다고 비판한다. 헤밍웨이는 독자들이 '듣고' 이야기에 참여해 주길 원한 것 같다. 그러나 문자가 소리sound를 기록하면, 동시성이나 억양을 나타내지 못하므로, 독자는 지그의 톤이 강한지 약한지 알 수 없다. 즉, 눈으로 대사를 읽기만 해서는 지그가 강한 여성인지 약한 여성인지 판가름하는 데 독자의 상상력에 기대할 수밖에 없다. (우리는 지그가 역사驛舍 끝으로 걸어가서 어느 정도 서 있었는지 알지 못한다.)

사람들은 작가가 말없이 끝낸 소설의 결말을 궁금해 한다. 여기에 대해서 많은 의견들이 나오는데, 그것은 〈흰 코끼리〉의 대사들을 이해하는 방식과 관련되어 있다. 대표적인 것을 알아본다. (이렇게 다양한 의견들이 있다고 아는 것만으로 충분해서, 논문 저자의 이름만 적어둔다.)

◆ **"그녀는 임신중절을 할 것이지만, 남자 친구를 떠날 것이다 (Howard Hannum)."**

그녀의 수술은 미국 친구와 살기 위해서가 아니다. 그녀는 더 이상 그를 참을 수 없어 떠날 것이다.

▲그럼직한 독법이다. 대화는 그들 사이에 사랑이 별로 없다는 것을 알려준다. 여인

은 성性과 알코올에 기초한 관계보다 그 이상을 원했고, 남자는 아니었다. 그래서 여자가 그에게 남을 이유가 없다.

문제: 그렇다면 왜 그녀가 남자 친구에게 미소를 지었을까? 왜 돌아와서 함께 마시자고 했을까? 그가 가방을 두고왔을 때, 왜 다시 웃었을까? ▲

◆ **"여자는 강하다(Stanley Renner의 독특한 해석)."**
남자 친구는 가방을 들고 역의 반대편으로 옮겼다. '반대편'은 마드리드가 아니라, 바르셀로나로 가는 노선을 의미한다. 남자는 여자의 의지가 강하다는 것을 깨닫고, 수술을 포기하고 되돌아갈 것을 선택한 것이고, 여기에 만족한 여자가 미소를 지었다고 본다. 남자 친구는 패배했고, 여자가 승리한 것이다.

▲흥미롭지만, 작품에서 언급된 기차는 마드리드로 가는 것이 유일했다. 카페에서 사람들이 기다리는 열차도 마드리드행이다. 남자 친구가 짐을 옮긴 것은 곧 다가오는 기차를 타기 위해서다.

그리고 그렇게 이기적이고 자기중심적 쾌락주의자인 인물이 그렇게 압박을 하다가 갑자기 항복한다는 것은 쉽게 이해되지 않는다. 그들은 이 문제를 적어도 수 주일 동안 논의했을 것이다. 순간적으로 전체 계획을 바꾸는 것은 남자 친구의 기질에 속하는 것 같지 않다. ▲

◆ **"여인은 남자 친구의 요구를 받아들이고, 둘이서 함께 마드리드에 갔고, 여인은 남자 친구와 함께 머물기 위해서 임신중절을 할 것이다(Joseph DeFalco)."**
이러한 결론은 남자의 '성의 정치학sexual politics'에 대한 강력한 비판이다.
지그가 남자의 요구에 굴복한다는 것은 매우 그럼직한 것이지만, 임신중절 이후에 지그에게 어떤 일이 생길 것인가는 여러 가지 의견이 있다. ① 남자는 지그 옆에 남을 것인가? ② 그녀를 버릴 것인가? 중에서 ② 버릴 것이다 쪽에 지지자들이 많다. 그녀는 더 이상 남자 친구에게 쓸모가 없고, 그녀와 함께 있어야 할 책임(의무)이 없기 때문이다.

◆ **"지그는 임신하지 않았다(Daniel Avizour)."**

젠더gender 문제와 결부되어서 미국의 일반적인 이해는 하워드 해넘을 지지하는 것이었는데, 요즘은 전혀 다른 해석이 나오기도 한다. 초점을 왜 지그가 미소를 지었느냐 하는데 둔다. 지그는 남자가 짐을 역사 저편으로 옮기러 가기 전에, (옮기고 와서 맥주를 마시자고 말하며) 그에게 미소를 지었고, 술 한 잔 급히 먹고 돌아왔을 때는 그에게 미소를 지어 보였다. 그리고 "나한테 아무 문제없어요. 좋아요There's nothing wrong with me. I feel fine."이라고 말한다.

▲ 술 취해서, 또는 자포자기해서, 패배한 상태를 감추려고…. 등등의 통속적인 해석은 밀어놓고 보자. 패배한 여성이 짓는 미소를 수컷이 해석하기는 어렵다. 그래서 다니엘 애비조어Daniel Avizour는 기발한 해석을 첨가한다. 즉, 지그는 원래 임신하지 않았다는 것이다. 그러니까, 남자 친구가 낙태를 유도하는 노력이 (가소로워) 미소를 지었을 뿐이라는 것이다. 엄청 획기적인 해석이다. 너무 획기적이어서 아마 미국 학회에서 받아주지 않았을 것이다. (언급한 것처럼 우리는 "남자의 압박이 끝났기 때문에, 그리고 남자를 떠날 준비"로 읽고자 한다.) ▲

해석

〈흰 코끼리〉에 등장하는 젊은 남녀는 '해외거주자expatriate'라고 불리는 사람들이다. 남자는 1차 세계대전 이후 전례없는 경제적 번영의 시기에 접어든 미국에서 자발적으로 미국인의 삶에 불만을 품고 유럽으로 떠난 사람들이다. 그들 대부분은 파리로 갔는데, 프랑스가 그들에게 어떤 것을 해주었기 때문이 아니라, "빼앗지 않았기 때문"이라고 했다. 미국은 청교도적 산업문화가 지배하는 금주법 시대였고, 문학에 적대적이었기 때문에, 특히 작가들은 자유와 독립성을 제공하는 파리로 거처를 옮겼다.

파리는 미국 달러면 넉넉히 살만큼 저렴했다. 그래서 파리에서 문학잡지와 독립 언론이 탄생했고, 새롭고 젊은 작가들이 목소리를 낼 수 있었다. 많은 신인들이 파리에서 더 예술적이고 실험적인 작품을 출판할 수 있었다. (조이스의 《율리시스》가 파리에서 출판된 것은 새로운 깃발을 꽂은 것이고, 미국은 당연히 이 책을 금지했다.)

문인들은 몽파르나스에 몰려들어 카페, 바를 돌며 토론과 음주를 임무처럼 했다. 이들은 매우 저렴한 가격으로 호텔 방을 이용할 수 있었고, 와인을 포함한 저녁 식사를 50센트로 할 수 있었다. (〈흰 코끼리〉에 나오는 "모든 호텔의 라벨이 붙어있는 가방"이라는 표현은 이들이 해외거주자임을 알려준다.)

이들의 자유롭게 술 마시고 연애하고 여행하는 삶에 동참한 것은 당시 플래퍼flapper라고 불리는 신여성들이었다. 미국의 표준적 빅토리아 여성형인 깁슨 걸gibson girl에 대해서 새로운 여성상으로 나타난 플래퍼들은 파티에 적극적으로 참여하고, 술과 담배를 잘하고, 짧은 머리에 무릎이 보이는 패션을 하고, 자유분방한 성관계를 즐겼다. 지그라고 불리는 어린 소녀는 미국 출신의 플래퍼인지는 알기 어렵지만, 당시 모자를 쓰고있던 점을 고려하면 전형적인 플래퍼의 삶을 산 것 같다. "살펴보고, 새로운 음료를 마셔보는 것"이 그들의 일이었다고 한다면 그렇다.

젊은 "해외거주자"의 자유로운 삶에 걸림돌은 피임이 실패해서 발생하는 임신이었다. 이들은 자유로운 삶을 갈망한 '잃어버린 세대lost generation'인 만큼 임신을 인생의 성공과 실패를 결정하는 일로 여겼을 수 있다. (해외거주자의 삶을 살고있던 헤밍웨이는 첫 번째 부인과 이혼하고 두 번째 부인과 결혼하기 직전에 〈흰 코끼리〉를 썼다. 그는 '아버지'가 될 준비가 전혀 되지 않았다고 공개적으로 말하고 다녔다.)

"해외거주자"의 삶을 다룬 〈흰 코끼리〉는 미국 단편문학의 역사에서 독특한 위치를 점한다. 언급한 것처럼 일단 단편문학 형식에서 미니멀리즘minimalism이 효과적으로 나타난 작품이다. 그러나 동시에 그것은 추상적이고 많은 내용을 수면 아래로 놓았기 때문에, 미국 단편문학의 위대한 전통이 되는 그로테스크한 측면, 즉 사회·역사적인 문제가 사라졌다. 헤밍웨이의 선생이었던 셔우드 앤더슨은 미국의 소도시에서 찌그러진, 그러나 아름다운 삶을 그려냈다. 헤밍웨이는 앤더슨이 만들어낸 문체로 내용을 모두 걸러, 추상화를 그렸다. 앤더슨의 다른 제자 포크너는 미국 남부에서 그로테스크한 그림을 그릴 것이다.

▲ 〈철이 지난 *Out of Season*〉(1923)
헤밍웨이의 단편소설은 많은 경우에 그의 삶에서 그대로 뽑아낸 것이다. 1923년에 발표된 〈철이 지난〉도 첫 번째 아내 해들리Hadley와 함께 이탈리아의 한 호텔에서 겪은 일을 소설로 만들었다. 이 작품은 헤밍웨이가 최초로 생략이론을 적용했고, 또 시작 구절이 훌륭하다고 소문이 났었다. 다음처럼 시작한다.

On the four lira he had earned by spading the hotel garden he got quite drunk. He saw the young gentleman coming down the path and spoke to him mysteriously. The young gentleman said he had not eaten yet but would be ready to go as soon as lunch was finished. Forty minutes or an hour.

호텔 정원을 삽질해서 번 돈 4리라로 그는 꽤 취했다. 그는 길을 내려오는 젊은 신사를 보고 그에게 은밀하게 말을 걸었다. 젊은 신사는 아직 식사를 못했지만 점심 식사가 끝나면 바로 가겠다고 했다. 40분 또는 한 시간.

오프닝은 호텔의 일용직 노동자 페두치Peduzzi의 시선으로 시작하고 있다. 끝까지 이름이 밝혀지지 않는 주인공 젊은 신사(헤밍웨이)에게 불법 낚시를 안내하겠다고 유혹하는 장면이다. (부사 'mysteriously'가 독특하게 쓰였다.) 이 구절에서는 두 사람 사이에 무엇을 이야기하는지 알려지지 않는다. 그것이 송어 낚시 이야기였다는 것은 다음 구절 마지막에 나온다. 매우 압축적으로, 쉬운 단어로, 흡인력을 발휘한 오프닝이다. 일반 독자들은 당연히 이 작품에서 페두치가 꽤 중요한 역할을 할 것을 기대한다.

〈철이 지난〉은 젊은 부부가 낚시가 허가되지 않는 시기에 불법으로 송어 낚시를 시도하다가 결국 준비 부족으로 실패하는 '비극'으로 끝난다. 송어 낚시가 '비극'이 될 수 있는 것은 낚시가 젊은 부부의 파국을 암시하기 때문이다. 작품에서 부부는 알려지지 않은 사태로 이미 의견 충돌이 발생했고, 이날까지는 수습되기 어려운 상황임을 보인다. (아래와 같은 대화가 진행된다.)

"끔찍하게 해서 미안해 타이니Tiny, 점심 때 그렇게 말한 거 미안해. 우린 같은 걸 서로 다른 각도에서 본 거야."

"소용없어요." 그녀가 말했다. "달라질 건 없어요."

"꽤 춥지." 그가 물었다. "스웨터 하나 더 입지?"

"세 벌이나 껴입었어요."

그들은 무슨 일로 다투었을까? 우리는 위의 대화가 〈흰 코끼리〉에 있다고 해도 잘 어울린다고 확신한다. 헤밍웨이의 부인 해들리는 첫아들을 그해 10월에 출산하므로, 〈철이 지난〉이 쓰이던 이른 봄에는 부부가 임신했음을 알았을 것이다. 그리고 해외체류자로서 젊은 헤밍웨이는 자유로운 모험이 절대적으로 필요한 야심찬 작가였고, 가정을 지키는 아버지가 될 준비는 전혀 하지 않았다. 따라서 〈철이 지난〉은 낚시 금지뿐만 아니라 부부관계의 종말을 암시하는 상징적 제목이 된다.

〈철이 지난〉이 임신이 비극이 되는 상황을 배경으로 한다는 우리의 해석은 충분히 논쟁의 여지가 있을 것이다. 그러나 이 작품이 〈흰 코끼리〉에 나타나는 해외거주자의 삶을 조명할 수 있다는 것, 그리고 헤밍웨이가 낙태가 아니라 이혼을 선택한 동기일 수도 있다는 점을 생각하면, 함께 읽는 것이 즐거울 수 있다.

이 작품의 오프닝을 읽었으면 결말도 함께 살펴야 한다. 아래와 같다.

"안 갈지도 모른다고요." 젊은 신사가 말했다. "그럴 가능성이 커요. 그렇게 되면 호텔 주인한테 말해 놓을게요."
"I may not be going." said the y. g. "very probably not. I will leave word with the padrone at the hotel office."

〈철이 지난〉의 본 줄거리에서는 불법 낚시 실패로 부부관계의 어두운 분위기를 전하더니 결말에서 낚시의 새로운 시도를 포기하여 부부관계의 파국을 암시한다. 당시 평론가들은 부부관계에 대한 직접적 언급 없이 낚시 이야기만으로 끝을 내는 솜씨를 찬양해서, 이 작품의 오프닝과 결말의 문장이 훌륭하다고 했다.

그러나 생략되어 숨겨진 이야기는 그렇게 아름답지 않다. 헤밍웨이는 그날 호텔 주인에게 낚시 안내인Peduzzi의 비리에 대해서 항의했고, 호텔 주인은 즉시 일용직 고용인이었던 그를 해고했다. 헤밍웨이는 'Before Season'이라는 제목의 소설을 타자로 치고 있다가, 낚시 안내인이 목을 매어 자살했다는 소식을 들었다. 헤밍웨이는 'Out of Season'이라고 제목을 바꾸고, 낚시 안내인의 자살을 언급하지 않고 소설을 끝냈다. 소설은 형식적인 측면에서 훌륭하다고 평가된다. (우리가 앞으로 살피게 될 9장 팀 오브라이언은 작품의 좋은 형식good form을 위해 윤리적 문제를 덮을 수 있는가를 묻는다.)

우리가 〈철이 지난〉의 해석을 〈흰 코끼리〉의 말미에 첨가하는 것은 헤밍웨이의 도덕성을 따지려는 의도가 아니라, 〈흰 코끼리〉의 배경이 헤밍웨이를 포함하는 당시 국외체류자의 삶이라는 점을 강조하고자 함이다. ▲

〈에밀리에게 장미를〉
— 윌리엄 포크너

A Rose for Emily, 1930
– William Faukner

윌리엄 포크너1897-1962는 미국 소설의 20세기를 대표하는 거장이다. 그의 생애 중 1929년에서 1936년까지 15년이 가장 황금기였다. 이때 포크너는 자신을 대표하는 소설 《소리와 분노》, 《내가 죽어 누워있을 때》, 《팔월의 빛》, 《압살롬, 압살롬》을 발표했다. 그리고 이 시기에 돈이 필요해서 잡지사에 넘긴 단편소설도 상당수가 걸작으로 평가받는다.

그는 장르로서 단편소설이 소설보다 상위에 있다고 말했다. 단편소설은 모든 단어가 정확해야 하기 때문에 엉성하거나 부주의할 여지가 소설보다 없다는 것이다. 이 말은 모더니즘의 단편소설 형식에 중심을 두는 뜻으로 이해된다.

그러나 포크너에게는 단편소설과 소설의 경계가 그리 명확하지 않다. 단편과 장편이 모두 같은 장소(Yoknapatawpha)를 배경으로 하고 동일한 서사 소재를 사용하기 때문이다. 그들은 소설 설정이 변경되거나 재창조되기보다는 서로 다른 면모를 드러낼 뿐이다. 등장인물도 동일하게 유지되거나 같은 인물 그룹으로 연결되며, 다른 작품에서 만나면 추가적인 측면이나 복잡성을 얻는다.

《소리와 분노》, 《내가 죽어 누워있을 때》는 단편소설의 시퀀스를 사용하거나, 《압살롬, 압살롬》 같은 작품은 단편소설로 시작해서 소설로 발전했다. 그리고 《내려가라, 모세여》, 《정복되지 않는 자》는 소설집인지 단편소설집인지 평론가들 사이에 의견이 다르다.

그럼에도 몇 편의 대표적 단편들은 걸작으로 인정된다. 우리가 검토할 〈에밀리에게 장미를〉은 모더니즘 형식을 갖춘 정확한, 부주의할 여지가 없는 작품이다. 살펴보자. (앞으로 〈에밀리에게〉로 줄여서 표기한다.)

요약

총 5개의 섹션으로 구성된 이 이야기는 에밀리 그리어슨 양Miss Emily Grierson의 장례식에서부터 시작한다. 이름을 밝히지 않는 서술자가 이야기를 전달하는데 그는 항상 자신을 집단 대명사로 지칭하므로, 사건에는 직접적으로 가담하지 않는, 제퍼슨 마을의 평범한 시민의 목소리로 인식된다. (작품 이해에 정확한 요약이 필요하다. 정독이 요구된다.)

1

서술자는 에밀리 양의 장례식에 남자들은 '쓰러진 기념비monument'에 대한 존경 가득한 애정의 마음으로 참석하지만, 여자들은 적어도 10년은 아무도 보지 못한 그녀의 집 내부를 구경하려는 호기심으로 간다고 말한다. 그 집은 한때 "가장 고급스러운 거리에 자리 잡은" 크고 우아한 집이었다. 하지만 차량 정비소와 목화솜 트는 기계가 밀어닥치면서 이웃들이 사라졌고, 에밀리 양의 집만 몰락을 드러내며 흉물 중의 흉물로 남았다. 에밀리는 살아있는 동안에는 하나의 전통이자 의무이며 관심의 대상이었다. 마을 사람들은 일종의 유전적 의무를 지고 있었다. 전 시장이었던 사토리스 대령Colonel Satoris은 에밀리의 아버지가 사망한 이후부터 지금까지 에밀리의 세금을 영구적으로 면제해 주었는데, 사토리스 대령은 에밀리의 자존심을 위해서 세금 면제는 마을이 그녀의 아버지에게 빌린 돈을 갚는 방식이라는 거짓말을 만들어 냈다.

에밀리가 사망하기 약 10년 전, 새로운 세대의 정치인들이 제퍼슨 정부를 이어받는다. 그들은 에밀리의 세금을 면제한 사토리스 대령의 통 큰 제스처에 감동하지 않고 그녀에게 세금을 징수하려고 시도했다. 그들은 세금 고지서와 편지를 보냈지만, 에밀리는 그것들을 무시해 버렸다. 마침내 시의원들은 상황을 논의하기 위해 대표단을 파견한다. 이들은 에밀리의 흑인 하인 토베Tobe의 안내를 받는다. 집에서는 먼지와 눅눅한 냄새가 났다. 검은 옷을 입은 작고 통통한 에밀리가 들어오자, 그들은 자리에서 일어섰다. 그녀의 얼굴은 "고인 물에 오랫동안 잠긴 시체처럼 부풀어 올랐고 시체의 창백한 색조"를 띠고 있었다. 그녀는 앉으라고 권하지 않았다. 대변인이 방문 이유를 어색하게 설명하자, 에밀리는 사토리스 대령이 자신은 제퍼슨에 낼 세금이 없다고 했으니, 그를 만나 보라고 대답했다. 서술자는 사토리스 대령이 죽은 지 거의 10년이 지났다고 독자에게 밝히지만, 에밀리는 같은 말을 반복한 후 토베에게 불만을 품은 신사 분들을 내보내라고 지시했다.

2

30년 전에는 에밀리의 이웃들이 그녀의 집에서 나는 끔찍한 냄새에 대해 불평했다. 서술자는 사람들이 냄새에 대해 불평하기 직전에 에밀리를 떠난 연인이 있었다고 밝힌다. 마을의 여성들은 악취의 원인이 에밀리 집의 흑인 남자Negro man의 부실한 집안 관리 때문이라고 생각했다. 그러나 여러 차례의 불평에도 불구하고 당시 마을의 시장인 스티븐스 판사Judge Stevens 는 아무런 조치를 취하지 않았다. 젊은 시의원이 항의하자, 시장은 "젠장, 의원님…. 숙녀의 면전에 대고서 악취가 난다고 비난할 건가요?"라고 말했다. 결국 남자 네 명이 자정 이후 몰래 잠입해서 도둑처럼 돌아다니며 에밀리의 집 주변과 지하실에 석회를 뿌렸다. 그들이 작업을 마칠 때, 어두웠던 창 하나에 불이 켜지고 그 안에 에밀리 양이 앉아있는 모습이 보였다. 불빛을 등진 그녀는 우상idol처럼 꼿꼿이 앉아 있었다. 2주일 지나자 냄새는 사라졌다.

서술자는 그리어슨 가족의 과거를 이야기하면서 에밀리에 대한 마을 사람들의 연민을 언급한다. 에밀리 가족 중 고모할머니 와이엇Wyatt이 완전히 정신이 나갔었기 때문에, 마을 사람들은 그 가문에 정신병적인 기질이 있음을 모두가 알고 있었다. 그런데도 그리어슨 사람들은 마을 청년 중 누구도 에밀리에게 충분하지 않은 것처럼 행동했다. 오랫동안 마을 사람들은 그 가문을 그림 안에 담고 있었다. 뒤쪽에는 흰 옷을 입은 가냘픈 에밀리 양이 있고, 앞에는 그녀에게 등을 돌린 채 말채찍을 들고 두 다리를 벌린 아버지가 서있는 그림이었다. 그녀는 서른이 되어도 독신이었다.

서술자는 에밀리의 아버지가 사망한 후의 끔찍한 상황을 설명한다. 아버지는 저택만 남겼을 뿐이어서 에밀리는 빈털터리 신세로 홀로 남게 되었다. 그러나 그녀는 마을 사람들에게 연민의 대상으로 보이지 않았다. 조문객 앞에 선 에밀리는 옷차림도 평소 그대로였고, 얼굴에는 슬픔의 흔적도 없었다. 그녀는 아버지가 죽었다는 사실을 인정하지 않았다. 성직자들과 의사들이 설득하고, 결국 법과 공권력을 동원하려 하자, 에밀리는 마침내 사흘 만에 마을 사람들이 아버지의 시신을 수습하는 것을 허락했다.

우리는 그때 그녀가 미쳤다고 말하지 않았다. 그녀는 그래야만 했다고 믿었다.

3

에밀리는 아버지의 죽음 이후 한동안 앓았다. 다시 그녀를 보았을 때에는 머리를 짧게 잘라서 소녀처럼 보였다. 비극적이면서도 평화로운 모습이었다. 마을에서는 보도 포장 공사를 했는데, 건설회사는 검둥이들과 노새와 기계들을 들여왔고, 감독은 북부 출신의 호머 배런Homer Barron이었다. 호머는 몸이 크고 거무튀튀했으며 목소리는 크고 눈빛이 밝았다. 그의 거침 없는 웃음은 많은 사람들의 관심을 끌었고, 그는 모든 마을 사람들을 금방 알게 되었다.

놀랍게도 호머와 에밀리는 일요일에 함께 사륜마차를 빌려타기 시작했다. 마을 사람들은 처음에는 "그리어슨 가문의 여자가 일용직 노동자인 북부인을 진지하게 생각할 리는 없을 것"이라고 떠들었다. 하지만 에밀리가 진정한 숙녀라면 노블레스 오블리주noblesse oblige를 잊으면 안 된다고 말하는 노인들도 있었다, 에밀리와 호머 배런의 소문은 "불쌍한 에밀리, 친지들이 와줘야 할텐데" 하는 말로 이어졌다. 그러나 앨라배마에 사는 친척들은 전혀 나타나지 않았다.

하지만 에밀리 양은 고개를 높이 들고 다녔다. 심지어 우리가 그녀는 이제 몸까지 버렸다고 여길 때조차도 그랬다. 여기에서 서술자는 이것이 그리어슨 가家 마지막 인물의 위엄dignity을 인정하라는 요구이고, 속세는 자신에게 통하지 않는다imperviousness고 불굴의 의지를 재확인하는 몸짓 같았다고 말한다. 서술자는 에밀리가 마을의 약사에게서 비소arsenic를 구입할 때에도 여전히 자부심을 가지고 있었다고 말한다. 약사는 그녀에게 법에 따라 독을 어떻게 사용할 계획인지 말해야 한다고 했지만, 그녀는 약사가 물러서서 비소를 포장할 때까지 그를 쳐다볼 뿐이었다. 약사는 상자에 '쥐약for rats'이라고 적었다.

4

마을 사람들은 에밀리가 구입한 독극물로 자살할지도 모른다고 생각한다. 서술자는 에밀리가 비소를 구입하게 된 상황을 자세히 설명함으로써 이야기를 다시 뒷받침한다. 처음에 마을은 호머가 결혼에 적합한 타입이 아니라는 그의 진술에도 불구하고 에밀리가 호머 배런과 함께있는 모습을 보면 그들이 결혼할 것이라고 믿었다. 그러나 결혼은 이루어지지 않았고, 두 사람의 대담한 관계는 마을의 많은 여성들을 분노하게 했다. 마을 여성들은 목사baptist minister를 보내 에밀리에게 이야기하도록 했지만, 다음 일요일에 그녀는 호머와 함께 사륜마차를 타고 다시 마을을 지나갔다. 목사의 아내는 에밀리가 호머와 결혼하거나 불륜을 끝내도록 설득하기 위해 앨라배마에 사는 두 여자 사촌을 에밀리의 집으로 보냈다. 방문 기간 동안 에밀리는 호머의 이니셜이 새겨진 화장실 용품 세트와 잠옷을 포함한 남성용 의류 세트를 구입했다. 이로 인해 마을은 에밀리가 호머와 결혼하여 자만심 많은 사촌들을 제거할 것이라고 믿게 된다. 호머는 에밀리에게 사촌들을 쫓아낼 기회를 주기 위해 제퍼슨을 떠났다. (서술자는 당시 우리는 도당을 짜서 사촌을 몰아내는 일에 가담했다고 말한다.) 사촌들이 떠난 지 3일 후에 호머가 에밀리의 집에 들어가는 모습이 목격되었다. 그 후 호머는 다시는 보이지 않았고 에밀리도 한동안 보이지 않았다.

에밀리는 거의 6개월 동안 마을에서 보이지 않았다. 마침내 제퍼슨 거리에서 다시 목격되었을 때 그녀는 뚱뚱해졌고 머리가 하얗게 변했다. 그녀의 집은 6-7년 동안 도자기 페인팅 수업을 하는 기간을 제외하고는 방문객에게 문을 닫아두었다. 그녀는 마을에서 자신의 집에 주소와 우편함을 다는 것을 허용하지 않았고, 마을에서 보내는 세금 고지서도 계속 무시하고 있었다. 가끔 아래층 창문에서 그녀가 보이는데, 집의 위층은 폐쇄한 것이 분명했다. 마침내 그녀는 늙고 몸도 못 가누는 토베를 제외하고는, 아무도 모르게 홀로 죽었다. 그렇게 그녀는 한 세대에서 다음 세대로 넘어갔다. 그녀는 사랑스럽고dear, 피할 수 없고inescapable, 둔감하며impervious, 고요하고tranquil, 그리고 변태perverse스러웠다.

5

토베는 에밀리의 장례식에서 마을 여인들을 집에 들여보내자마자 뒷문으로 나가 다시는 보이지 않았다. 장례식에서 나이가 아주 많은 남자들은 — 그들 중엔 남군의 군복을 입은 사람들도 몇 명 있었다 — 현관 앞이나 잔디밭에 서서 그녀에 대한 이야기를 주고받았다.

에밀리가 묻힌 직후, 몇몇 남자들이 위층 문을 강제로 열었다. 얇고 매캐한 먼지가 빛바랜 장미색 밸런스 커튼 위에, 장미색 전등갓 위에도 덮여 있었다. 그곳에서 그들은 호머 배런의 썩은 시체를 발견했다. 더욱 기괴한 것은 그의 시체 옆 베개에서 긴 철회색 머리카락을 발견한 것이다.

Setup

◆ 남부 그로테스크

20세기에는 미국의 남부에서 새로운 형태의 그로테스크 문학이 나타난다. 이것을 남부 그로테스크southern grotesque라고 하는데, 일반적으로는 다음과 같은 특징을 갖는다.

① 괴물과 그로테스크한 인물이 등장한다. 대부분 괴상하고, 장애가 있고, 복잡하고, 심지어 망상적인 인물이 나온다.

② 남부의 사회적 혼란을 폭로하거나 설명하는데, 유머러스한 요소와 끔찍한 요소가 결합된 이야기가 많다.

③ 대부분 배경은 미국 남부이며, 유럽의 그로테스크가 성城이나 수도원을 배경으로 했다면, 여기에서는 오래된 농장이나, 노예 숙소가 배경이다.

④ 초자연적인 요소가 공포와 분위기를 조성하기는 하지만, 남부 그로테스크는 사회·문화 문제를 강조한다. 지역의 어두운 과거나 인종 문제가 나타난다.

⑤ 빈곤, 죽음, 도덕적 부패, 육체적 부패가 자주 등장한다. 특히 썩어가는 건물과 농장 주택이 많이 나온다.

남부 그로테스크의 토대를 가져온 사람은 윌리엄 포크너이며. 그의 단편 〈에밀리에게〉가 그것을 명확하게 보여준다. 〈에밀리에게〉를 특히 포의 〈어셔 가의 붕괴〉와 비교하여, 유사점과 차이점을 생각한다면 남부 그로테스크의 전개와 그 특성을 보다 쉽게 이해할 수 있을 것이다. 일반적으로 어셔 집의 폐허 위에 남부 그로테스크의 기초가 놓여있다고들 말한다.

두 작품 모두 전통의 귀족 가문의 몰락을 그렸다는 점이 공통적이다. 포는 어셔 가문의 마지막 후손인 로더릭Roderick Usher 남매의 최후를 그렸고, 포크너는 그리어슨Grierson의 마지막 후손으로 남은 에밀리의 장례식 이야기를 한다. 두 작품이 모두 외딴 집을 배경으로 하고, 집이 중요한 역할을 한다. 어셔의 집은 마을에서 멀리 떨어진 호숫가의 균열이 된 저택이라면, 그리어슨의 집은 한때 번화가에 있었지만, 새로운 시대에는 공장으로 둘러싸여 먼지로 덮인 흉물이 되었다. 두 작품 모두 주인공이 자신의 집에 은거하고 있는 병자로 그려진다. 물론 차이점도 크다. 어셔의 집은 짧은 시간에 붕괴되어 호수로 무너지지만, 에밀리의 집은 40년을 두고 서서히 부패되고 부식한다. 포크너는 에밀리와 주변 마을 사람들과의 관계를 긴 역사 속에서 다루어 남북전쟁 이후의 구 남부의 쇠퇴를 생생하게 보여 주었다. 그리고 이러한 역사·문화적인 서술이 단순한 공포 이야기를 진지한 문학으로 바꿀 수 있는 계기를 만들었다.

◆ 배경

〈에밀리에게〉는 포크너가 허구로 만들어낸 요크나파토파 군Yaknapatawpha County의 군청 소재지 제퍼슨Jefferson 마을을 배경으로 한다. 이 지역은 포크너의 여러 주요 작품 《소리와 분노》, 《내가 죽어 가면서》의 배경이기도 한데, 《압살롬, 압살롬》에서는 가상의 세계인 요크나파타우타의 지도까지 직접 작성해서 보여 주었다.

포크너는 동일한 인물을 여러 작품에 등장시키기도 하여, 그 배경에 있는 요크나파토파를 하나의 세계로 만들어 냈다. 그래서 독자들은 이 지역의 귀족들이 존 사토리스 대령과 그의 가족, 제이슨 컴슨 장군 가족, 드 스페인 소령, 그리어슨 가문으로 대표된다는 것을 알게 된다. 그리고 그리어슨 가문의 마지막 후손이 에밀리이며, 그녀가 어떻게 살았는지는 단편 〈에밀리에게〉에서 보여준다. 요크나파토파의 대표적인 귀족인 사토리스 대령 Colonel Sartoris은 이 단편에서는 잠깐 등장하지만, 그가 다른 작품에서 용기, 관대함, 자부심, 명예와 같은 남부의 이상을 지키기 위해서 헌신했다는 것을 알면 〈에밀리에게〉를 이해하는 데 도움이 된다.

그러나 더 중요한 것은 시대적 배경이다. 〈에밀리에게〉는 노예제도가 폐지되고 농장생활이 붕괴된 남북전쟁 이후postbellum의 남부를 시대적 배경으로 한다. 남북전쟁 이전antebellum의 남부는 흑인 노예 노동에 의존하는 대규모 농장의 경제체제였다. 이러한 체제에서는 농장을 소유한 부유한 백인은 귀족처럼, 중산층과 가난한 백인은 평민처럼, 노예는 소유물처럼 취급하는 엄격한 사회계층이 유지되었다. 남부의 귀족문화는 용기, 명예, 예의, 여자의 순결, 약자 도움이라는 기사도 정신을 가지고 있었다. 그러나 전쟁에 패배하여 노예해방이 되자 경제는 황폐해졌고, 몰락하는 남부 귀족들은 이전의 노예나 소작농과 함께 농장에서 직접 일하기도 했다. 귀족사회의 이상도 흔들리고 있었는데, 이런 혼란기에 북부의 기회주의자('carpet-baggers'라 불린다)들이 이득을 챙기려고 내려왔다. 남부의 몰락하는 귀족이나 지주계급들에게는 양키의 천박하고 몰상식함은 참기 어려웠다. 남부의 상류층 신사들은 기사도 정신과 품격을 생활 규범으로 하고 살았기 때문에 북부의 근본 없는 상놈 양키들하고는 말하는 예법도 달랐다.

여기에 새로운 질서를 지지하는 젊은 세대들과 옛날의 귀족문화를 포기하지 않는 구세대의 갈등이 배경이 된다.

분석

◆ 서술자

〈에밀리에게〉는 1인칭 복수형인 '우리'라고 말하는 서술자가 나온다. 그는 한 명 이상일 마을 사람을 의미하는데, 독자는 그가 누구인지, 나이가 어떤지, 성별이 무엇인지 알지 못한다. 그래서 어떤 사람은 익명성의 극치라고까지 말하는데, 그렇다고 해서 그의 진술이 객관적일 것이라고 믿는 것은 순진하다. 그는 50년 가까이 에밀리를 관찰한 사람이고, 적어도 74세에 죽은 에밀리보다 나이가 많거나, 같을 정도의 인물인데, 마을 사람들의 일반적인 견해와는 달리 에밀리의 결혼을 옹호하기도 했다. (만일 서술자가 에밀리와 비슷한 나이여서 그녀에게 청혼을 했을 가능성이 있다면, 서술자를 객관적이라고 말하기 더 어려울 것이다.) 더구나 단편의 시작 부분에서 보이는 것처럼 마을의 남자들과 여자들은 주인공을 대하는 태도가 다르다. 그래서 서술자의 성별은 이야기 서술에 상당한 차이를 보일 수 있다. 그럼에도 작가는 서술자의 성별을 밝히지 않는다. (마지막 장에서 위층의 문을 강제로 여는 사람들을 'They'라고 부르기 때문에 여성일 가능성도 있다.)

그러나 문제가 되는 것은 서술자의 서술 방식이다. 〈에밀리에게〉는 5개의 단락으로 나누어지는데, 이것들이 시간 순서로 진행되거나 전통적인 플롯처럼, 시작, 전개, 결말의 순서로 진행되지 않는다. 서술자는 다섯 번째 단락에서 언급될 에밀리의 장례식을 첫 번째 단락에서 언급한 다음에는 10년 전으로 거슬러 갔다가, 그리고는 다시 30년 전으로 옮겨간다. 서술자의 사건 순서가 전혀 시간적 순서와는 다르기 때문에, 독자들은 적어도 주인공 에밀리에 대한 해석이 서술자의 주관적인 입장에 따라서 정리되었다고 말할 수밖에 없다. 조금 과감하게 주장한다면, 서술자는 에밀리에게 감정적으로 개입되어 있어, 이야기의 흐름을 논리가 아닌 느낌feeling으로 구성한다. 그는 마을 사람들과 마찬가지로 에밀리를 사랑스럽고dear, 피할 수 없고 inescapable, 둔감하며impervious, 고요하고tranquil 변태스럽다고perverse 파악하고 이러한 형용사에 따라서 5개의 단락을 구분하고 서술하는 것처럼 보인다(네 번째 단락 마지막 참조).

이렇게 에밀리는 서술자의 의식을 매개로 해서 전달되기 때문에, 독자는 서술자의 의도를 먼저 파악하기 전에는 에밀리를 바로 파악할 수 없게 된다. 이런 사태는 〈에밀리에게〉를 이해하는 데 어려움이 있음을 알리는 것이다. 독자들은 〈에밀리에게〉를 스스로 감상하기 위해서는 적어도 두 번 이상 읽을 필요가 있다. 첫 번째 독서는 물론 서술자의 의도를 파악하기 위해서 노력하는 것이다.

◆ 연대기

서술자의 의도를 짐작하기 위해서는 먼저 사건의 연대기가 필요하다. 이러한 객관적 시간표를 염두에 두고 있어야, 서술자가 어떤 사건을 결합하고 어떤 사건을 분리시켰는지, 그리고 그 의미가 무엇인지를 알 수 있을 것이다. (다음은 사건 연대기이다.)

1864(ca.)	에밀리 출생.
1894	에밀리 아버지 사망(에밀리 30세).
	사토리스 대령이 에밀리의 세금을 영구 면제한다.
1895	호머 배런과 건설팀이 나타난다.
	마을 사람들이 "불쌍한 에밀리"를 말한다.
1896	에밀리는 독약을 구하고 호머 배런은 사라진다.
	에밀리의 집에 냄새가 나서 마을의 원로들이 석회를 뿌린다.
	에밀리는 6개월간 나타나지 않다가, 뚱뚱하고 늙은 모습

으로 다시 나타난다.

1898	에밀리의 집 위층 방이 잠긴다.
1904-1918	40세 즈음 에밀리가 도자기 강습을 6-7년 한다.
1916-1918	사토리스 대령 사망.
1926	시의원들이 세금 문제로 에밀리를 방문한다(62세).
1928(ca.)	에밀리 죽기 전 그리어슨 집에 마지막 손님이 방문한다.
1938(ca.)	에밀리 사망(74세).

해석

서술자의 의도를 알아보기 위해서 작품을 단락 순서대로 살피면서 주요 사건을 정리해 보자.

① 에밀리 장례식, 세금 문제가 언급된다.
② 에밀리 집에서 고약한 냄새가 난다.
③ 호머 배런과의 관계, 비소를 구입한다.
④ 호머의 이니셜이 새겨있는 화장실용품 세트. 잠옷을 구입한다.
⑤ 에밀리의 장례식이 치러지고, 호머 배런의 시체를 발견한다.

네 번째 단락에서는 호머 배런이 에밀리를 떠났다고 마을 사람들은 믿는다. 그러나 사건의 순서대로 말하면, 단락은 ③ → ④ → ②의 순서가 되어야 한다. 그런데 고약한 냄새가 나는 일이 두 번째 단락에서 발생하기 때문에 그 일이 호머 배런과 관계있는지 알기 어렵다. 애인이 떠났다고만 서술되었기 때문이다. 세 번째 단락에서는 호머 배런과의 관계가 소개되고, 한

참 마을 사람들의 비판과 염려 속에서 데이트를 잘하고 있는 사이에 비소를 구입하기 때문에 독약의 의미를 잘 모른다. 네 번째 단락에서 호머 배런이 보이지 않게 된다. 그래도 여전히 호머 배런이 살해되었다는 암시는 없었다.

사건을 시간 순서에 따라서 서술하는 것이 아니라, 오히려 시간 순서를 무시하면서 서술했기 때문에 75년 가까이의 사건을 따라오면서, 5단락 결론 부분에서야 충격적으로 호머 배런이 독살된 지 40년이 지났다는 것을 알게 된다. 핵심적 사건을 효과적으로 펼치기 위해서 시간 순서에 따르지 않고, 서술자의 자유연상에 맡긴 것이다. 이런 서사 테크닉은 포크너의 솜씨가 빼어나다는 것을 말한다.

포크너의 단락 순서를 다시 생각해 보자. 만일 연대기적으로, 인과관계를 중심으로 순서를 잡았다면, 에밀리가 독약을 구입했고, 호머 배런이 독살되어서, 집에서 냄새가 많이 났는데, 40년이 지나서 에밀리가 죽고 난 다음에야, 시체가 발견되고 그녀가 시체와 함께 살았다는 것이 알려질 것이다. 만일 이 순서대로 서술되었다면, 호머 배런의 시체가 발견되었다는 것보다, 그것이 그렇게 오랫동안 에밀리의 소장품으로 있을 수 있었다는 점이 눈에 들어온다. 즉, 서술자의 이야기 순서에서는 독살과 부패, 시체와의 동거라는 추리 가능한 정보가 분명하게 주어지지 않기 때문에 마지막 단락의 충격이 강하게 남았지만, 시간 순서라면, 살해 방법, 동기, 결과에 대한 마을의 반응이 알려지고, 살인과 그 시체 보관에 대한 마을 사람들의 공모 내지 관여의 정도에 관한 의문이 생길 것이다.

최소한으로 말해서, 시체의 발견과 그 시간증necrophilia의 폭로가 충격적이라면, 죽은 에밀리의 병적인 기질 탓으로 생각되어서 공동체의 관여 문제는 가려진다. 그러나 만일 범행이 마을 안에서 발생했고, 그 상황을 마을 사람들이 직간접적으로 관여했으며, 그렇게 오랫동안 묵인되었다면, 마을 사람 복수의 대표로서 서술자 자신에게도 책임을 물을 수 있을 것이다. 서술자가 이상한 순서로 서술하게 된 것은 사건에서 발을 빼려는 이유가 아닐까?

에밀리의 일대기를 다시 정리할 필요가 있을 것이다. 이번에는 에밀리의 행동을 공동체와 관련해서 다시 읽어보는 것이다. 에밀리는 아버지에 의해서 마을 사람들과 분리되었지만, 공동체의 외부에 있는 외계인이 아니라, 그들과 양가적인 감정을 나누며 함께 살았다. 세금 문제에서 관계가 상징적으로 보인다. 시장인 사토리스 대령이 세금을 면제해서 에밀리를 마을과 분리시켰지만, 마을 사람들이 빚을 갚는 것이라는 거짓말로 관련을 지어냈다. 독특하게 그녀는 명예시민처럼 존경과 사랑을 받지만, 실생활의 문제에서는 비판과 증오의 대상이 되기도 한다. 마을 사람들에게 에밀리는 사랑스럽지만, 고집불통이고 괴팍한 인물인 것이다. 에밀리는 교육받고 자라온 대로, 독립적이고 자긍심이 높으며 세속적인 것에는 경멸적이다.

이러한 양가적 관계에서 에밀리는 폐쇄적인 존재가 되는데, 이는 스스로 벽장 안에 들어가 자신을 가둔 것이 아니라 사회적 관계에서 닫힌다고 봐야 한다. 그녀는 우상이면서 동시에 희생양이다.

에밀리는 자신의 방식으로 세상을 살겠다는 의지를 가지고 있다. 결코 움츠러들지 않고, 동정심을 구걸하지 않으며 공동체의 평범한 판단이나 가치관을 결코 받아들이지 않는다. 이런 독립 정신과 자존심이 그녀를 일종의 괴물로 만들 수도 있고, 그렇게 되었지만, 동시에 무리의 가치를 받아들이기를 거부하는 품위dignity와 용기courage를 보이기도 한다.

그리고 이 점은 공동체의 늙은 남자들에게 명예로운 역사로서 받아들여진다. 에밀리의 장례식에서 남부동맹 제복을 입는 노인들이 그녀를 마치 동시대인인 것처럼 이야기하고 받아들이는 것은 에밀리의 의지, 그녀의 품위와 용기에 대한 암묵적인 승인인 것이다.

작품을 공동체와 관련해서 다시 읽어보면, 에밀리 혼자서 시대의 변화를 감당하는 것이 아니라, 마을 사람들이 참여하고 있다는 사실을 알게 된다. 에밀리가 북부 양키와 사귀는 것을 스캔들이라고 보고, 비난하거나 불쌍하다고 동정하거나, 연민의 관심을 보인 것은 마을 사람들이다. 그들은 호모 배런과의 데이트에 목회자를 보내기도 하고, 앨라배마의 친척을 불러오기도 하면서 노골적으로 (결혼하거나, 헤어지라고) 간섭한다. 그렇다면, 호머 배런을 죽이는 데, 마을 사람 전체가 직간접적으로 관여했다고 말할 수 있지 않을까?

약사는 헤어지라는 친척의 압박을 받고 있지만, 호모 배런을 놓아줄 생각이 전혀 없고, 자존심 강한 에밀리의 상황을 뻔히 알면서 비소 독약을 팔았다. 마을 사람들 모두가 에밀리가 독약을 구입한 줄 안다. 서술자 자신도 독약이 쥐를 잡는 데 쓰일 것이 아님을 알고있다. 마을 사람들은 그녀가 자살할 수도 있다고, 그것이 최선일 수 있다고 말한다. 그런데 그런 집에서 고약한 냄새가 난다면 그것은 무슨 의미라고 생각해야 할 것인가? 호모 배런이 살해되어서 썩고 있다고 생각하는 것이 상식일 것이다. (에밀리의 일거수일투족은 마을 사람들의 관심의 대상이다. 〈어셔 가의 붕괴〉와는 달리 사건이 마을 안에서 진행되는 그로테스크이다.)

젊은 시의원이 에밀리의 집의 악취에 대해서 항의하자, 시장은 "젠장, 의원님… 숙녀의 면전에 대고서 악취가 난다고 비난할 건가요?"라고 말하고는 아무런 조치도 취하지 않았다. 이것이 쥐나 뱀의 냄새가 아닐 것임을 여든 살의 판사judge 시장님도 알았을 것이다. 따라서 판사님이 에밀리의 살인사건에 무죄를 선고한 것이다. 판사는 남부의 귀족 정신을 가지고 있고 피살자는 북부의 양키 아닌가? 에밀리는 제퍼슨 시의 명예시민으로 남부 정신의 대표로 볼 수 있기 때문이다. 우리는 젊은 시의원들이 밤중에 몰래 에밀리의 집을, 시체가 없을 지하실과 별채 주변을 뒤지고 석회를 뿌렸다는 이야기를 서술자에게서 듣는다. 블랙 유머를 섞어가며 이야기하지만, 서술자나 포크너는 그들이 쥐나 뱀의 시체를 발견하지 못했다는 말은 하지 않는다. 아마도 에밀리 양은 석회를 뿌린 침입자들의 경고를 듣고, 시체가 들어있는 위층의 문을 폐쇄했을 것이다.

상식적인 마을 사람들은 물론 그 방에 호모 배런의 시신이 들어 있음을 추측할 수 있었을 것이다. 그래서 40년이나 지나 에밀리의 장례식 다음에 우르르 이층으로 올라가 문을 강제로 열어 시체를 발견한 것 아니겠는가?

이렇게 읽힌다면, 우리는 에밀리가 마을 사람들의 세속적인 비판과 조롱에 대항하여 자신의 믿음을 지킨 사람으로 이해할 수도 있다. 마을의 늙은 이들은 에밀리를 인정하지만, 젊은 세대는 그녀의 성에 침입하고, 그들의 시간에 종속시키려고 시도한다(세금도 걸고, 주소와 우편함도 부여한다). 에밀리는 자신의 시간을 지킨 것이다.

이렇게, 에밀리는 세속의 운명과 싸운 비극적인 인물로 생각할 수도 있다. 물론 햄릿이나 리어왕 같은 큰 인물의 비극은 아니더라도 전형적인 요소는 지니고 있는 것이다.

서술자는 에밀리의 무덤을 의도적으로 아무런 정보도 주어지지 않은 첫 번째 단락에서 언급한다. "그리고 이제 에밀리 양은 제퍼슨 전투에서 전사한 연합군과 남부군 병사들의 유·무명 무덤들 사이에서 삼나무가 우거진 묘지에 있는 저명한 이름들의 대표들에 합류하기 위해 떠났다." 서술자는 남북전쟁 군인들의 무덤에 왜 에밀리 양이 묻히는지 의문을 제기할 기회를 주지 않는다. 그리고 마지막 다섯 번째 단락에 "솔질한 남부군 제복 입은 늙은 남자"들이 에밀리 양을 자신들과 같은 시대 사람으로 여긴다는 말을 넣어서 그들이 '에밀리를 자신들과 같은 전투를 한 남부군인으로 인정하고 있다'는 말을 가리고 있다. 그러나 만일 가장 먼 단락으로 나누어진 두 사건을 같은 시간대의 일로 본다면, 에밀리가 독약을 샀고 호머 배런이 사라졌다는 사건보다 마을의 어떤 사람들은 에밀리를 양키와 전투를 한 남부의 군인으로서, 그것도 승리한 군인으로 존경하고 있다는 것을 더 분명하게 알 수 있을 것이다.

서술자는 그 공개적인 마을의 전투를 에밀리의 사적이고 비밀스러운 변태행위로 만들기 위해서 다섯 개의 단락으로 만들지 않았을까?

이렇게 읽는 것이 "애인을 죽이고 썩어가는 시체 옆에 몇 년 동안 누워있는 여자의 이야기인 〈에밀리에게〉는 아무런 함의도 없는 순수한 사건이기 때문에 그 공포가 본질적으로 사소하다trivial"는 미국 평론가의 주장보다 더 재미있지 않을까?

물론 우리의 즐거운 해석은 주관적인 것이며, 상상력에 기반을 둔 것이기에 학자들의 논증적 논의와는 다를 것이다. 그러나 우리가 기대하는 것은 단편소설의 즐거움이 아니었나? 문학은 즐겁다. 좋은 작품일수록 더욱 즐겁다.

▲ 포크너의 유머

포크너의 그로테스크는 현대적이다. 그에게서는 희극과 비극의 날카로운 경계가 무너져 있고, 숭고함이 왜곡된 이미지 뒤에 숨어 있으며, 사회·정치적 측면이 강하게 나타난다. 포크너 그로테스크의 사회성은 도시 산업화에서 소외된 인물들을 그린 셔우드 앤더슨의 《와인즈버그, 오하이오》를 이어받아 '요크나파토파'의 흑인, 소작농, 빈민가의 이민자에 대한 관심으로 전개된다. 그리고 포크너에게서는 포를 비롯한 초기의 그로테스크 작가들에게서는 보기 어려웠던 코믹한 특징이 두드러지는데, 이는 포크너 그로테스크의 현대성을 보여주는 것이다.

이러한 현대성은 정확하게, 압축해서 써야 하는 단편소설보다는 상대적으로 여유가 있는 장편에서 잘 나타난다. 〈에밀리에게〉에서 자칫 간과할 수 있는 포크너의 그로테스크한 유머를 《내가 죽어 누워있을 때As I Lay Dying》에서 잠시 알아보자. (《내가 죽어》로 줄인다.)

《내가 죽어》는 한마디로 요약하면 번드런Bundren 가족의 장례 여행 이야기이다. 백인 빈농인 앤즈 번드런Anse Bundren이 아내 애디Addie의 시신을 뜨거운 여름에 65킬로미터나 떨어진 제퍼슨Jefferson의 친정 묘지로 10일 걸려서 끌고가는 이야기이다. 이것은 그리스의 위대한 영웅 오디세이가 10년에 걸쳐 집으로 돌아오며 겪는 모험담을 미국 남부의 이지러진 이미지로 변화시킨 것으로 읽을 수 있다. 그래서 장례 여행에서 겪는 사고(홍수, 방화 등)와 그들의 수고는 뒤틀린 숭고로 보이기도 한다. 그러나 시체는 부패한 냄새를 풍기고 썩은 고기를 먹는 새들Buzzard이 조문객처럼 뒤따르는 장례 행렬은 그로테스크하고 코믹하다.

정작 장례 여정을 그로테스크한 코믹으로 만드는 것은 시작부터 막내아들이 어머니의 관에 공기를 넣어 주려고 구멍을 뚫을 때 발생한다. 아들은 관의 뚜껑과 함께 시체의 얼굴에도 구멍을 내버린다. 가장인 앤즈Anse는 아내를 제퍼슨 시에 묻어 주겠다는 28년 전 약속을 지키겠다고 장례 여행을 주장하는데 사실은 그가 제퍼슨에서 틀니를 하고, 새로운 부인을 얻겠다는 계획이었음이 밝혀지자 장례 여행은 더욱 코믹한 것으로 변질된다. 아버지만 속셈을 따로 갖고있는 것은 아니다. 딸은 시내에서 유산시킬 약이 필요했고, 장난감과 바나나가 목적인 아들도 있다. 그러나 아버지 앤즈는 딸이 임신중절에 쓸 돈을 빼앗으려고 다음처럼 푸념을 한다.

"나는 너를 먹이고 보호해 왔다. 사랑하고 보살폈지. 그런데 내 딸이, 내 죽은 아내의 딸이 감히 엄마의 무덤 앞에서 날 도둑이라고 부르다니…."
"그냥 좀 빌린다니까. 오 맙소사, 내 피붙이 자식이 나를 비난하다니…. 나는 내가 가진 것을 아낌없이 모두 주었는데…. 기꺼이 아끼지 않고 주었는데…. 그런데 이제 자식이 나를 거부해…. 오 애디, 당신은 이런 꼴 안 보고 일찍 죽었으니 다행이오. 애디…."

포크너 소설에서 가장 성공적인 악당 캐릭터인 앤즈의 푸념은 끔찍하게 웃기다. ▲

6

〈좋은 사람은 찾기 어렵다〉
― 플래너리 오코너

A Good Man Is Hard to Find, 1955
– Flannery O'Connor

플래너리 오코너1925-1964는 가톨릭의 복음을 전파하려고 소설을 썼다. 그녀는 종교적 이유가 아니라면 소설을 쓸 필요를 느끼지 못한다. 그러나 그녀는 변증적이거나 교훈적인 방식이 아니라 아이러니하고 우화적으로 미묘한 글을 쓰려고 했다. 이러한 글쓰기는 단편소설에 적합하다고 생각하는데, 소설novel과 달리 단편소설만이 일반 사람들이 경험하지 못하는 신비한 것, 알레고리적인 것, 상징적인 것을 자유스럽게 표현할 수 있다고 믿었기 때문이다. 또한 오코너는 오늘날의 일상적인 삶에서 종교적인 경험을 하기 위해서는 그로테스크한 충격이 필요하다고 생각했다. 이로써 그녀는 남부 그로테스크 문학에 새로운 색채를 가져왔고, 미국 단편문학의 역사에서 가장 인기있는 작가의 한 사람이 된다. 〈좋은 사람은 찾기 어렵다〉는 그녀의 대표작이다. (본문에서는 〈좋은 사람〉으로 줄인다.)

요약

이 이야기는 1950년대 초로 추정되는 남부 조지아를 배경으로 한다. 어느 가족이 3일간의 여름휴가를 계획한다. 가장 베일리Bailey와 이름이 주어지지 않은 아내, 자녀인 여덟 살짜리 존 웨슬리John Wesley와 그의 여동생 준 스타June Star, 그리고 아기, 역시 이름이 알려지지 않은 할머니가 그들이다.

처음에 할머니는 아들 베일리에게 플로리다보다는 테네시 동부로 가자는 의견을 제시한다. 할머니는 설득을 위해 최근 연방 교도소에서 탈옥한 자칭 미스핏Misfit에 대한 뉴스를 언급한다. 대머리 베일리가 스포츠 잡지에서 눈을 떼지도 않자, 할머니는 아이들의 엄마에게로 돌아섰다. 아이들의 엄마는 얼굴이 양배추처럼 넓고 순진했고, 머리에는 토끼 귀 모양의 머릿수건을 쓰고 있었다. 할머니는 아이들은 테네시 동부에 간 적이 없으니, 견문을 넓히러 가야하지 않겠느냐고 호소한다.

존 웨슬리가 나선다. 할머니가 플로리다에 가고 싶지 않으면 그냥 집에 있으라고. 여동생 준 스타는 "할머니는 수백만 달러를 준다고 해도 집에 남지 않을 거야, 할머니는 우리가 가는 곳이면 어디든 가야 해"라고 말한다.

준의 말을 증명하듯 할머니는 다음 날 아침 가장 먼저 차에 올라탔다. 그녀는 애완용 고양이 피티 싱Pitty Sing을 바구니에 담아 몰래 차에 태웠으며, 교통사고로 죽더라도 누구나 그녀가 숙녀였다는 것을 알 수 있도록 가장 화려한 옷을 입었다. 그녀는 아이들과 함께 뒷좌석에 앉았다.

존 웨슬리는 조지아나 테네시 주가 "촌뜨기들의 쓰레기장hillbilly dumping"이라는 비속어를 사용해서 할머니의 기분을 상하게 한다. 그녀는 자신의 시대에는 '아이들이 자신의 출신 주와 부모, 그리고 다른 모든 것을 더 존중했다'고 말하지만, 창밖으로 흑인 소년을 보고 즉시 인종차별적pickaninny 단어를 사용한다.

(1950년대 남부에서 흑인에게 차별적인 단어를 사용하는 것은 상당한 인종적 편견을 드러내는 것이다. 차별 정책은 극심했고, 해방운동은 몇 년 뒤에 시작된다.)

자동차가 무덤이 있는 목화밭을 지나자 할머니는 다른 모든 농장과 마찬가지로 이곳 농장도 "바람과 함께 사라졌다(영화 제목)"고 말한다. 할머니는 아이들에게 예전에 어떤 남자의 구애를 받았는데, 그가 자신의 이니셜인 'E.A.T.'가 새겨진 수박을 가져 온 이야기를 한다. 그녀가 집에 없던 어느 날, 그 남자는 수박을 현관에 두고 갔다. 그런데 검둥이 아이가 그 이니셜을 '먹어라'는 말로 이해하고 그 수박을 먹어 치웠다. 할머니는 그 구혼자와 결혼했으면 좋았을 것이라고 한다. 그가 코카콜라 주식으로 부자가 되었고, 불과 몇 년 전에 많은 돈을 남기고 죽었기 때문이다.

그들은 '더 타워The Tower'라는 주유소 겸 댄스홀에 들러 바비큐 샌드위치를 주문한다. 카키색 바지가 골반에 걸쳐있고, 그 위로 배가 곡식자루처럼 늘어진 주인, 레드 새미Red Sammy는 화가 나서 "요즘은 누구를 믿어야 할지 모르겠다"고 말한다. 그는 지난주에 한 쌍의 손님이 믿을 수 있어 보였기 때문에 휘발유를 외상으로 주었다. (물론 돈을 받지 못했다.) 할머니는 레드 새미를 '좋은 사람'이라고 하면서 사람들이 예전처럼 착하지 않다고 말한다. 할머니는 미스핏에 대해 들어본 적이 있느냐고 묻는다. 레드 새미의 아내는 범죄자가 길가 가게에 와서 계산대에 있는 돈을 훔쳐가도 놀라지 않을 것이라고 말한다. 레드 새미는 "좋은 사람은 찾기 힘들다(노래 제목), 모든 것이 끔찍해지고 있지요. 스크린 도어를 잠그지 않고 외출할 수 있었던 날이 있었는데, 이제는 더 이상은 아니지요"라고 말한다.

가족은 떠난다. 할머니는 자다가 자기 코고는 소리에 깨어나 그 지역을 알아본다. 할머니는 근처에 예전에 알던 오래된 농장이 있다고 믿고 그곳으로 가는 길을 안다고 했다. 하지만 아들이 그 농장에 가는 걸 원하지 않을 것임을 알고, 아이들에게 그 집에 비밀 벽(패널)이 있다고 거짓말한다.

아이들이 비밀 벽에 매료되어 농장을 보러가고 싶다고 소란을 부리자, 베일리는 할머니가 알려준 비포장도로를 따라 내려간다. 존은 베일리가 현관에서 주인의 주의를 끌면, 자신은 그동안에 뒤쪽 창문으로 들어갈 것이라고 신나게 이야기한다. 할머니는 어린 시절의 비포장도로를 기억하며 행복해 한다.

베일리는 농장이 멀다고 불평하고, 할머니는 얼마 남지 않았다고 말하는 순간 끔찍한 생각이 들었다. 자신이 생각했던 농장이 여기가 아니라 멀리 테네시에 있다는 것을 깨달은 것이다. 그녀는 너무 당황해서 여행 가방을 떨어뜨렸고 신문지가 바구니에서 뛰어올랐다. 피티 싱은 베일리의 어깨 위로 올라 그를 놀라게 했고, 차는 도로변 협곡으로 굴렀다.

차는 한 번 굴러서 오른쪽 옆을 위로 향하고 멈추었다. 아기를 안고 차에서 튕겨져 나온 어머니는 어깨가 부러졌지만, 아이들도, 베일리도 모두 크게 다치지 않았다. "사고가 났어요!" 아이들은 신이 나서 소리쳤다. "하지만 아무도 안 죽었어." 준 스타는 할머니가 절뚝거리며 차에서 나오는 모습을 보고 실망해서 말했다. 할머니는 그 집이 테네시 주에 있다는 말은 하지 않기로 결심했다. 그들은 모두 도랑에 앉아 누군가가 지나가기를 기다렸다. 도로는 도랑 위 3미터 정도에 있었고, 뒤쪽은 검고 깊은 숲이었다.

도로에 장의차를 닮은 검은색 차 한 대가 나타나고 할머니는 일어나서 손을 흔든다. 차가 멈추고 빨간 운동복 상의를 입은 뚱뚱한 소년, 카키색 바지와 파란색 줄무늬 재킷을 입은 남성, 그리고 학자 같은 인상의 안경을 썼지만, 웃통은 벗고있고, 황갈색과 흰색의 구두에 맨발이며, 꽉 끼는 청바지에 검은 모자를 쓰고 총을 들고있는 운전사, 그렇게 세 남자가 내린다.

아이들은 사고가 났다고 신나서 소리 지른다. 할머니는 운전자가 아이들과 함께 도랑으로 내려가는 모습을 보며 왠지 모르게 그를 아는 것 같은 묘한 느낌을 받는다. 운전사는 가족에게 그 자리에 앉으라고 말했고, 준은

"왜 우리에게 이래라저래라 하는 거죠?" 한다. 한편 존 웨슬리는 운전사가 총을 가지고 있다는 것을 알아차리고 총으로 무엇을 할 것인지 묻는다.

베일리는 운전사에게 그들이 곤경에 처해 있다고 말하면서 운전사를 설득하려고 한다. 그러나 할머니는 그가 미스핏Misfit이라는 것을 알아차리자, 비명을 지르고 노려보았다. 그는 할머니가 알아본 것에 대해서 기뻐하는 표정을 짓지만 "하지만, 사모님이 저를 못 알아보는 편이 모두에게 더 좋았을 거예요"라고 말한다. 베일리가 할머니에게 험한 말을 하자, 할머니는 울기 시작하고, 미스핏은 할머니가 울게 된 것에 대해서 사과한다. (미스핏은 남부 사투리를 쓴다.)

할머니는 미스핏에게 여자를 쏠 수 있냐고 묻자, 그는 "그러고 싶지 않아요"라고 한다. 할머니는 그가 좋은 집안 출신임에 틀림없다고, 평민의 피가 섞이지 않았다고 주장한다. 미스핏은 자신이 '가장 괜찮은 사람finest people'이라고 대답한다. 그런 다음 그녀는 그가 '부적합한 사람misfit'이 아니라 '마음이 좋은 사람a good man at heart'이라고 주장한다.

베일리는 어머니에게 조용히 하라고 자신이 처리할 것이라고 말한다. 미스핏의 동료 중 한 명인 히람Hiram은 한 시간 안에 차를 고칠 수 있다고 말한다. 하지만 미스핏은 베일리와 존에게 히람과 바비 리Bobby Lee와 함께 숲으로 가라고 한다. 베일리는 항의하려 하지만 히람이 강요한다. 베일리는 어머니에게 금방 돌아올 것이라고 소리쳤다.

다시 할머니는 미스핏에게 그가 좋은 사람a good man이라고 말하려고 한다. 그는 자신이 좋은 사람은 아니지만, 최악the worst도 아니라고 말한다. 그런 다음 그는 숙녀들 앞에서 셔츠가 없는 것에 대해 사과한다. (미스핏은 모자와 안경을 썼지만, 상체는 알몸이다.)

할머니는 미스핏에게 그가 정착하고 쫓기는 것에 대해 걱정할 필요가 없는 정직한honest 사람이 될 수 있다고 말하면서 그에게 노력하라고 말한다.

미스핏은 항상 누군가에게 쫓기고 있다고 중얼거린다.

할머니는 미스핏에게 기도하냐고 묻는다. 그는 아니라고 말했고, 숲에서 두 발의 권총 소리가 들렸다. 미스핏은 자신이 가스펠 가수였고 다른 직업도 많이 가졌다고 말한다. 그는 결코 나쁜 사람은 아니었는데, 무언가를 잘못해서 감옥에 보내졌고 사실상 산 채로 묻혔다고 말한다. 감옥의 정신과 의사는 그가 아버지를 죽였다고 말했지만, 그는 그렇게 한 기억이 없다고 말한다. 그가 말하는 동안 할머니는 그에게 계속 기도하라고 격려한다.

히람과 바비 리가 돌아온다. 바비 리는 베일리의 셔츠를 들고 있다가 미스핏에게 건네주고, 미스핏은 그 셔츠를 입는다. 미스핏은 "범죄는 문제가 되지 않는다. (⋯) 조만간 자신이 한 짓을 잊을 것이고, 그 때문에 벌을 받게 될 것이니까."라고 말한다. 그런 다음 그는 어머니에게 준과 아기를 동료들과 함께 숲으로 데려가라고 말해서 할머니는 미스핏과 단둘이 남는다. 다른 말을 할 수 없었던 할머니는 "예수, 예수"라고 말한다. 예수에게 도와달라는 의미였지만, 마치 저주하는 것처럼 들렸다.

미스핏은 예수가 모든 것을 무너뜨렸고 자신과 예수 모두 스스로 하지 않은 일로 벌을 받았다고 말한다. 이 곤경에 맞서기 위해 그는 이제 자신이 하는 모든 일을 기록한다. 그는 자신이 한 일과 자신이 받은 벌을 조화시킬 수 없기 때문에 자신을 미스핏이라고 부른다고 말한다.

숲에서 비명 소리가 들리고 총성이 들린다. 미스핏은 할머니에게 '누구는 엄청나게 벌을 받고 누구는 전혀 벌을 받지 않는 것이 공평하다고 생각하느냐'고 묻는다. 그녀는 그가 좋은 피를 물려받았기 때문에 여자를 쏘지 않을 것이라고 주장하면서 가지고 있는 돈을 다 주겠다고 하자 미스핏은 '장의사에게 팁을 주는 시체는 절대로 없다'고 말한다.

총성이 두 번 더 울리고 할머니는 아들 베일리를 부르짖는다. 미스핏은 할머니에게 예수님만이 죽은 자를 살리신 유일한 분이며, 그것은 세상의 균형을 깨뜨린 실수라고 말한다. "그는 예수님이 기적을 행하신다면 모든 것을 버리고 그 사람을 따라가는 것밖에 할 게 없죠, 그런데 그렇지 않다면, 우리는 짧은 시간을 힘껏 즐기는 수밖에 없어요. 그런데 즐거운 일은 없고 비열함만 있지요." 그의 목소리는 거의 으르렁거리는 것 같았다.

할머니는 예수님이 죽은 자를 살리지 않았을지도 모른다고 중얼거린다. 미스핏은 예수님이 정말 기적을 행하셨는지 확인하기 위해 그곳에 가지 않은 것은 옳지 않다고 생각하는데, 만약 확인했다면 지금과 같지 않았을 것이기 때문이라고 한다. 할머니는 그를 바라보며 "내 자식 중 하나다. 넌 내 자식 중 하나야"라고 말한다. 할머니가 그의 어깨를 만지자 미스핏은 뒤로 물러서서 할머니 가슴을 세 번 쏘았다.

히람과 바비 리는 돌아와서 아이처럼 두 다리를 접고 흥건한 핏물 속에 기대앉아 있는 할머니의 모습을 보았다. 얼굴은 구름 없는 하늘을 보며 웃고 있었다. 미스핏은 "평생 누가 옆에서 1분에 한 번씩 총을 쏴주었다면 좋은 여자가 됐을 거야" 말한다. 바비 리가 "재미있겠는걸" 하자 미스핏은 '인생에 즐거움이 없으니 닥치라'고 말한다.

Setup

◆ 오코너의 그로테스크

오코너는 조지아Georgia 주 출신이며, 조지아는 남부 근본주의southern fundamentalism의 중심지이다. (이들은 성경의 무오류성을 주장하며, 성경 해석, 예수의 역할, 교회의 역할에 대해서 전통적인 기독교 교리를 유지한다. 근본주의라는 용어는 극단주의, 광신주의라는 경멸적인 의미로 사용되기도 한다.) 남부 근본주의자들은 기독교의 온건한 중간 입장을 택하지 않는다. 남부의 선지자는 전능자(신)와 개인적이고 직접적인 만남을 추구하며, 그래서 종교적 광신자가 많다. 남부 근본주의는 감정emotion과 개인적 구원을 강조하고, 형식적이고 의례적인 예배를 무시한다. (그러나 남부의 대부분은 비종교적인 삶을 산다.)

남부 근본주의는 교회의 의식을 통해 신을 확인하고 소통하는 전통을 가지고 있는 로마 가톨릭과는 정반대의 입장이다. 그런데 오코너는 자신의 종교적 입장을 남부의 지역에 부과한다. 그녀는 남부의 바이블 벨트인 기독교인들은 물질적으로 영적으로 고통을 받고 있어서, 구원이 절실하다고 믿는다.

그녀는 남부에서 활동하기 위해서 전통적인 가톨릭의 틀을 배제하고 나섰다. 그녀의 작품에서는 수녀, 신부, 수녀원과 같은 로마 전통의 기관이 등장하지 않는다. 그녀는 남부 기독교인에게 '이날, 누구를 섬길지 선택하라'고 강하게 외친다.

그러나 그녀의 독자인 남부 기독교인들은 영적으로 불구이고, 뒤틀려 있어서 아무리 큰 목소리로 외쳐도 자신의 죄를 깨닫고 구원의 길로 나서려 하지 않는다. 그녀는 자신이 기독교 이후의 세계post christian world에 살고 있으므로 독자들에게 충격을 주고 당황하게 하고, 심지어 분노하도록 그로테스크를 사용한다고 주장한다. 그녀는 잠든 하나님의 자녀들을 깨우기 시작했고, 그리고 성공했다. 현대 세상에서 하나님을 거부하는 것은 '폭력'이고, 이에 대해서는 동등한 구속redemption의 폭력을 사용해야 한다. 그래서 구원은 극단적인 행위, 즉 절대적이고 돌이킬 수 없는 희생을 통해서만 가능하다고 본다. 시대는 왜곡distortion되었고, (왜곡에서 벗어나) 리얼리티reality로 가는 가장 신뢰할 수 있는 길은 그로테스크의 길이라고 본다.

그래서 오코너는 자신의 캐릭터의 그로테스크는 개척기에 보는 것과 같은 단순한 기이함이 아니라 비난reproach이라고 말한다. 독자들은 이렇게 보는 것을 꺼리고 오해하려고 한다.

우리는 오코너의 그로테스크는 독자들에 대한 힐난이라는 것을 이해하자. 그로테스크 개념의 새로운 전개인 것이다.

◆ 다크 유머

그로테스크 문학에서는 희극적인 것과 비극적인 것이 뒤섞여 있고, 숭고함이 추한 것으로 나타나기도 한다. 〈좋은 사람〉은 이러한 다크 유머dark humor가 아주 잘 드러나 있는 작품이다.

일단 작품은 전체로 보아서, 가족 전체가 처형당하는 끔찍한 결말이고, 그래서 비극처럼 보이는데, 다시 생각해보면 주인공인 할머니가 은총을 받는 일이어서 해피 엔딩이 아닐 수 없다. 작가는 할머니의 속마음만 보여주는 서사기법으로 그녀만 부각시키고 있기 때문에, 독자는 할머니의 은총을 작품 전체의 의미로 파악할 것을 요구받고 있다. 따라서 이 작품은 해피 엔딩인 것이다. (가족의 시체 수가 마음에 걸리는 독자에게는 그래서 그로테스크 문학이라 말하고 싶다.)

오코너가 가벼운 톤으로 이야기하는 유머도 많다. 먼저 고양이를 생각해보자.

할머니가 고양이 이름을 'Pitty Sing'이라고 지은 것도 웃긴다. 아이들 엄마, 아기, 할머니의 이름은 밝혀지지 않는데, 고양이는 이름이 있다. 그것도 오페라 〈미카도 The Mikado〉의 등장인물 중 한 명의 이름을 빌려서, 할머니가 오페라도 즐기는 문화인이라는 점을 내비쳤는데, 오페라에 등장하는 피티 싱은 세 명의 자매 중 한 명인데, 할머니는 숫고양이에게 여자 이름을 부여한 심술을 보여준다. 그리고 할머니는 고양이를 몰래 데리고 가는 이유로 고양이가 집에 혼자 있으면, 가스버너에 부딪쳐서 질식사할 수도 있다는 이상한 핑계를 만들어낸다. 그리고 이 고양이가 사고를 일으키는 장면도 코믹하다.

할머니는 어떤 끔찍한 생각에 놀라서 두 발로 구석에 있는 가방을 찼고, 그 밑에 있던 신문지가 으르렁거리며 일어나더니 아들 베일리의 어깨 위로 뛰어올랐다. 자동차는 한 바퀴 굴렀고, 넓적하고 흰 얼굴, 오렌지 색 코의 고양이는 베일리의 목에 달라붙었다. 베일리는 고양이를 떼어내서 창밖의 소나무를 향해 던져 버렸다. (오코너는 먼저 사고를 설명한 다음에 원인이 된 할머니의 끔찍한 생각이 그들의 목적지가 조지아 주가 아니라 테네시 주에 있다는 것을 깨달은 것이라고 알려준다. 작가의 유머이다.) 그리고 마지막 장면에서 미스핏의 다리에 몸을 비벼대고 있는 고양이는 아마도 베일리가 집어던진 피티싱일 것이다.

그러나 만일 미스핏이 거의 악마의 캐릭터를 보여주고 있음을 생각하면, 고양이는 어쩌면 미스핏의 상징, 혹은 그의 하인일 수 있다는 의심도 든다. (고양이는 종종 마녀의 하인으로 보였다. 작가가 그런 연상을 유도하는 듯하다. 그러나 고양이 바구니를 덮고있던 것이 신문이었고, 여행 전에 아들의 대머리 위에 미스핏의 기사를 흔들어 대고 있었다는 것을 생각한다면, "할머니가 바구니를 덮었던 신문지 전면이 으르렁거리며 일어났다"는 표현은 아무래도 미스핏과 고양이를 연결시키려는 작가의 의도처럼 생각된다.)

마지막 장면은 고양이의 경우보다 훨씬 어두운 유머를 보여준다.

할머니는 피 웅덩이에 절반은 앉고 절반은 누웠는데, 다리는 아이들처럼 엇갈려 있었고, 얼굴은 구름 한 점 없는 하늘을 바라보며 미소 짓고 있었다.

피 구덩이 속에서 시체가 웃고있는 그림은 그로테스크하다.

이때 모든 가족을 쏘아죽인 바비 리가 와서 "할머니가 참 말도 많았지" 한다. 할머니는 목숨을 보존하기 위해서 모든 노력을 다 했는데, 쓸데없는 짓이었다는 뜻을 담고있다.

"평생 누가 옆에서 1분에 한 번씩 총을 쏴 주었다면 좋은 여자가 됐을 거야" 미스핏은 할머니가 좋은 여자가 아니었다는 것을 알고 있었고, 폭력이 좋은 사람을 만드는 데 필수적이라는 작가의 믿음을 공유하는 말을 한다. 그러나 미스핏은 나쁜 여자를 쏘아서 좋은 여자로 만드는 것이 아니라, 은 총받은 여자를 쏴서 시체로 만들었다. 따라서 위에서 1분에 한 번씩 총을 쏴주었으면 좋은 사람이 됐을 것이라는 말은 작가의 다크 유머로 들린다.

미스핏은 이미 신이 없다면 최선을 다해 짧은 시간을 즐기겠다, 사람을 죽이고, 불태우겠다, 그러나 여기에는 즐거움은 없고 비열함만이 있을 뿐이라고 말했다. 미스핏은 할머니를 쏜 것이 즐거워서가 아니고(바비 리와는 다르다), 비열한 짓인 줄 알면서도 쏘았다. 할머니가 보여주는 연민과 사랑의 세계("내 아이 중의 한 명")를 받아들일 수 없기 때문이다. 그것은 미스핏의 세계, 그의 존재를 무너뜨리는 뱀의 유혹 같은 것이었다. 할머니의 안수가 뱀의 유혹과 같다고 말하는 것, 이것은 미스핏의 캐릭터를 사탄satan 쪽으로 세우는 것이며, 작가의 어두운 유머가 읽히는 부분이다.

"닥쳐, 인생에 진짜 즐거움은 없어."

분석

〈좋은 사람〉은 1950년대 초, 2차 세계대전 이후 미국 경제호황을 배경으로 한다. 2차 대전의 피해를 입은 유럽이나 세계의 다른 지역과는 달리 미국은 풍요로운 사회를 구가했다. 전시에 탱크, 장갑차를 만들던 공장들이 보다 크고 안락한 자동차를 만들어 내놓았고, 생활수준이 올라간 중산층이 이를 구입해서 고속도로를 달리며 가족여행하는 것이 유행이었다. 〈좋은 사람〉

은 남부 조지아의 어느 가족이 자동차 여행을 떠났다가 탈옥수 일행을 만나서 가족 전체가 피살되는 이야기이다. 작가는 이런 잔혹한 이야기를 신의 은총에 관한 이야기로 읽어주길 기대한다.

오코너의 단편은 포크너의 작품과는 달리 복잡한 구성과 실험적인 문장을 사용하지 않아서, 어휘도 단순하고 서사구조도 직선적이어서 읽기에 어려움은 없다. 오코너는 리얼한 스타일을 선호하며, 대화에서 지역의 특징적인 말투를 사용하지만, 번역서를 읽는 외국인은 이 부분에서의 뉘앙스를 놓칠 수는 있다. 그러나 문학에 깊은 관심 없는 일반 독자들의 구원을 생각하면서 썼기 때문에 특별히 복잡하거나 미묘한 문학적 장치가 있는 것은 아니다. (그렇다고 논쟁의 여지없이 이해된다는 말은 아니다.)

작품은 3인칭으로 서술되고 있는데, 할머니의 속마음만 알려지고 다른 사람은 그렇지 않다. 오직 한 명의 정서와 사유만을 독자에게 전달하는 것을 "제한적 3인칭 시점third person limited"이라고 한다. 며느리는 이름도 주어지지 않는데, 아이들의 엄마, 아들의 아내로만 보이는 것이다. 이것은 할머니의 시각이며, 할머니의 관점만 독자에게 열어 보이는 것이다. 그럼에도 오코너는 독자들이 할머니와 지나치게 가까워지는 것도 막고있다. 할머니 역시 이름이 없어, 독자에게는 남부의 어떤 여성으로, 옛 남부인의 전형type으로 남는다.

할머니가 죽더라도 숙녀lady로 여겨지길 바란다는 것은 그녀가 오래된 남부의 백인 전통을 따르고 있다는 의미이다. (오코너의 할머니는 이런 의미에서 포크너의 에밀리의 후배가 된다.) 작품에서 할머니의 옷차림을 말하는 부분을 보자.

아이들 엄마는 여전히 바지를 입고 여전히 머리에는 녹색 두건을 둘렀지만, 할머니는 가장자리에 흰 제비꽃이 달린 푸른색 선원 모자를 쓰고 작고 흰

점 무늬가 있는 남색 원피스를 입었다. 옷깃과 소맷부리는 레이스로 장식된 흰색 오건디였고, 목선에는 향주머니를 담은 제비꽃 모양 장식을 달았다. 만약 사고가 나 할머니가 고속도로 위에서 죽는다 해도 그 시신을 본 사람은 누구라도 그녀가 숙녀였다는 것을 알 것이다.

며느리의 옷차림과 비교되는데, 며느리는 일상복인 데 반해서, 할머니는 한껏 모양을 낸 차림이다. 오래된 패션일지는 몰라도 화려하고 아름다울 것 같다. (1950년대 미국은 다산을 강조하는 핵가족 시대, 베이비 붐 시대다. 할머니의 가족도 아이가 이미 세 명인데, 며느리는 다산을 의미하는 토끼 모양 머릿수건을 했다.) 그런데 그들이 파티에 초대받은 것이 아니라, 가족여행을 간다고 생각한다면, 할머니의 차림이 어울리지 않는다는 것을 알 수 있다. 만일 미스핏이라고 자칭하고 그렇게 불리는 탈옥수가 모자와 안경을 쓰고 있는데, 윗몸은 아무것도 걸치지 않았고, 청바지와 구두를 신었는데, 양말은 없는 맨발이었다면, 범죄와 처벌이 균형을 잡지 못했다는 뜻에서의 미스핏만큼이나 옷차림이 맞지 않는 미스핏이다. 할머니 역시 옷차림이 미스핏이다. 그들은 이렇게 전혀 다른 각도에서도 대결하고 있다.

레드 새미Red Sammy는 주유소, 레스토랑, 댄스홀을 운영하는 낡은 타워의 건물주이다. 소설에서 은근히 풍기는 인상은 돈을 벌려고 무척 노력하지만 별로 벌지 못했고, 가능성도 없어 보이는 그 시대의 부적응자처럼 보이는데, 할머니는 그가 '좋은 사람'이기 때문이라고 진단한다. 세상이 험해졌기 때문에 이제는 옛 남부 시절의 좋은 사람들은 찾기 힘들다. 그리고 세상이 이렇게 험하게 된 것은 모두 유럽 사람들 때문이라고 결론 내린다. 자신들은 아무 책임도 없다고 믿는다. (1950년대는 대중문화가 매우 발달하고 있었는데, 대중음악도 텔레비전을 위주로 한 전파매체를 거쳐서 널리 확대되었다. 엘비스 프레슬리의 시대라고 생각하면 된다. 댄스홀에서 아이들이 빠른 음악에 맞춰 춤을 추었는데, 아마도 로큰롤이었을 것이다.)

그러나 오코너의 종교적 관점을 염두에 둔다면 레드 새미의 탑tower은 어쩌면 바벨탑처럼 죄, 악, 교활, 탐욕 등의 상징일 수 있다. 원숭이까지 나오는 것을 보면 그럴듯하다. 그런 사람들이 "좋은 사람 찾기가 힘들다"고 말하면, 아이러니가 느껴질 수도 있는데, 그들의 대화를 들어보면 매우 피상적인 클리셰가 주류라는 것, 그 진부한 말을 별다른 생각 없이 되풀이한다는 것을 알 수 있다. 오코너는 할머니(또는 현대인)의 매몰된 진정성, 종교성을 깨우기 위해서 레드 새미의 탑을 보여주는 것처럼 보인다.

일단 제목인 '좋은 사람은 찾기 어렵다'는 에디 그린Eddie Green이라는 가수가 부른 노래 제목으로 매우 높은 인기를 자랑했었다. 여성이 "좋은 남자는 찾기 어렵지요, 당신은 항상 다른 종류의 남자를 만나게 되죠."라는 가사였다. (대중문화가 안방까지 바로 침투해서 모든 중산층을 하나의 취향으로 결집시키고 있었다. 다음에 살필 작품 〈어디 가니, 어디 있었니?〉는 이런 현상이 깊어진 10년 후를 배경으로 한다.)

레드 새미가 "좋은 사람은 찾기 어려워요. 모든 게 끔찍해지고 있어요."라고 할 때에는 옛 남부 시절의 좋은 사람은 찾기 힘들다는 의미이다. 좋았던 시절을 유행가 가사에 실어서 말하고 있음을 기억하자. 이 뜻은 손자(존 웨슬리)가 농장이 어떻게 되었냐고 묻자, "바람과 함께 사라졌다"라고 영화 제목으로 대답하는 것과 같다. 젊은 사람 두 명이 와서 기름을 거저 넣고 갔다고 한탄할 때, 할머니는 레드 새미가 옛 남부의 전통에 사는 사람임을 알아본다. 할머니는 "당신은 좋은 사람good man"이라고 말해서, 상대방을 위로하며, 동시에 그들이 함께 공동의 문화에 소속되었음을 확인한다.

▲그러나 〈마가복음〉 10장에서 베드로가 예수를 좋은 사람이라고 하자 "네가 어찌하여 나를 선하다 일컫느냐 하나님 한 분 외에는 선한 이가 없느니라"라는 구절을

상기하면, 할머니가 예수의 책망을 외면하고 "선한 사람"을 진부한 인사말 정도로 마구 사용하고 있음을 알게 된다. ▲

할머니의 이러한 사람 사귀는 전략은 미스핏에게는 전혀 통하지 않는다. 상대의 말투에서 그가 남부 사람임을 간파한 할머니는 '당신은 좋은 사람이에요'를 비명지르듯이 외친다. 그러나 부적응자는 그 말을 조심스럽게 생각해 보고는 "나는 좋은 사람이 아니에요."라고 대답한다. 레드 새미는 그저 "옛 남부 사람" 정도의 의미로 피상적으로 받아들였지만, 같은 남부 사람이지만 미스핏은 도덕적, 철학적 뜻이 들어있는 것으로 해석한다. 그는 정중하게 남부 숙녀의 이미지를 보여주는 할머니에게 사과한다. "숙녀분들 앞에서 상의를 벗고있는 걸 사과드립니다."

확실히 타워 레스토랑의 에피소드는 후반부의 미스핏의 만남을 예비하는 것이다. 할머니 가족이 향하는 마을 이름이 '툼스보로Toombsboro'라고 했을 때, 그 이름이 불길하게 무덤을 연상시키기 때문에, 가공의 지명일 것이라는 생각이 들지만, 실지로 지도상에 그런 이름이 있었고, 오코너의 집에서도 가까웠기 때문에, 작가가 의도적으로 선택한 지명이라고 믿어야 한다. 그러나 타워 레스토랑이 있는 티머시Timothy는 조지아Georgia 주에는 없는 지명이다. (작품의 리얼리티를 존중하는 작가는 가족여행의 모든 코스를 지도에서 확인할 수 있도록 만들었다. 오코너는 그녀의 그로테스크한 이야기가 독자들이 살고있는 지역에서 현실적으로 발생한다는 것을 보여주고 싶었다. 그녀는 주로 신문기사에서 사건을 가져오고, 작품의 배경은 지도를 보아가며 확실하게 구성했다. 그녀의 작품에 나오는 도로, 건물, 지명은 실제로 존재하며, 자동차로 소요되는 시간도 정확하다.) 이 이름은 성서상의 이야기와 관련된 것으로 보인다. 학자들은 〈디모데Timothy 전서〉 2장의 다음과 같은 구절을 주목한다. "여자들도 단정하게 옷을 입으며 소박함과 정절로써 자기를 단장하고…. 값진

옷으로 하지 말고, 오직 선행good deed으로 하기를 원하노라." 할머니는 사후의 숙녀lady 이미지를 위해서 소박modest하라는 말씀을 어기고, 선행good deed이 아니라 무의미한 클리셰만을 행하였으니, 그녀에게는 침묵이 어울린다고 말하는 것으로 이해한다.

그러나 이 작품에서 가장 어려운 부분은 '은총' 장면에 있다. 할머니는 온 가족이 살해되는 순간에도 자신의 목숨을 보존하기 위해서 모든 노력을 아끼지 않았다. 그러나 갑자기, 그 위선적이고, 이기적이며. 비열한 할머니는 미스핏이 울음을 터뜨릴 것 같은 얼굴을 가까이 하자, 지금까지 모든 가족을 죽이고, 자신도 죽이려고 하는 그를 "너도 내 아기들 중의 하나야!"하고 손을 내밀어 그의 어깨를 만졌다. 그는 뱀에 물린 것처럼 놀라서 총을 세 번이나 쏴서 할머니를 죽인다.

작가는 할머니가 "너도 내 아기들 중의 하나야"라고 말할 때, 그녀는 은총의 순간에 있었다고 말한다.

우리는 〈좋은 사람〉의 결정적인 부분을 다시 한 번 살펴보자. 미스핏은 무엇 때문에 울 것 같은 얼굴을 하고 할머니에게 다가갔나?

"내가 그곳에 없었기 때문에 예수가 (죽은 자를 일으키지) 않았다고 말할 수는 없어요." 미스핏이 말했다.

"내가 거기 있었더라면." 그는 주먹으로 땅을 치며 말했다.

"내가 그곳에 없었던 것은 옳지 않아요. 내가 거기 있었더라면, 알았을 것이니까. 들어봐요, 숙녀님." 그는 높은 목소리로 말했다. "만일 내가 그곳에 있었다면, 나는 알았을 것이고, 그렇다면 지금 같지 않았을 테죠." 그의 목소리가 갈라질 것 같았고 할머니는 잠시 머리가 맑아졌다.

결정적인 순간을 강조하듯이 작가는 '내가 거기 있었더라면, 알았을 것이다'를 반복한다. 이 말의 뜻은 "예수가 죽은 자를 일으키는 것을 내가 보았더라면, 나는 신이 존재한다는 것을 알았을 것이다"라는 의미이다. 알았더라면, 지금처럼 갈등하지 않았을 것인데, 신이 있다면 모든 것을 버리고 그를 따라갔을 것이고, 아니라면 힘껏 즐길 것인데, 지금은 어느 쪽이 옳은 것인지 몰라서 괴롭다는 외침이다. 할머니는 신을 따르는 삶을 살지 않으면서도 자신을 신자라고 믿고있다. 이에 비하면 종교적인 문제에 심각하고 진지한 미스핏은 울음을 터뜨릴 만큼 성실하고 실존적이다. 종교적인 질문에 삶을 걸고 나서는 사람은 할머니가 아니라 미스핏이다. 할머니는 "어쩌면 예수님이 죽은 자를 일으키지 않았을런지도 몰라요"라고 횡설수설하기도 한다.

그런데 작가는 말한다. 은총은 할머니에게 왔다고.

깜짝 놀랄 만한 점은 할머니의 구원의 순간에 대한 묘사다. 어떻게 그 위선적인 여인이 선택받은 사람으로 변하는가에 대한 설명은 지극히 인색하다. 머리가 잠깐 맑아졌고, "너도 내 아기들 중의 하나야"하며 손을 내밀어 미스핏의 어깨를 만지는 것이다. 그러니까 미스핏의 어깨를 만지는 것은 구원받아 변화된 여인의 공감능력을 보여주는 것이므로, 은총의 순간은 "잠깐 머리가 맑아졌다"가 전부이다.

결정적인 순간을 이렇게 짧게 쓸 수 있다는 것, 테레사 수녀의 법열을 묘사하듯 한마디 할 수도 있을 터인데, 아낀 것이 더욱 인상적이다.

그런데 은총받은 할머니가 손을 뻗어 만졌다면, 그것은 안수按手행위가 될 것이고, 미스핏에게도 무엇인가 전달되었을 것이다. 할머니처럼 즉각적으로 반응하지는 않더라도. 그러나 미스핏은 재빠르게 물러나 할머니를 쏘아 버림으로써 그녀가 은총받은 사실을 모른다. 통찰력이 있어 할머니가 나쁜 여자라는 것을 알아봤고(할머니는 미스핏이 종교적 실존에 그렇게 진지한 인물인줄 전혀 몰랐다), 총질한 다음에 말한다.

"누가 옆에서 1분에 한 번씩 총을 쏴주었다면 좋은 여자가 됐을 거야."

(이 말은 아마도 오코너의 진심일 것이다. 미스핏이 보기에 할머니는 좋은 사람은 전혀 아니었고 그로테스크했다.)

해석

작가 오코너는 〈좋은 사람〉의 결정적인 부분에 대해 해석 지침을 내린다.

> 나는 미스핏을 악마와 동일시하고 싶지 않습니다. 가능성이 희박해
> 보이지만 겨자씨처럼 노파의 손짓이 미스핏의 마음속에서 까마귀가 가득한
> 큰 나무로 자라나고, 그리고 그를 충분히 고통스럽게 하여 그가 의미하고
> 있었던 선지자가 되게 할 수 있다고 생각하고 싶습니다. 하지만 그건 또 다른
> 이야기입니다(《미스터리와 매너들 *Mystery and Manners*》, 112-113).

미스핏이 할머니의 은총과 구원을 도와주는 촉매자라는 것이다. 미스핏이 할머니에게 '지금 누구를 섬길 것인가?'를 물었고, 할머니는 그리스도를 선택해서 구원되었다는 것이다. 질문을 한 미스핏은 다음 이야기에서 예언자가 될 수도 있다고 한다. 오코너에게는 〈좋은 사람〉의 의미는 분명하다.

> 가톨릭 신자가 아니었다면 글을 쓸 이유도, 볼 이유도, 공포를 느낄 이유도,
> 심지어 어떤 것도 즐길 이유도 없었을 것입니다
> (《존재의 습관 *The Habit of Being*》, 114).
> 사람들이 내가 가톨릭 신자이기 때문에 예술가가 될 수 없다고 말했을
> 때, 나는 가톨릭 신자이기 때문에 예술가보다 못한 사람이 될 수 없다고

후회스럽게 대답해야 했습니다
(《미스터리와 매너들 *Mystery and Manners*》, 146).

〈좋은 사람〉을 작가가 지시한 대로 은총에 관한 이야기로 읽기에는 무엇인가 마음에 들지 않는다고 말하는 사람들이 적지 않다. 우리도 은총으로 읽으라는 종교인 오코너와 단편작가 오코너를 구별하고 싶어한다.

미스핏은 아들 베일리의 '파란 앵무새가 그려진 노란 셔츠'를 입었다. 할머니가 미스핏의 어깨에 손을 대고 "너도 내 아기들 중 하나야"라고 했을 때, 은총받은 초월적 사랑의 표현이라기보다는 미스핏을 아들 베일리와 동일시하는 자연스러운 몸짓이었다고 해석할 수는 없을까? 아니면 마지막으로 미스핏에게 모성에 대한 감성을 불러일으키려는 전략이 아니었을까? 혹은 자신의 고귀함(숙녀다움)으로 미스핏의 마음을 바꿀 수 있다는 마지막 희망에서 나온 시도가 아닐까?

▲ 가볍게 손을 대는 것보단 포옹의 처음 단계로 볼 수도 있다. 두 사람 모두 땅바닥에 앉아 있었고, 미스핏의 얼굴이 할머니에게 가까이 왔다. 할머니는 바닥에 주저앉았고, 미스핏은 말하면서 땅을 손으로 쳤으니, 그도 가까이 앉았다고 보아야 한다. ▲

그런데, 작품 전체로 보아서 할머니가 은총을 받기에 적합한 인물인가? 그녀는 불행을 불러오는 사람이었다. 가족여행에서 방향을 바꾸고, 고양이를 튀어나오게 하고, 미스핏을 확인해서 가족 몰살을 예약했다. 그리고 무엇보다도 같은 시간, 같은 장소에서, 가족이 다 죽었는데도, 자신만은 살아남고자, 남부의 기사도, 숙녀의 품위, 신의 사랑 등등을 떠들며, 목숨을 벌려는 이기주의자가 아니었나? 그런데 그녀만, 가족을 다 죽인 그녀만 특별히 은총을 받는다고?

작가는 그렇게 해석해야 한다고 말하면서, 가족 시체의 숫자에 대해서 관심을 두지 말고 할머니의 변화를 종교적으로 읽으라고 한다. 할머니가 세속의 물질에 항상 초점을 맞추고 산 사람이지만, 자신의 실수를 인정하고 죄 사함을 받아 은혜가 충만하게 죽을 수 있다고 말하는 것이다. 그러니까 "미국의 백성들아, 누구라도 그리스도를 선택하면 은혜를 받는다"라고 외치는 것이다.

하지만, 우리는 할머니는 좋은 사람이 아니라, 평생 1분에 한 번씩 총을 맞아야 하는 미스핏으로 해석하는 게 더 현실에 어울린다고 본다. 그러니까 자기가 살려고 살해된 외아들의 옷을 입은 연쇄살인범을 껴안을 수 있지 않을까? 일가족을 죽이는 일당들보다 더 그로테스크한 할머니 아닐까?

이러한 해석이 총 맞아 죽은 시체가 웃는다고 말하는 것보다 더 드라마적인 감각에 어울리지 않을까? (왜 웃는데? 혼자만 구원받아서 괴롭지 않았을까? 혼자 구원받아서 즐겁다면 구원받을 만한 인물이 아니지 않을까? 왜 웃어?)

만일 오코너가 종교인으로서 설교하는 것을 억제했더라면, 즉 작품의 외부에서 들어오는 것을 자제했더라면 포크너에 버금가는 작가가 될 수 있었다는 어느 평론가의 넉넉한 발언이 더 마음에 든다. 확실히 할머니를 평범한 남부의 숙녀로 보는 것보다, 거의 그로테스크한 일상인으로 이해하는 것이 더 문학적인 것이 아닐까? (당연, 구원받지 못하고, 총 맞아 죽는 주책 많은 노인네가 더 현실적인 것이 아닐까? 다시 말하면 오코너는 그녀가 의식하지 못했지만, 그녀의 의도를 넘어선 멋진 인물을 창조했던 것이 아닐까?)

오코너 작품을 마감하면서 로렌스D. H. Lawrence의 명언을 하나 남긴다.

절대로 이야기하는 사람을 믿지 말고, 이야기를 신뢰해라. 평론가의 고유한 기능은 이야기를 그것을 창조한 예술가로부터 구해내는 것이다[《미국 고전문학 연구 *Studies in Classic American Literature*》(1923), ch. 1].

▲오코너와 포크너의 유머

포크너가 남부 그로테스크의 문을 열었고, 오코너가 꽃을 피웠다고 말한다면, 포크너의 현대적 그로테스크에서 볼 수 있는 유머를 오코너에게서 찾아 함께 살피는 것도 좋을 것이다. 그러나 이러한 이들의 유머를 알아보는 것 자체가 쉬운 게 아니다.

포크너의 〈내가 죽어〉를 유머스럽다고 받아들이기가 쉽지 않았다. 기괴할 뿐이고, 취향이 저급해서, 전혀 공감할 수 없다는 견해가 많았다. 그러나 새로운 의치를 한 앤즈Anse가 가족 앞에 오리같이 생긴 여인을 새 엄마라고 소개하는 결말은 적어도 고전적 코미디의 틀을 따르고 있다. 고전 코미디는 보통 결혼이나 축제로 마감한다. 〈내가 죽어〉의 가장 비열한 앤즈는 번영의 길로 가고, 가장 지적인 달Darl은 정신병원으로 간다.

오코너는 〈좋은 사람〉이 코믹 스토리라고 여러 차례 이야기하지만, 결말은 결혼이거나 축제가 아니라 일가족 몰살이다. 이것은 전통적인 코미디가 아니라, 비극으로 보인다. 그러나 오코너는 할머니의 영적인 상황을 가장 중요하게 살펴보라고 요구한다. 그러기 위해서는 할머니의 깨달음에 영향을 미치는 경우를 제외하고는 대량 살인과 같은 것은 무관한 현상comic detachment으로 받아들여야 한다. 즉, 코미디를 느끼기 위해서는 한발 물러나 무관심한 관중으로서 삶을 바라보라는 것이다.

확실히 베르그송Bergson은 코믹이 순간적인 마음의 무감각을 요구하고, 코믹은 순수하고 단순하게 지성에 호소한다고 말한다. 무관심Indifference이야말로 가장 요구되는 것이다. 웃음의 가장 큰 적은 감정이기 때문이다.(《웃음 *Laughter*》)

가족 시체 숫자는 할머니의 구원에 본질적 요소가 아니므로, 〈좋은 사람〉은 위선적이고 이기적인 할머니가 행운을 얻는 고전적 코미디의 구조를 위반하지 않았다는 것이다. 물론 할머니의 구원을 이해하려면 시간이 걸리겠지만. 〈내가 죽어〉의 비열한 앤즈의 지상적 행운과 근본에서 다를 바 없다. 포크너 유머가 시간 걸려서 지금은 잘 이해되는 것처럼, 오코너의 유머도 앞으로는 널리 이해될 수 있을 것으로 기대한다.

(그러나 솔직히 말하면, 우리에게는 위의 해석처럼 할머니의 구원이 코미디로 오지 않는다. 종교적인 공감은 적고, 도덕적인 관심이 많기 때문일 것이다.) ▲

〈좋은 사람은 찾기 어렵다〉

7

〈어디 가니, 어디 있었니?〉
— 조이스 캐럴 오츠

Where Are You Going, Where Have You Been?, 1966
– Joyce Carol Oates

조이스 캐롤 오츠1938-는 현재에도 왕성하게 작품을 쓰고있는 현역작가다. 그녀는 다작으로 유명해서 소설을 60권 이상, 단편집도 45권 이상을 출판했다. 그 이외에도 장르를 가리지 않고 모든 영역을 남김없이 섭렵하는 미국의 국민작가라고 할 수 있다. (2024년에는 소설과 단편집의 숫자가 더 많아져, 총 작품 수는 3,568편이라고 한다.)

단편소설에서 그녀는 체호프, 헨리 제임스, 포, 오코너와 같은 사람들과 비교되기도 한다. 그녀는 사실적인 바탕에서 메타픽션적인 실험까지 다양한 기법을 아울러 사용하는데, 본인은 "제 방식은 항상 '자연주의적' 세계와 '상징적' 표현 방식을 결합하는 것이었고, 따라서 저는 현실 사회의 실제 사람들에 대해 글을 쓰지만 표현 방식은 자연주의적이거나, 사실적이거나, 초현실적이거나, 패러디적일 수 있습니다."라고 말한다. 대표적인 단편소설 〈어디 가니, 어디 있었니?〉가 그녀의 스타일을 잘 보여준다. (이하 〈어디 가니〉로 줄인다.)

요약

코니Connie는 거울에 비친 자신의 모습을 끊임없이 확인하는 버릇이 있는 허영심 많은 15세 소녀이다. 어머니는 화장하는 코니를 질투하며 꾸짖지만, 코니는 예쁜 것이 "모든 것"이라는 믿음으로 버틴다. 어머니는 코니를 언니인 준June과 비교하며 야단친다. 코니의 아버지는 가족에 별다른 관여를 하지 않고, 어머니는 끊임없이 질책해서 그녀는 어머니가 죽었으면 좋겠다는 생각도 한다.

때때로 저녁에, 코니의 절친한 친구의 아버지가 둘을 시내의 쇼핑몰로 데려다주어, 그들은 그곳에서 자유로운 시간을 보낸다. 쇼핑몰에 가면 코니는 걸음걸이, 미소, 옷차림 등 모든 것을 변화시켜 페르소나를 바꾼다. 집에서는 지루하고 시무룩한 반면 친구들과 함께 있을 때에는 밝고 쾌활하다. 코니와 친구는 종종 길을 건너 드라이브 인 레스토랑에 가서, 그곳에서 음악과 나이가 많은 소년들을 만난다.

어느 날 밤, 레스토랑(햄버거 가게)에서 코니는 에디Eddie라는 소년을 보고 친구를 남겨놓고 그의 차까지 따라간다. 즐거운 마음으로 가는 도중에 그녀는 밝은 금색 차를 탄 남자가 자신을 향해 미소 짓는 것을 본다. 코니가 지나가자 그는 손가락을 흔들며 "가질 거야, 자기야gonna get you, baby"하며 웃는다. 세 시간 후, 코니는 친구와 함께 집으로 돌아간다.

코니는 대부분의 시간을 소년과 사랑에 대한 일반적이고 막연한 공상으로 보낸다. 어머니와 끊임없이 싸우지만, 어머니는 미모 때문에 준보다 자신을 더 좋아한다고 생각한다. 어머니는 슬리퍼를 신고 집 안을 돌아다니며 이모들과 수다를 떨며 시간을 보낸다.

어느 일요일, 코니의 가족은 이모네 집으로 바비큐 파티를 하러 떠나고 코니는 혼자 남아 머리를 감았다. 코니는 뒷마당 잔디 의자에 앉아 머리를 말리며 사랑을 꿈꾸며 잠이 든다. 깨어나 잠시 혼란스러워하다가 집 안으로 들어간다. 침대 가장자리에 앉아 라디오를 들으며 휴식을 취하던 중, 자동차가 진입로로 들어오는 소리를 듣는다.

코니가 모르는 밝은 금색의 오픈형 잘로피였다. 코니는 문으로 천천히 다가간 다음 망사문screen door을 열고 맨발가락을 계단 밖으로 내밀었다. 운전석의 소년은 가발처럼 보이는 검은색 머리를 하고 선글라스를 끼고 있었다.

"나 늦은 거 아니지?" 그가 말했다.
"네가 대체 누구라고 생각하는 거야." 코니가 말했다.

그는 코니에게 드라이브 가자고 하며, "귀엽다you're cute"라고 한다. 코니는 역시 선글라스를 착용하고 있는 조수석의 그의 친구가 그녀가 방에서 들었던 것과 같은 라디오 방송을 듣는 것을 깨닫는다. 코니는 그가 마음에 드는지 아니면 그냥 얼간이인지 판단할 수 없어서 현관에서 서성인다.

운전석의 소년은 아주 조심스럽게 자동차 문을 열고, 역시 조심스럽게 발을 땅에 대고 나왔다. 자신은 아놀드 프렌드Arnold Friend이고, 차 안에 있는 자는 엘리 오스카Ellie Oscar라고 소개하며 차에 그려진 슬로건과 비밀코드(33, 19, 17)를 보여준다. 그는 그녀에게 차의 반대편을 보러 오라고 초대하지만 코니는 거절하고 현관에 머무른다. 그가 그녀에게 다시 타라고 하자 코니는 "할 일이 있다"고 주장했지만, 그는 웃으며 오늘이 둘이 함께 타기로 "따로 정한set aside"날이라고 한다.

코니는 아놀드 프렌드의 옷차림이 마음에 든다. 그가 어떻게 그녀의 이름을 아는지 의심이 들었다. 그러자 그는 손가락을 흔들었고 코니는 햄버거 가게에서 그를 지나치던 순간이 생각났다. 그는 코니의 이름뿐만 아니라 부모님이 어디로 가셨는지, 얼마나 오래 계실지, 그리고 친구들의 이름도 알고있다. 아놀드 프렌드의 목소리는 마치 "노래 가사를 읊조리는" 것처럼 들린다.

코니는 차의 측면에 유행이 지난 속어인 "비행접시를 타라Man the flying saucers"라는 문구가 있는 것을 본다. 코니는 불안해하지만 그 이유를 정확히 알 수는 없다. 아놀드 프렌드는 코니에게 허공에 X를 그리는 자신의 사인을 보여주며 처음 코니를 봤을 때 그 사인을 보냈다고 설명한다. 코니는 방문객을 유심히 바라보다가 자신이 아는 다른 남자아이들처럼 보이지만 뭔가 이상한 점이 있다는 것을 깨닫는다.

코니는 그의 나이를 물었고, 그녀와 같은 나이라는 대답을 들었지만, 그가 훨씬 나이가 많아 서른 살 정도라는 것을 깨닫는다. 조수석의 엘리 오스카는 마흔 살의 아기처럼 보인다는 것도 알게 된다. 충격받은 코니는 처음 생각했던 것보다 상황이 훨씬 심각하다는 것을 깨닫고 어지러움을 느낀다.

코니는 남자들에게 떠나달라고 요청하지만 아놀드 프렌드는 그녀 없이는 떠나지 않겠다고 한다. 코니는 그가 가발을 쓰고있는 것을 알아차리고 또다시 어지러움에 시달린다. 그는 바비큐 파티에 참석한 코니의 가족에 대해, 언니의 파란 드레스까지 언급하고 어머니가 가족 친구와 함께 옥수수를 까고 있다고, 마치 보고있는 것처럼 말한다. 아놀드 프렌드는 마을 곳곳에서 일어나는 사건들을 보고있는 것 같다.

아놀드 프렌드는 자신을 코니의 '애인lover'이라고 부르며 성적 의도를 암시하여 코니를 불안하고 화나게 한다. 코니는 문에서 물러나 집 안으로 들어가고 아놀드 프렌드는 현관porch으로 온다. 그러다 부츠가 발에 맞지 않아 넘어질 뻔한다. 코니는 경찰에 신고하겠다고 위협하고 아놀드 프렌드는 신고하면 강제로 집 안으로 들어갈 것이라고 협박한다.

코니는 문을 잠그려고 하지만 아놀드 프렌드는 무엇이든 뚫을 수 있다고 주장한다. 그는 집에 불을 지르면 코니가 자신에게로 달려올 것이라고 암시한다. 그녀는 아버지가 자신을 데리러올 것이라고 말하지만 아놀드 프렌드는 그것이 사실이 아니라는 것을 알고있다. 진입로에서 엘리 오스카는 전화선을 뽑자고 제안하지만, 프렌드는 화를 내며 제지시킨다.

코니는 부엌으로 도망치지만 점점 더 혼란스러워진다. 아놀드 프렌드는 코니가 자신에게 협조하지 않으면 가족을 해치겠다고 협박한다. 엘리는 두 번째로 전화선을 끊자고 말하고 아놀드 프렌드는 물러서라고 경고한다. 그는 그녀가 자신과 함께 떠나기를 거부해서 가족을 위험에 빠뜨리고 있다고 반복해서 말한다. 그는 죽은 코니의 이웃을 언급하여, 그녀를 더 깊은 공포에 빠뜨린다.

코니는 집 안으로 더 들어가 전화를 사용하려고 했지만, 기운이 없고 어지러워 쓰러진다. 코니의 폐는 "마치 아놀드 프렌드가 부드러움도 없이 계속해서 그녀를 찌르는 것"처럼 경련이 인다. 정신을 차렸을 때 그녀는 바닥에 앉아 있었고 아놀드 프렌드가 여전히 망사문에서 그녀를 달래고 있었다. 그의 지시에 따라 그녀는 전화를 다시 수화기에 올려놓는다. 코니는 자신이 "다시는 침대에서 잠을 못할 것"이라는 사실을 깨닫는다.

아놀드 프렌드는 집이 코니를 보호할 수 없다고 거듭 강조하며, 코니를 들판으로 데려가 "사랑이 어떤 것인지 보여줄 계획"을 말한다. 코니는 자신의 마음과 몸이 진짜 자신의 것이 아니라고 느낀다. 그는 가족에 대한 협박을 반복하며 자신에게 오라고 지시한다. 아놀드 프렌드에게로 향하는 코니는 자신의 몸에서 분리되어 걷고있는 자신을 본다. 그는 기뻐하며 코니에게 그녀의 가족이라면 절대 이런 일은 못할 것이라고 말한다. 코니는 문을 여는 자신을 지켜본다. 밖에는 아놀드 프렌드와 "그의 뒤와 사방에 햇빛이 내리쬐는 광활한 땅, 코니가 한 번도 본 적이 없고 그 속으로 들어간다는 것 외에는 알지 못하는 땅"이 기다리고 있다.

Setup

◆ 1960년대 미국

1960년대 중반의 미국은 냉전시대이고, 국내에 여러 정치적 소란이 있었지만, 여전히 풍요로운 사회였다. 미국 인구의 절반이 18세 이하인 젊은 국가였으며, 많은 사람들이 도시에서 벗어나 교외 전원에서 살기 시작했다. 1960년대 말에는 3분의 1이 교외로 나왔다. '아메리칸 드림'의 시대에는 도시 중심의 아파트에 사는 것이 꿈이었는데, 1960년대에는 많은 사람들이 교외로 나와서 아이들이 뛰어놀 수 있는 녹색 잔디가 있는 집을 희망했다. 이것은 자동차가 일반화되고 점차 직장 근무 시간이 줄어들고 주말 휴식이 패턴으로 자리 잡은 의미이다. 〈어디 가니〉와 관련되는 목장형 주택은 도시의 아파트와는 달리 단층형으로 지어져서, 2층이 없고 뒷마당이 있으며, 주차 공간이 집 안에 있었다. 큰 창문을 통해서 차가 들어오고 나가는 것을 볼 수도 있는데 주차난이 극심한 도시와는 대조적인 장점으로 꼽혔다. 그리고 교외가 도시의 경우보다 훨씬 안전하다고 선전했다. 그래서 〈어디 가니〉에서처럼 살인범의 자동차가 문 앞에 나타나는 것은 현재 우리가 생각하는 것보다는 훨씬 더 큰 소름끼치는 일이었다.

교외의 삶에서 경제·문화적 활동은 쇼핑몰, 드라이브 인 레스토랑 같은 것이 해결했다. 여기에 젊은 사람들이 모여 소비생활을 했다. 그리고 이 무렵의 대중음악은 새로운 세대들에게 큰 영향을 주었다. 대중음악은 1950년대부터 시작된 전통적 팝pop에서 점차 록rock 음악으로 발전해 갔고, 라디오와 텔레비전을 통해서 틴에이저들에게 큰 영향을 주었다. 1960년대를 빛낸 가수들 중에서는 밥 딜런, 엘비스 프레슬리, 비틀즈를 언급할 수 있는데, 작가 오츠는 1938년생으로서 〈어디 가니〉를 발표할 무렵에 이미 고전음악에 심취하고 있어서 젊은 틴에이저들의 음악, 특히 록음악에는 비판적이었던 것 같다. 앞에서 언급한 것처럼 밥 딜런은 그의 가사의 시적 모호성 때문에 긍정적으로 본 것 같지만, 전체적으로는 대중음악이 청소년에게 미치는 영향력에 대해서 비판적이었다. 〈어디 가니〉에서는 1960년대 가장 유명했던 영국인 비틀즈는 언급도 없고, 미국의 엘비스 프레슬리에 대해서도 매우 부정적이었다.

미국 젊은이들은 부모세대가 품었던 아메리칸 드림이 달성 불가능하거나 바람직하지 않을 수 있다는 생각을 점점 더 많이 하게 되었다. 2차 세계대전 이후 베이비 붐 세대는 미국의 모습을 바꾸어 놓았고, 이들은 정치 및 사회 문제에 대해 목소리를 높이기 시작했다.

◆ 투손의 피리부는 사나이

기자 돈 모서Don Moser는 1966년 3월 4일 《라이프*Life*》지에 연쇄살인범 찰스 슈미드Charles Schmid에 관한 긴 글을 실었다. 글의 제목이 "투손의 피리부는 사나이"였고, 대중가요를 머리글에 올려놓았는데, 다음 구절이 소설가 오츠의 눈에 들었다.

지난해 11월 체포 당시 찰스 슈미드는 23세였다. 그는 얼굴 화장을 하고 머리를 염색했다. 그는 습관적으로 3-4인치의 낡은 헝겊과 깡통을 발목이 높은 부츠 바닥에 채워넣어 키가 커 보이게 했고, 걸을 때 너무 어색하게 비틀거려 어떤 사람들은 그가 나무 다리라고 생각했다. 그는 우상인 엘비스 프레슬리의 흉내를 내기 위해 입술을 찡그리고 눈꺼풀을 처지게 했다. 그는 여자들에게 자신이 사랑을 나누는 100가지 방법을 알고있고, 마약을 하고 있으며, 지옥의 천사라고 자랑했다(《라이프*Life*》, 23-24).

그는 다른 청소년의 도움으로 잔혹하게 세 명의 소녀(당시 그들의 나이는 열다섯, 열일곱, 열셋이었다)를 살해해서 투손의 외곽지대 사막에 묻었다.

오츠는 이 이야기를 읽고는 슈미드와 같은 사이코패스와 희생자의 가상적 대화를 상상했다. 이것은 〈어디 가니〉에서의 아놀드 프렌드와 코니의 대화로 실현된다.

◆ 밥 딜런

아래는 오츠가 밥 딜런에 대해서 언급한 것을 일부 발췌한 것이다.

미국 대중음악사에서 딜런은 일반적으로 전통적인 발라드에 경건하게 집착하고 있는 포크음악을 새롭고 사회 참여적이며 정치적으로 도발적인 음악으로 변화시킨 인물로 인정받고 있습니다. 작곡가이며 작사가가 연주자가 된 것이지요. 그리고 얼마나 대단한 연주자입니까! (프랭크 시나트라, 빙 크로스비, 앤드류스 시스터즈가 자신의 오리지널 곡을 직접 작곡했다면 대중이 얼마나 놀랐을지 생각해 보세요. 그리고 엘비스 프레슬리, 빌 헤일리, 리틀 리처드가 급진적 활동가들의 정치적 대의에 동조했다면 말입니다.)

밥 딜런이 "베이비 블루"를 발표할 무렵에 쓴 〈어디 가니〉는 그에게 헌정한 작품입니다. 분명 일방적인 찬사입니다! 사실 이 이야기는 딜런의 노래가 아니라 애리조나주 투손에서 일어난 십대 소녀와 '카리스마 넘치는' 연쇄살인범의 실제 사건에서 영감을 얻은 것입니다. 하지만 "베이비 블루"의 잊히지 않는 멜로디는 당시 제 이야기의 분위기와 아름답게 닮아있는 것 같았습니다. 결국 저는 그 헌정을 후회하게 되었습니다. 너무 많은 사람들이 저에게 "왜요?"라고 물었습니다. 그 이유를 누가 알겠습니까(《스튜디오 에이 *Studio A*》, 2004)?

"베이비 블루"는 제 단편소설에 직접적인 영향을 주지는 않았지만, 노래의 소울과 시적인 리듬이 매우 매혹적이었습니다.

저는 노래의 초현실적인 분위기와 딜런의 노랫말이 마음에 들었습니다. "당신의 문 앞에서 두드리는 방랑자는 / 한때 당신이 입었던 옷을 입고 서있다." 또는 "또 다른 성냥을 켜고, 새롭게 시작하라"는 가사처럼 새롭게 다시 시작하자는 의미에서 "그리고 이제 모두 끝났어, 베이비 블루"라는 직설적인 가사로 마무리하는 것도 마음에 들었습니다.

이 노래의 아름다움은 결코 이해할 수 없다는 것입니다. 우리는 무언가가 끝났다는 것만 알 수 있습니다. "방금 문밖으로 나간 연인은 / 바닥에서 담요를 모두 가져갔고 / 카펫도 당신 밑에서 움직이고 있다." 통제력을 잃고 모든 것을 잃는다는 것을 강력하게 연상시킵니다(《더 월 스트리트 저널*the wall street journal*》, 2015.5.19).

분석

3인칭 서사로 진행되는데, 독자는 코니의 생각을 알게 되지만, 서술자는 부가 정보를 제시하거나 상황에 대한 평가를 하지 않는다. 그러나 사건들은 코니의 관점에서 전달하기 때문에 그녀가 희생자로 전환될 때, 공포를 함께 느끼게 된다. 문제적 인물인 아놀드 프렌드는 단지 그가 코니에게 나타났을 때에만 묘사되므로, 말하지 않는 그의 생각은 알 수 없다. 이것이 그를 더 불길하고 공포스럽게 만든다. 작가는 이야기의 상징이나 분위기를 전달할 때에는 기술적 언어를 사용하기도 한다.

먼저 코니를 1960년대 미국 중산층의 틴에이저로서 소개하고 있는데, 간결하고 숙련된 솜씨를 보여준다. (아래는 원문을 직역했다. 번역이지만 리듬을 느꼈으면 한다.)

그녀의 이름은 코니였다. 열다섯 살이었고, 거울을 보려고 목을 길게
빼거나 자신의 얼굴이 괜찮은지 확인하려고 다른 사람의 얼굴을 살피며
신경질적으로 빠르게 낄낄거리는 버릇이 있었다. 그녀의 어머니, 모든 것을
보았고, 모든 것을 알고 있으며 자신의 얼굴을 살펴볼 이유를 그렇게 많이
갖고있지 않은, 어머니는 그런 일에 대해서는 언제나 코니를 야단쳤다.
"얼빠진 것처럼 그만 들여다봐. 넌 누구니? 네가 그렇게 예쁘다고
생각해?"라고 꾸짖곤 했다. 코니는 이 익숙한 오래된 불평에 눈썹을
치켜뜨고, 어머니를 통해 그 순간 자신의 그림자 같은 모습을 바라보곤 했다.
코니는 예뻤고 그것이 모든 것임을 알고 있었다.

가족관계에 불만있는, 허영심 많고 성적으로 미성숙한 중산층의 소녀로
서 코니는 친구와 함께 쇼핑몰이나 레스토랑에서 사내아이들과의 만남을
종종했다. 코니와 친구가 당시 유행하는 대중음악과 놀이에 몰두하는 것
이 마치 종교적 열정처럼 묘사된다. 햄버거 가게는 병 모양의 건물이어서
교회를 생각나게 하는데, 교회 예배가 그러하듯 음악이 배경에 깔려 있었
다. 그들이 의지할 수 있는 것은 음악이었다. 그들에게는 음악이 종교였다.
1960년대 미국 중산층 십대들에게 나타난 새로운 현상이었다. 코니는 대
중음악의 가사에서 행복과 구원을 배울 것이고, 그것을 믿을 것이다. (심하
게 이야기하면 쇼핑몰에 가는 것이 일종의 순례행위 같았다.)

일요일, 부모와 언니는 가족들의 바비큐 파티에 참석하고 그녀는 집에
혼자 남았다. (교외 목장형 주택에 사는 가족들의 일반적인 행사일 것이다.) 가
족 모두 교회는 별 생각이 없었다(악마가 잠입할 조건을 갖추었다). 코니는 뒷
마당에서 눈을 감고 전날 밤에 만났던 소년을 생각한다. 영화에서 보았고

노래 속에서 약속하는 방식처럼, 그가 얼마나 친절했는지, 얼마나 부드럽고 달콤했는지…. (그들은 자동차에서 서너 시간씩 성관계를 탐험했다고 암시되었다.) 그때 밝은 금색으로 칠한 낡은 오픈형 잘로피가 집 앞으로 들어선다. 자신이 어떻게 보일까가 우선인 코니는 "Christ, Christ"를 부른다.

▲1960년대 십대 소녀로서의 코니는 오늘날의 관점에서는 평균적이고, 정상적인 캐릭터로 보이지만, 〈어디 가니〉가 출판되던 당시의 일반적인 관점에서는 지나치게 성적인 존재이며, 육체에 몰입하고, 반종교적이다. 어머니나 준의 눈에도 코니는 그로테스크한 품성을 가졌다. ▲

가발처럼 덥수룩하고 검은색의 머리를 한 소년이 그녀를 향해 웃는다. 교회 건물 같은 햄버거 가게 지붕 위, 회전하는 광고판의 소년도 그렇게 웃었다grinning.

"나 늦지 않았지?" 그가 말했다.
"네가 대체 누구라고 생각하는 거야?" 코니가 말했다.

조수석에는 갈색 머리에 구레나룻이 어색한 표정을 만들고 있는 소년이 코니를 쳐다보지도 않고 있었다. (작가는 조수석의 사내를 의도적으로 엘비스 프레슬리의 외모로 묘사한다.)

"내가 간다고 했잖아, 안 했냐toldja I'd be out, didn't I?" 이 말은 아놀드 프렌드가 레스토랑 앞에서 처음 코니를 보았을 때 "가질 거야, 자기야gonna get you, baby"라고 했던 말을 의미하는 것이다. 물론 코니는 이 말을 기억하지 못해서, 처음에는 그의 수작을 이해하지 못한다. 다만 여기에서 프렌드가 아이들이 쓰는 속어를 사용하고 있다는 점을 염두에 두자. 그들은 옷차림, 말투, 음악 등 모두 당시 유행하는 (청소년의) 모든 것을 모방하고 있다.

▲아놀드 프렌드와 그의 친구는 외모부터 그로테스크하며, 행동과 말투 역시 그로테스크하다. 당시 기성세대에게는 배경음악으로 나오는 대중가요도 기괴한 사운드였을 것이다. 말투도 과장되고 속된 것이었는데, 소설에서는 상상해볼 수밖에 없다. ▲

아놀드 프렌드는 코니에게 드라이브하자고 청하면서, 그녀가 가장 듣고 싶어하는 말, 귀엽다you're cute고 말하고, 또 그녀가 좋아하는 가수(Bobby King)를 이야기해서 유혹의 그물을 펼친다. 그러나 코니는 그가 마음에 드는지 아니면 얼간이인지 판단할 수 없어서 현관에 서서 내려오지도 안으로 들어가지도 않았다. 코니는 어쩌면 그가 황금마차를 타고 온 왕자님일 수 있다고 생각할 수도 있다. 그녀는 자동차에 쓰인 것들에 대해서 묻는다.

프렌드는 조심스럽게 자동차 문을 열고, 조심스럽게 발을 디디며 나와서 자신들을 먼저 소개한다. 자신의 이름 'Arnold Friend(슈베르트의 〈죽음과 소녀〉에서 죽음이 소녀에게 "나는 네 친구Freund"라고 말하는데, 이 부분의 패러디로 보인다)' 조수석의 친구는 엘리 오스카라고 하면서 33, 19, 17는 비밀코드라고 한다. 정중하게 예의를 다해 자신의 숙녀를 초대하는 형식이다. 비밀코드는 구약(〈사사기〉 19장 17절)을 인용한 것이다. (성경을 거꾸로 헤아리면 서른세 번째에 사사기가 온다고 한다.)

▲(〈사사기〉 19장) 노인이 광장에 나그네 일행이 서있는 것을 보고 "어디 가니? 어디 있었니?"라는 질문을 하고, 그들을 자신의 집으로 데리고 간다. 그러나 초대받은 집에서 나그네의 일행 중 첩이 그 도시의 불량배들에게 강간을 당하고 죽는다. 비밀코드가 소설의 제목과 초대, 그리고 죽음을 예고한다고 보면, 프렌드 일행은 초자연적인 존재, 죽음, 또는 악마에 가깝다고 이해된다. 인용되고 있는 성서의 내용이 "강간 살해"라는 점은 주목해야 한다. 공포의 것, 그로테스크한 행위가 암시되고 있다. ▲

그는 키는 작았는데 색 바랜 청바지, 풀오버 셔츠, 검은 부츠를 신고 있었다, 유명 가수의 옷차림이었고, 모든 사람에게 유행이었던 것이어서 코니의 마음에 들었다. 그는 코니에게 오늘이 드라이브하기로 정한set aside 날임을 강조한다. 그리고 노래 가사를 읊조리듯 나지막한 소리로 코니에 대한 모든 것을 안다고 말한다. 이어서 "내가 네 친구인 것 몰라?" 하고는 자신이 사인sign을 공중에 띄웠다고 말한다.

▲프렌드의 얼굴은 낯익었다. 코는 매처럼 길었고, 더벅머리에 작은 남자. 엘리의 라디오에 맞춰 낮은 음으로 노래하는 남자. 그건 밥 딜런 이미지이다. 동화 속의 이야기처럼 황금 마차를 타고 나타난 프린스 차밍prince of charming이 엘비스의 음악에 맞춰서 노래하는 바비 킹Bobby King(또는 밥 딜런)이다. 당연히 코니에게는 낯익은 얼굴이다.

그리고 그가 읊조리듯 노래하는 것은 코니에게는 주문을 거는 것이며, 마치 코니가 특별한 간식인 것처럼 킁킁거리며 냄새 맡고는 게걸스럽게 먹어치우는 주술을 시작한 것이다. 낭만적 동화를 기대하지만, 그로테스크한 〈죽음과 소녀〉가 연주되는 것이다. ▲

X 사인은 악마(혹은 죽음)가 자신의 희생자에게 표시를 남기는 것인데, 이는 성당에서 신부가 십자가를 그려 축복을 비는 것을 패러디한 것처럼 보인다. 그 X 사인은 실제의 물체처럼 공중에 떠 있었고, 보이는 것 같았다. 여기에서부터 소설은 긴장감이 돌고 코니는 의심하기 시작한다.

코니는 그들의 행동과 옷차림이 부적절하다는 것을 깨닫는다. 십대 소녀이 아니라 아놀드 프렌드는 삼십대, 조수석의 엘리 오스카는 심지어 사십대의 아이 같은 얼굴이었다. 충격받은 코니는 둘 다 가버리라고 희미하게 말한다. 아놀드는 거부하고, 바비큐 파티에 간 가족들도 돌아오지 않을 터이니, 지금 밖으로 나오라고 말한다. "나는 네 연인lover이야"라고 말하며 성폭력을 예고한다. "나는 모든 것이 비밀인 네 안으로 들어갈 것이고, 너는 나에게 굴복하고 나를 사랑하게 될 거야."

코니는 자동차에 쓰인 "비행접시를 타라Man the Flying Saucers"를 읽는다. 이것은 밥 딜런의 〈탬버린 맨〉을 두고 쓴 글이다.

헤이, 탬버린 맨, 나를 위해 노래해 주세요.
나는 졸리지도 않고 갈 곳도 없어
헤이, 탬버린 맨, 나를 위해 노래해주세요
탬버린 울리는 아침에 나는 당신을 따라갈 거야

위 가사는 프렌드가 코니에게 거는 주문으로 충분하다. 그가 드라이브하자고 나직이 부르는 노래이다. 그리고 이 노래의 다른 가사를 보자.

당신의 회전하는 마술 배를 태워주세요.
Take me on a trip upon your magic swirlin' ship.

'회전하는 마술 배'가 아놀드 프렌드의 '비행접시'로 변했음을 알 수 있다. (《어디 가니》는 1966년 출판이고, '탬버린 맨'은 1965년, 지난해 노래이다.)

그녀의 심장은 그녀가 감당할 수 없을 정도로 크게 뛰고, 그 펌프질에 온몸에 땀이 줄줄 흐르고 있었다. 이때 높은 구두를 신은 아놀드 프렌드가 휘청거리며 다가온다. 그는 거의 넘어질 뻔 한다.

▲아놀드 프렌드가 코니에게 다가오는 이 장면은 스토리의 긴장을 고조시키는 중요 부분인데, 여기에서 높은 부츠를 신은 아놀드가 휘청이는 것은, 실제 이 소설의 모델인 연쇄살인범 찰스 슈미드가 작은 키를 감추기 위해서 부츠에 깡통 같은 것을 넣어서 걸음걸이가 불편했다는 사실을 말하는 것이기도 하다. 동시에 〈누런 벽지〉의 기어다니는 주인공, 〈좋은 사람〉의 맨발의 미스핏을 생각나게 하는, 그로테스크한 악마의 갈라진 발굽을 연상시키는 부분이다. ▲

아놀드 프렌드와 코니는 망사문을 마주하고 대결의 자세를 취한다. 이렇게 마주 서는 것이 가능한 것은 〈어디 가니〉에서 프렌드가 초대받지 않으면 타인의 집에 들어갈 수 없는, (집과는 반대되는) 광야의 힘으로서 설정되었기 때문이다. 그는 코니가 자기 발로 집에서 나와야 유혹에 성공하는 것이다. 코니는 이러한 승부에서 승리할 기회를 놓치고 있다. 프렌드가 이미 코니의 심장을 장악했기 때문이다.

코니는 집 안으로 뛰어 들어가 구원을 요청하려는 전화를 하려 한다. 그러나 전화 다이얼을 돌릴 수도 없었고 그녀는 수화기를 붙들고 어머니를 부르며 울부짖는 것이 전부였다. 그녀가 호흡할 때마다 프렌드가 날카롭게 계속 찌르는 것처럼 폐에서 경련을 일으켰다.

▲코니가 프렌드 일행이 보여주는 행동과 말, 노래에 마음을 빼앗기고 있었고, 의식하지 못하는 사이에 장악되었다고 암시한다. 프렌드는 그녀의 바비 킹Bobby King으로 그녀의 구세주(메시아)였기 때문에, 저항의 힘은 처음부터 없었고 유혹의 주술이 완벽하게 작동했다. ▲

프렌드가 가족을 위협하는 것은 주문의 마지막이었고, 남은 것은 피리 부는 사나이Pied Piper의 가락뿐이다. 그녀는 마치 다른 집 정원에 있는 것처럼 아놀드를 향해 자신이 가고있는 모습을 본다. 코니는 이제 완전히 조종되는 꼭두각시다. 아놀드는 팔꿈치를 서로 향하게 하고 손목을 늘어뜨리며 그녀를 향해 두 팔을 벌렸는데, 이는 어색한 포옹이자 약간의 조롱이며 그녀가 자의식을 갖게 하고 싶지 않다는 뜻이었다.

결말에서 그는 〈내 사랑 푸른 눈의 아가씨〉라는 (코니의 갈색 눈동자와는 전혀 관계없는)노래를 한숨 쉬며 불렀다(아마도 과제를 마쳤다는 한숨일 것이다). 그리고 안전하다고 광고하는 교외 집에서 나와 들판으로 가는 코니를 묘사하는 것으로 작품이 끝난다.

그의 노래는 사방에 펼쳐진 광활한 대지와 함께 광대한 햇살에 잠겼는데, 코니는 그 대지를 본 적도 없고, 그곳으로 가는 것 이외에는 아는 것도 없었다.

해석

이 작품에 대해서는 아놀드 프렌드가 누구인가를 놓고 많은 의견들이 있었다. 가장 목소리 높은 것은 글자 그대로 사탄satan이라는 주장이다. 그가 사탄이 아니라면, 어떻게 가족의 바비큐 파티를 마치 직접 보는 것처럼 말할 수 있을까? 소설 최초의 제목이 "죽음과 소녀"였던 것처럼, 프렌드는 시詩에서 나오는 죽음처럼 적어도 초능력자로 이해되어야 하지 않을까?

그러나 프렌드는 통상적인 사탄과는 다른 많은 특징을 가지고 있다. 그는 음악가처럼, 연기자처럼, 수사학자(웅변가)처럼, 심지어는 무엇인가 가르치는 사람처럼 보이기도 한다. 사탄은 이런 측면은 없다. 사탄은 돈 주앙처럼 사랑하는 법을 가르친다고 하지 않는다.

또 프렌드의 이러한 특징들은 코니의 상상력에 대한 반응처럼 해석될 수도 있기 때문에, 아놀드 프렌드란 결국 코니의 상상력, 또는 그녀의 또 다른 자아가 아니냐는 해석도 가능하다.

그런가 하면 코니가 머리를 말리기 위해서 잠들었고, 그 이후의 사건들은 코니의 꿈 내용으로 해석할 수도 있다고, 프렌드는 코니의 무의식이 만들어낸 환영이라고 해석하기도 한다.

물론 이러한 해석들을 모두 지나치다고 배격하고 현실적으로 연쇄살인범을 그렸을 뿐이라고 단호하게 주장하는 글도 있다.

우리는 위의 다양한 해석이 모두 가능하다고 말하려고 한다. 원래 작가가 사실적인 연쇄살인범의 기사를 읽고는 전통적인 동화(〈피리 부는 사나이 *Pied Piper*〉, 〈죽음과 소녀 *Death and Girl*〉, 〈프린스 차밍 *Prince of Charming*〉)를 섞어 현대 문화 현상의 줄기로 쓰려고 했기 때문에, 더구나 영향력을 두려워하고 있는 선배(Flannery O'conner)와 마주 서려는 의도를 가지고 있었기 때문에, 한 단락에서 몇 가지 의도를 읽을 수 있는 글이 되었다고 읽는다.

작가가 넣어준 많은 단서에서 각자가 관심 있는 것을 골라서 읽는 것이 좋을 듯하다. 초점에 따라서, 〈어디 가니〉는 엽기적인 공포물일 수도, 충격적인 외설 작품일 수도, 반종교적인 동화일 수도, 대중문화 특히 대중가요에 대한 비판일 수도 있다. 물론 그 전부 다로 읽어도 된다.

우리는 상당히 가려져 있는 그로테스크한 특징을 살피고자 한다.

우선 우리는 앞에서, 포가 《세습지》라는 거대한 원석에서 무엇을 잘라내고, 어떤 것을 제거해서 〈어셔 가의 붕괴〉의 날렵한 형태를 도출했는지를 살펴보았다. 그것이 작품의 핵심을 잘 이해하는 방법이었다. 이제 〈투손의 피리 부는 사나이〉 기사記事에서 어떤 것들이 제거되었나를 알아보자.

기사는 엽기적인 연쇄살인뿐만 아니라, (은퇴한 노인들이 찾아오는 날씨 좋은) 투손 도시의 경제·사회·문화의 문제들을 폭로한다. 그중에서도 특히 청소년층, 십대의 행태와 그들의 범죄가 아메리칸 드림을 꽃피울 투손에 가져올 이미지에 관심을 둔다. 그러나 〈어디 가니〉는 부적응자로서 연쇄살인범이 된 소년의 사회적 배경과 문제점은 괄호에 집어넣고 피해자가 되는 코니의 성적 자아가 깨어남에 집중한다. 〈어디 가니〉는 성적 존재로 성장하는 코니가, 먹잇감을 노리는 사이코패스 아놀드 프렌드에게 치여가는 플롯이다. 〈어디 가니〉는 연쇄살인 사건이 발생한 투손의 구조적 문제, 치안과 법질서, 청소년 일탈과 범죄조직(마피아)과 마약 관련 사건들은 탈락시키고 성적 존재로서의 사춘기 희생자와 연쇄강간범 일탈자의 짧은 대결의 일면을 보여준다. 오츠의 소설은 성폭력 문제에만 관심을 보인다.

이런 측면을 당시의 시대적 상황과 관련해서 다시 한 번 살펴보자. 1960년대는 격동의 시기였고, 아프리카계 미국인, 게이와 레즈비언, 여성 등 이전에는 외면당하고 소외되거나 학대받던 집단이 동등한 권리와 기회를 얻기 위해 노력했다. 1960년대 초만 해도 여성은 신용카드를 발급받을 수 없었고, 일부 주에서는 배심원으로 활동할 수 없었으며, 직장에서 평등을 기대할 수도 없었다. 이러한 상황을 바로잡기 위한 법률이 제정되기 시작하면서 여성의 성에 대해서도 큰 변화가 일어나고 있었다.

1960년대에 피임약이 판매되기 시작했을 때, 일부 주에서는 기혼 여성에게만 피임약을 판매했다. 이러한 제한은 피임약이 난잡함과 매춘을 조장할 것이라는 우려에서 비롯된 것이었다. 그러나 1960년대에 접어들면서 기혼 가임 여성의 80% 이상이 피임법을 사용하게 되었다.

피임에 대한 접근이 쉬워지면서 많은 여성이 임신에 대한 두려움 없이 자신의 섹슈얼리티를 탐구할 수 있게 되었다. 또한 여성 운동과 함께 혼전 성관계가 남성에게는 허용되지만 여성에게는 잘못된 것이라는 이중 잣대가 사라지기 시작했다. 여성이 섹스를 원하고, 즐기고, 성적 욕구를 갖는다는 개념 자체가 새로운 것이다. 1962년 헬렌 걸리 브라운Helen Gurley Brown은 여성의 섹슈얼리티를 탐구한 충격적인 책 《섹스와 싱글 걸》(1962)을 썼다. 성 혁명의 초석이 된 이 책은 여성이 독신으로 살 수 있고, 혼자 살 수 있고, 스스로 돈을 벌 수 있고, 결혼 전에 성관계를 가질 수 있다는 것을 확인시켜 주었으며, 미혼 여성으로서 살아가는 방법에 대한 조언을 제공했다.

코니는 이 무렵에 성적 존재로서 자신을 의식하고 있었다. 그녀는 "예쁜 것이 모든 것"이라는 믿음을 가졌고, 자신의 몸에 대해서 각별한 관심을 보인다. 성에 대한 관심은 마을의 거대한 쇼핑몰과, 그것이 제공하는 놀이터에서 경험된다. 당시 투손에서는 (편의점, 주유소 체인인) 스피드웨이Speedway에 청소년들이 모여들었고 그곳에서 젊은이를 위한 나이트클럽(그들은 'Pickup Place'라고 부른다)으로 갔다. (수업 이후에 청소년들은 방치되었고, 나이트클럽은 젊은이들을 위한 전자음악을 제공했다). 이곳에 갈 때, 코니는 걸음걸이, 웃음, 머리 스타일 등 모든 것이 달라진다. 그녀는 또래 청소년을 만나러 갈 때 누구와도 관계없는 순수한 '즐거움'에 빛나고 있었는데, 그녀가 자신의 섹슈얼리티를 만끽하는 모습이다.

코니는 남자아이와 차에서 보내는 시간이 많은데, 정확히 무엇을 하는지는 불분명하지만 섹스활동임에는 분명하다. 그러나 그것은 가벼운 성 유희였을 것이다. 코니가 만나는 소년들 중 어느 누구도 그녀에게 큰 의미가 있어 보이지 않기 때문이다. 그녀는 혼자 집에 있을 때면 (특정한 사람이 아니라) 가장 최근의 소년을 생각하며, 섹스는 "영화나 노래에서 약속하는 부드럽고 달콤한" 것이라고 생각한다.

그러나 아놀드는 또래의 어린 소년이 아니라 나이가 많고 매우 공격적인 수컷이다. 그는 강간을 암시하는 말을 한다, "그리고 나는 모든 것이 비밀인 네 안으로 들어갈 것이고, 너는 나에게 굴복하고 나를 사랑하게 될 거야." 이것은 끔찍한 소리이고 그녀가 들어본 적이 없는 소리이다. (음악이나 영화에서 말하는 부드럽고 달콤한 것이 전혀 아니다.)

코니가 어머니에게 전화를 걸려고 했을 때 그녀는 강간을 미리 경험한다. "그녀는 울부짖으며 어머니를 부르짖었고, 숨이 폐에서 앞뒤로 경련을 일으키는 것을 느꼈다. 마치 아놀드 프렌드가 부드러움도 없이 계속해서 찌르는 것처럼."

〈어디 가니〉는 비뚤어지고 왜곡된 방식이기는 하지만, 코니가 미성숙한 성에서 성인의 단계로 이행하는 성장 과정을 다루고 있다고 말할 수 있다. 미성숙한 소녀의 환상을 깨뜨리고 잔혹한 강간살인의 예비단계를 보여주는 이 단편은 1960년대 미국의 새로운 경향을 보여준 것이다.

이제는 그로테스크를 〈어디 가니〉에서 살펴보기로 하자. 이 작품은 그로테스크한 작품으로서도 주목을 받는다. 작가는 1960년대의 미국 사회를 급격히 소외된 세계로 보고있다. 자본주의의 팽창과 물신적 성격, 대중문화의 광신적 열정이 급속히 터져버린 현상인데, 그녀는 이러한 소외된 세계의 구조에서 왜곡되고 단절되어 자율성을 상실하는 인물들을 그로테스크하게 표현한다. 말하자면 현대 사회에서 생존에 실패하는 부정적 모델을 보여줌으로써 독자에게 나아갈 방향을 보여 주겠다는 도덕적 사명감으로 이해할 수 있다.

〈어디 가니〉의 코니는 가정 이외, 외부 세계(쇼핑몰의 레스토랑)를 자신의 세계로 정한다. 그녀는 그곳에서 생기를 느낀다. 그러나 그곳은 왜곡되고 과장되고 단절된 소외의 세계여서, 그녀는 부패하고 퇴화할 수밖에 없다. 부모는 그녀에게 "어디 가니, 어디 있었니"를 묻지 않고 무방비 상태로 놓아두었기 때문에, 그녀는 자율성을 상실하고 그로테스크하게 된다.

▲ 소외된 상태에서 자신이 가지고 있던 생존의 법칙이 적용되지 않을 때, 충격받은 캐릭터가 그로테스크한 존재로 변한다는 것은 카이저Kayser의 설명을 따르는 것이다(《미술과 문학에 나타난 그로테스크 *Das Groteske*》). 당대 미국 사회를 이해하는 오츠의 방식이 카이저에서 비롯되었다고 말할 수 있다. (이는 오코너가 남부지역 바이

블 벨트bible belt의 소외된 형태를 지적한 것을 오츠가 미국 전체로 확대했다고 볼 수도 있다.) ▲

1960년대의 미국 사회는 이전에는 억압되었던 영혼의 상태를 수면 위로 끌어올리는 일을 했다. 개인의 감정이나 기분, 성적 욕망과 공포 같은 것들이 표현되고, 긍정적으로 이해되어 아이들은 성적 존재로 자신을 의식하게 된다. 그들은 다른 사람도 자신의 성적인 욕망 관계로 이해하며 관계하게 된다. 그래서 〈어디 가니〉는 코니의 성적인 욕망이 아놀드 프렌드를 초대한 결과로 나타난다. 프렌드는 코니의 꿈과 욕망의 구체화이고, 그것은 그로테스크하다.

▲오츠는 포나 오코너와 같이 그로테스크를 문학의 기둥주제로 삼은 작가이다. 그녀는 1994년《흉가: 그로테스크한 이야기 *Haunted: Tales of the Grotesque*》라는 제목으로 열여섯 편의 단편을 엮었는데, 포의 단편집을 염두에 두고 만들었다. ▲

그러나 오츠의 그로테스크는 성차별적인 특징을 가지고 있다. 많은 페미니스트들이 주목하고 있으며, 문학에서의 그로테스크 개념을 새롭게 확대하도록 한 계기가 된다. 이 부분에서 여성 신체의 타자화가 문제된다.

먼저 코니가 집에 있을 때와 다른 곳에 있을 때에 현격하게 다른 사람이 되는 점을 주목하자. 이것은 타자화의 시작이었고, 아놀드 프렌드를 만나서 공포로 그녀의 몸이 제어되지 않을 때, 그녀는 심장에서부터 그로테스크를 경험하게 된다.

그녀는 생애 처음으로 이 심장이 자신의 것이 아니며, 자신에게 속한 것도 아님을 깨달았다. 그것은 그저, 진정으로는 자신의 것이 아닌 그녀의 몸 안에서 뛰고있는 살아있는 존재에 지나지 않았다.

바흐친Bachtin은 자신의 몸이 타자로 변화하는 과정을 그로테스크의 중요한 특징으로 본다. 그는 몸의 그로테스크를 '대상이 자신의 한계를 넘어 스스로임을 멈추고, 육신과 세계와의 경계가 지워지며, 몸과 세계가 융합하며, 주변 사물과 하나가 되는 것'(《라블레와 그의 세계 *Rabelais and His World*》, 310)이라고 말한다.

〈어디 가니〉의 마지막 부분에서 결국 코니는 자신의 몸이 분리되어 독자적으로 움직이는 것을 본다. 그녀는 "자신의 긴 머리와 몸이 아놀드 프렌드가 기다리는 햇빛 속으로 걸어 나가는 것을 어딘가 다른 곳에서 지켜보고 있었다." 코니는 자신의 경계를 넘어서 스스로임을 멈추고 낯선 것이 된 것이다. 〈어디 가니〉의 마지막 구절은 "그녀와 아놀드 프렌드, 그 뒤의 거대한 땅이 광활한 햇살에 똑같이 휩싸였다."이다. 바흐친이 말하듯, 육신과 세계와의 경계가 지워지고 몸과 세계가 융합하며 주변 사물과 하나가 되었다는 뜻이다.

오츠의 그로테스크는 여성 신체의 무력함과 희생물로 변화되는 것에 강조점이 있다. 수동적으로 남성의 광기, 포식성에 먹잇감이 된다는 것을 지적하는데, 이 점이 많은 페미니스트들이 주목하는 점이기도 하다. (우리가 앞에서 살펴봤던 40년간 남자를 가두어둔 에밀리와 비교될 수도 있다.)

《흉가》의 후기에서 오츠는 "예술에 있어서 그로테스크란 무엇인가?"라고 과감하게 묻고는 "그로테스크는 아무리 많은 인식론적 주석으로도 아낼 수 없는 무딘 물성을 언제나 가지고 있다. 사실 우리는 'nice'하다는 말의 반대라고 정의할 수도 있다"라고 재치있는 답을 낸다. 그러나 오츠는 미국 문학에서 젠더화한 그로테스크의 개념을 전개한 사람으로 기억될 것이다. 바흐친의 '몸의 그로테스크'를 페미니스트의 관점에서 다시 정리해볼 계기를 제공했다고 할까?

▲ 우리는 밥 딜런의 노래(〈이제 모두 끝났어, 베이비 블루*It's All Over Now Baby Blue*〉)
한 구절을 음미하면서 단편소설의 결말을 다시 생각해 보자. 그래서 문학이 대중가
요를 주제로, 매개로 생각한 미국 1960년대를 아울러 생각할 수 있도록.

　저자는 가사를 모두 이해할 수 있는 것은 아니지만, 〈어디 가니〉에 밥 딜런의 노
래가 잘 어울렸다고 말했다. 우리도 적당히 이해될 만한 부분을 골라서 들어본다.

이제 모두 끝났어, 베이비 블루*It's All Over Now Baby Blue*

네 연인은 방금

문을 걸어나가면서

마루에서 자신의 담요를 모두 가져가 버렸어

카펫은 네 아래에서 움직이고 있어

이제 모두 끝났어, 베이비 블루

디딤돌은 두고 와

무언가 널 부르고 있어

네가 떠난 죽은 것들은 잊어 버려

그들은 따라오지 않을 테니까

노크하고 있는 방랑자가

네 문 앞에 서있어

네가 한 때 입었던 옷을 입고

다시 성냥을 켜고 새롭게 시작해

이제 모두 끝났어, 베이비 블루

Your lover who has just

walked out the door

Has taken all his blankets from the floor

The carpet, too, is moving under you

And it's all over now, Baby Blue

Leave your stepping stones behind

Something calls for you

Forget the dead you've left

They will not follow you

The vagabond who's rapping

at your door is standing

in the clothes that you once wore

Strike another match, go start anew

And it's all over now, Baby Blue

우리의 이해에서는 이미 사망한, 그래서 새로운 출발이 필요한 여성 베이비 블루에 관한 노래로 들린다. 지상에서 함께 살았던 연인은 떠났고 그녀는 죽어서 카펫을 타고 하늘을 날고 있다. 모두 끝났다.

그러나 지상의 삶이 끝났다고 마지막은 아니다. 지상에서 살 때 디디고 살피던 받침돌은 버려라. 지상의 경험과 지식은 필요 없을 새로운 무엇인가가 부른다. 죽을 때, 두고 온 것들은 시체들인데, 그들은 따라오지 않는다. 지상을 내려다보니 너처럼 사는 녀석이 너처럼 방문을 두드리고 있구나. 그런 것에 미련을 갖지 말고 새롭게 시작하자. 새로운 삶이다. (이 새로운 삶을 지상에서는 죽음이라고 부를지도 모르겠다.)

그런데 카펫을 타고 난다고 죽었다고 해석할 필요는 없지 않을까? 꿈의 세계, 상상의 세계, 마약의 세계, 다른 차원일 수도 있다. 그렇다면 'And it's all over now', 이 말은 괴로움은 이제 끝났다는 즐거운 신호처럼 들릴 수도 있다. 적어도 새로운 삶을 초대하는 주문처럼, 꿈을 초대하는 최면처럼.

작가가 이 노래가 〈어디 가니〉의 분위기와 어울린다고 했다면, 그것은 아마도 프렌드가 코니를 주문으로 불러내는 음악으로 들었을 것이다. ▲

〈어디 가니, 어디 있었니?〉

8

〈소녀〉
— 자메이카 킨케이드

Girl, 1978
– Jamaica Kincaid

1949년 안티구아Antigua에서 태어난 일레인 포터 리처드슨Elaine Potter Rich-ardson은 미국에서 자신의 이름을 자메이카 킨케이드Jamaica Kincaid로 바꾸어서 잡지에 글을 실었다. 자신의 고향으로부터는 익명성을 얻고, 다른 사람들에게는 카리브해 출신임을 분명히 밝히는 태도였다. 그녀가 기존의 이름을 버린 것은 외부에서 강요된 기존의 관습을 거부하고, 모든 것을 스스로 결정하겠다는 각오의 일환이다.

킨케이드는 자신의 작품을 암호 같은 시적 언어를 사용해서 발표했는데, 이는 안티구아의 문화적 맥락에서 작품에 접근해 달라는 요구였다. 그녀는 독자가 그들의 기존 규범에 대해서 적극적으로 의문을 제기하면서 자신의 작품을 이해해 주길 원했다. 그녀의 작품은 크게는 식민주의의 권력 체계, 안으로는 부모의 권위, 문학으로는 전통적 서사 형식을 비판하면서, 모든 제한하는 범주를 거부하고 자신을 적극적으로 형성하려는 태도를 보인다.

그래서 미국의 많은 평론가들은 안티구아 출신 작가의 정치·경제·사회적 관심이 그녀의 문학적 특질을 대가로 지불하는 것이 아니냐고 의심했는데, 킨케이드의 후기 소설들은 페미니즘이나 탈식민주의 관심을 벗어난 독자들도 포함한다.

우리는 정치·사회적 관심이 뚜렷한 초기 단편소설 〈소녀〉를 다룬다.

흰옷들은 월요일에 빨아서 돌무더기 위에 널어라; 색 있는 옷들은 화요일에 빨아서 빨랫줄에 걸어 말려라; 땡볕에는 맨머리로 걷지 마라; 호박 튀김은 아주 뜨겁고 신선한 기름에 요리해라; 네 작은 옷들은 벗자마자 바로 물에 담궈라; 멋진 블라우스를 만들려고 면을 살 때에는 수지가 묻지 않았는지 확인해라, 수지樹脂가 묻으면 세탁해도 모양이 잡히지 않는다; 소금에 절인 생선은 요리하기 전에 밤새 담궈 놓아라; 주일학교에서 네가 베나를 노래한다는 것이 사실이니?; 항상 다른 사람의 기분을 상하지 않게 하는 방식으로 음식을 먹어라; 일요일에는 숙녀처럼 걷도록 해라, 네가 본받으려고 하는 걸레처럼은 말고; 주일학교에서 베나를 부르지 마라; 너는 선창가 시궁쥐 아이들에게 말하지 마라, 길도 알려주지 마라; 길거리에서는 과일을 먹지 마라 — 파리들이 따라올 거야; 근데, *나는 일요일에 베나를 노래하지 않아, 주일학교에서는 절대 안 해*; 이것이 단추를 다는 방법이다; 이것이 네가 방금 단 단추의 단춧구멍을 만드는 방법이다; 이것은 옷자락이 내려갈 때, 옷단을 대서 네가 그렇게 되고 싶어하는 걸레처럼 보이지 않게 하는 방법이다; 이것이 네 아버지의 카키색 셔츠에 구김이 생기지 않도록 다림질하는 방법이다; 이것이 너의 아버지의 카키색 바지에 구김이 가지 않도록 다림질하는 방법이다; 이것이 오크라 나무를 키우는 요령이다 — 집에서 멀리 떨어져라, 오크라 나무에는 붉은 개미가 서식하기 때문이다; 타로토란을 키울 때 물을 충분히 주지 않는다면 먹을 때, 목이 근질거리니 물을 많이 주어라; 이것은 한 구석을 쓰는 방법이다; 이것은 집 전체를 쓰는 방법이다; 이것은 마당을 쓰는 방법이다; 이것은 별로 좋아하지 않는 사람에게 미소를 짓는 방법이다; 이것은 네가 전혀 좋아하지 않는 사람에게 미소를 짓는 방법이다; 이것은 네가 완전히 좋아하는 사람에게 미소 짓는 방법이다; 이것은 찻상을 차리는 방법이다; 이것은 저녁 식사를 차리는 방법이다; 이것은 아주 중요한 손님과의 저녁 식사를 차리는 방법이다; 이것은 점심 식탁을 위한 세팅이다; 이것은 아침 식탁을 위한 테이블을 차리는 방법이다. 이것은 너를 잘 모르는 사람들 앞에서 행동하는 방식이다; 그리고 이것이 내가 경고했고, 네가 되어가고 있는 걸레를 그들이 즉시 알아채지 못할 방식이다; 네 침으로라도 매일 닦도록 노력해라; 구슬치기하느라고 쪼그리고 앉지 마라 — 너는 사내가 아니야; 남의 꽃을 꺾지 마라 — 다른 것을 잡을 수도 있어; 찌르레기blackbird에게 돌을 던지지 마라, 찌르레기가 아닐 수 있다; 이것은 빵 푸딩을 만드는 법이다; 이것은 두코나doukona를 만드는 법이다; 이것은 페퍼 팟pepper pot(냄비에 담긴 매운 스튜로 자메이카 전통 요리)를 만드는 방법이다; 이것은 감기에 좋은 약을 만드는 방법이다; 이것은 아기가 되기 전에 아이를 지워 버리는 좋은 약을 만드는 방법이다; 이것은 물고기를 잡는 방법이다; 이것은 네가 좋아하지 않는 물고기를 돌려보내서, 나쁜 일이 너에게 생기지 않게 하는 방법이다; 이것은 남자를 괴롭히는 방법이다; 이것은 남자가 너를 괴롭히는 방법이다; 이것은 남자를 사랑하는 방법이고, 이것이 효과가 없으면 다른 방법들이 있어, 그리고 그것들이 효과가 없다 해도, 포기하는 것을 너무 나쁘게 생각하지 마라; 이것은 네가 원한다면 하늘에 침 뱉는 방법이야; 그리고 이것은 재빨리 움직여서 침이 너에게 떨어지지 않도록 하는 방법이야; 이게 살림을 꾸리는 방법이야; 항상 빵을 눌러서 신선한지 확인해라; *그런데 빵집 주인이 빵을 만지지 못하게 하면 어쩌지?*; 그렇게 말하면 너는 결국 빵집 주인이 빵을 만지지 못하게 하는 여자가 된다는 말이냐?

Setup

◆ 배경

안티구아Antigua는 카리브해의 섬으로 1667년부터 영국의 식민지였다. 1674년에 대규모 사탕수수 농장이 설립되고 아프리카에서 노예를 데려와 일하게 한다. 1713년 노예의 수는 37,500명이며 백인은 3,000명이었다. 1834년 노예들이 해방되어 섬 인구의 대부분을 차지하였고, 안티구아의 인구는 부유한 소수의 백인과 가난한 흑인으로 나뉘었다, 토착 안티구아의 인디언들은 사라졌다.

1981년, 안티구아는 영국으로부터 독립한다. 그러나 해방이 노예 출신들에게 평등을 의미하지 않았고, 지역 사회 및 권력 관계에 변화를 가져오는 영향을 미치지도 않았다. 백인 엘리트들은 계속해서 주요 경제 자원의 소유권을 독점하고 정치적 우위를 행사하며, 사회적 명성을 누렸다. 〈소녀〉의 엄마와 딸이 사는 세상은 시간적으로는 노예제에서 많이 벗어났지만, 여전히 사회적 관계와 경제적, 문화적 권력이 인종에 따라 나뉘어져 있었다. 어머니가 소녀에게 내리는 많은 명령은 어린 소녀에게 식민지 세력에 순응하는 방법과 자신의 가장 아프리카적이고 안티구아적인 측면을 없애거나 최소한 숨기는 방법을 가르치는 데 목적이 있는 것처럼 보인다.

킨케이드Kincaid는 1949년에 태어나, 가정주부인 어머니와 목수인 양아버지 밑에서 자랐다. 그녀는 가난하고 평범한 사람들이라고 서술했지만, 상대적으로 "적당히 부유하고 온화한 중산층"에 속했다. 그녀는 16세까지 영국식 교육을 받았다. 17세가 되는 1966년에는 미국 뉴욕에서 오페어au pair(외국인 가정에서 아이들을 돌보아 주는 대가로 숙식과 일정량의 급여를 받는 것)로 취업했고, 그 후 출판 분야에서 일하다가《더 뉴요커 *The New Yorker*》의 스태프 작가(정기간행물의 직원)가 되어, 많은 에세이를 쓴다. 1978년 이

잡지에 〈소녀〉를 발표하고, 1983년 단행본 《강바닥에서 *At the Bottom of the River*》에 수록한다. 그녀는 현재 하버드 대학의 아프리카 및 아프리카계 미국인 연구학과AAAS 교수로도 활동하고 있다.

◆ 페미니즘

현대 페미니즘의 첫 번째 물결은 19세기 말과 20세기 초, 도시산업주의와 자유주의, 사회주의 정치 환경에서 일어났다. 이 운동은 투표권, 재산권에 집중했으며, 참정권의 승리 이후 사라졌다. 두 번째 페미니즘 물결은 1960년대와 1970년대 약 20년간에 집중된 운동으로서 섹슈얼리티, 가족, 가정, 직장에서의 불평등에 대한 보다 더 광범위한 문제를 포함한다. 이 운동은 사회 전반의 가부장적 또는 남성 중심적인 제도와 문화적 관행을 비판하는 데 중점을 두었다.

미국에서 페미니즘의 두 번째 물결은 2차 세계대전 이후 여성의 가정 내 역할에 대한 반응으로 뒤늦게 나타났다. 미국의 1940년대 후반은 전후의 붐post-war boom으로 전례없는 경제 성장, 베이비 붐, 가족 중심의 교외 이주, 동반자적 결혼 이상을 특징으로 했다. 이 시기의 여성은 가사와 가사노동을 주된 의무로 여기고 별도의 직업을 구하지 않았다. 이로 인해 가정 내에서 고립되고 정치, 경제, 법 제정에서 멀어지는 경우가 많았다. 이렇게 여성을 가정주부로만 배치하는 것에 반대하는 운동이 일어나기 시작했다. 페미니스트들은 완벽한 핵가족 이미지는 자본주의 사회에서 상품을 판매하기 위한 마케팅 전략이라고 보았다.

두 번째 페미니즘을 촉발시킨 베티 프리단의 《여성의 신비 *The Feminine Mystique*》(1963)는 여성이 '남편과 자녀, 집보다 더 많은 것을 원한다'고 외치게 했다. 여성도 남성과 마찬가지로 자아실현을 위해 의미있는 일을 해야 한다고 주장했다. 이러한 주장은 중산층 백인 여성의 열렬한 지지를 받았고 적지 않은 성과도 얻었다.

그러나 2차 페미니즘은 흑인 및 유색 인종 여성과 노동자 계급 여성의 경험을 빠뜨리는 경향이 있었다. 여성이 성별, 인종, 계급 등으로 인해, 여러 겹의 억압layers of oppression을 경험한다는 교차성intersectionality이라는 용어는 1990년대 3차 페미니즘에서 나타난다.

〈소녀〉는 그 발표 연대로 보면 두 번째 페미니즘의 끝자락인 1978년에 출판되었다. 이 작품은 틸리 올슨Tillie Olsen의 《나는 여기 서서 다림질하고 있다 *I stand here, Ironing*》(1961)와 앨리스 워커Alice Walker의 《일상적인 사용 *Everyday Use*》(1973)과 더불어 문화적, 여성적 정체성을 추구하며, 인종과 성별의 차이를 고발하는 작품으로 읽히기도 한다. 10년 후에 나타나는 토니 모리슨Toni Morrison의 《빌러비드 *Beloved*》(1987)와 함께 아프리카계 미국인의 모녀 관계를 식민지 시대 페미니즘의 시각으로도 읽을 수 있다.

분석

〈소녀〉는 650개의 단어로 구성된 하나의 긴 문장인데, 세미콜론으로 연결된 독립절들이 내러티브를 하나로 묶는다. 이 작품에는 마침표(.)가 하나도 사용되지 않아서, 종종 하나의 문장으로 만들어진 소설이라는 주장도 나오지만, 51개의 세미콜론과 11개의 접속사 'and'로 이어졌으므로 이것을 하나의 문장이라고 말한다고 특별한 의미가 생기는 것은 아니다. 다만 전통적인 단편소설의 형식과 비교하면, 아주 짧고 독특한 구성을 가진 작품이 된다. 여기에는 전통적인 의미에서의 액션이 없어서, 전통적인 의미의 서술자도 없다. (3인칭 서술자가 연기하거나 전달하는 사건이 없다.) 작품 전체는 어머니가 전달하는 하나의 연설이다.

　〈소녀〉에는 어머니와 딸이 등장하는데, 이야기의 대부분은 어머니의 지시사항이고 연설이다. 그럼에도 제목이 '소녀'이기 때문에, 겨우 두 번의 대사를 하는 딸에게 초점을 두어서 읽게 된다. 그래야 어머니와 딸의 관계에서 어머니의 지시나 훈계로부터 딸이 받는 고통과 상처를 짐작할 수 있다. 이러한 입장은 작품을 이해하는 데 중요한 해석 포인트가 될 것이다.

▲노예해방 이후 안티구아의 여성들은 대부분을 밭을 떠나 가정으로 돌아갔다. 그들은 서구 중산층 가정을 가정생활의 모델로 삼았고, "기독교식 결론에 기초한 평생 일부일처제", "남편에 대한 여성의 의존성", "품위 있고 편안한 기독교 가정"을 위한 캠페인에 동참했다. 결국 많은 중산층 안티구아 사람들은 영국의 젠더 이데올로기 모델을 채택했다. 그러나 더 자연스러운 안티구아 문화와 고상한 영국 모델 사이의 긴장이 존재하고 있었다. ▲

　〈소녀〉는 아무런 예고도 없이 어머니의 지시, 조언, 명령으로 시작한다. 처음 지시사항은 '월요일에 흰 옷을 빨아서 돌무더기 위에 널고, 화요일에 색 옷을 빨아서 빨랫줄에 걸어라'인데, 가난한 지역에서의 일상적인 집안일에 대한 실용적 조언으로 들린다. 옷이 많지 않은 사회에서는 주중에 입을 옷을 세탁할 요일이 있고, 수돗물과 전기가 흔하지 않은 곳에서는 빨래를 건조시키는 실용적 요령이 있을 것이기 때문이다. 그리고 그러한 일은 물론 여성의 몫이었다. 물론 남자의 옷도 여성들이 담당하는데, 어머니는 '아버지의 카키색 셔츠와 바지를 구김이 생기지 않게 다림질하는 방법'을 알려준다. (남성과 여성의 일이 분담되었을 뿐만 아니라 가사노동은 여성 전담이라는 점을 알린다. 아마도 어머니는 사춘기의 아들에게 이런 일을 하는 방법을 가르치지 않을 것이다.)

　소녀는 "작은 옷들은 벗자마자 바로 물에" 담궈야 하는 사춘기 이후의 나이이므로, "별로 좋아하지 않는 사람"과 "전혀 좋아하지 않는 사람" 그리고 "완전히 좋아하는 사람"에게 각각 어울리게 미소 짓는 방법도 배워야 한다. 그리고 무엇보다도 중요한 것은 "네가 본받으려고 하는 걸레처럼" 걷지 말고 "숙녀처럼" 걸어야 하며, 부둣가 시궁창의 아이들에게는 말을 걸지 말고, 길도 알려주지 말며, 잘 모르는 사람들 앞에서는 이렇게 행동해야 그들이 네가 걸레가 되어 가는지 단박에 알아보지" 못하게 하는 것이다. (어머니는 행동의 규율code도 지시하고 있는데, 당시 사회에서 승인되고 있는 모범을 내재화하려는 의도일 것이다.)

어머니는 숙녀lady로 표현되는 이상理想과 그녀가 몹시 우려하고 있는 '걸레slut'를 대비하고 있는데, 어머니의 경고에 대한 딸의 반응을 알 수 없어서, 어느 정도 근거가 있는지는 알 수 없다. 다만 영국 식민지인 안티구아에서 가난한 흑인 가정에서의 숙녀 교육이 지배자의 모델에 적합한 것일 테고, 그것이 소녀에게 명령되고 있다고 생각해야 할 테다. 즉, 소녀의 반응이 적시되지 않았다 하더라도 어머니의 지도는 딸의 자아실현과는 거리가 멀다고 이해할 수 있다. 결국 식민지 사회에서의 〈소녀〉는 자아를 탐색하는 백인 소년의 성장소설Bildungsroman과는 정반대일 만큼 거리가 먼 것이다. 이것은 많은 가정사를 학습하는 것에서도 알 수 있다. 그녀는 물고기를 잡고, 생선을 절이고, 빵을 만들고, 소박한 요리를 준비하고, 온갖 청소를 배워야 한다.

▲비교적 적당히 부유한 가정이었지만, 킨케이드 자신이 '전기, 화장실, 수돗물이 없는 집'에서 자랐다고 했다. 이는 킨케이드의 개인적인 상황이기보다는 안티구아 도시의 인프라 발전이 지체되었기 때문이다. 기술적으로 낙후되었기 때문에, 여성은 가사노동에 많은 시간을 투자하고 자신을 위해 노력할 시간이나 에너지가 없었다. 이것은 식민지의 가부장적 권력구조를 영속화시키는 데 기여한다. (페미니즘 운동은 역설적으로 여성이 가사노동에서 해방되도록 기술문명이 발달한 나라에서 가능하다.) ▲

집안일 이외의 문화적인 내용도 있다. 어머니는 딸에게 '주일학교에서 베나 노래를 하지 말라'고 명령한다. 영국 교회의 주일학교는 찬송가를 부를 것인데, 안티구아의 전 세계적으로 유명한 속요인 베나 음악benna music은 (노동요에서 시작된 풍자가 많아서) 교회에는 어울리지 않는다. 딸은 대사를 두 번 하는데, 여기에서 첫 번째 '일요일에는 베나를 부르지 않고, 주일학교에서는 절대로 한 적이 없다'는 어필이지만, 어머니는 간단하게 묵살한다.

어머니가 말하는 주일학교는 영국의 성공회이며, 베나는 아프리카 카리브해의 특성과 관련있다. 따라서 교회에서 베나를 부르지 말라는 어머니의 요구는 '제대로 된 영국 여인'의 모델을 따르라는 의미이고, 이것은 '걸레'가 되지 말고 기독교식 결혼 이념을 받으라는 요구와 연결되어 있다. 그러나 어머니는 처세에 치중하고 있고, 완전히 안티구아 문화와 단절을 요구하는 것은 아니다. 어머니는 결혼 전 성적 순결을 강조하지만, 동시에 남자를 괴롭히는 방법이나 낙태하는 방법도 가르치고 있다. 어머니 자신도 안티구아의 유산heritage과의 관계를 완전히 끊을 수는 없었다.

안티구아 사람들, 특히 노년층은 아프리카에서 유래한 오베아obeah라는 민간신앙을 따르고 있는데, 이러한 믿음에서 약초를 사용하거나, 주문을 외우고, 치유의 처방을 받기도 한다. 기독교 교회에 다니는 사람들도 상황에 따라서 오베아를 수행하기도 한다. 오베아는 초자연적 존재와 영적 영역에 크게 의존하고 있고, 물체에 영혼이 숨어있을 수 있다고 생각하기 때문에 믿는 사람들은 사물의 겉모습을 그대로 믿지 않는다. 어머니가 "찌르레기에 돌을 던지지 마라, 찌르레기가 아닐 수 있다"라는 말은 이러한 관행을 전한다. 그래서 "남의 꽃을 꺾지 마라 — 다른 것을 잡을 수 있어"라는 말도 도덕적이거나 상징적인 의미가 아니라, 글자 그대로 남이 기르는 꽃은 무엇인지 알 수 없다는 주술적 믿음에서 나온 것이라고 이해된다.

▲킨케이드의 환상적인 세계는 다른 작품에서 잘 나타난다. 〈소녀〉의 주술적 믿음을 이해하기 위해,《강바닥에서》에 실린 〈밤에 *In the night*〉의 몇 구절 살펴보자.

밤에 똥 푸는 사람들은 나무 사이를 걷는 새를 볼 수 있다. 그건 새가
아니다. 살가죽을 벗고 은밀한 적들의 피를 마시러 가는 여인이다. 여인은
나무로 만든 집의 구석에 살가죽을 남겨두었다.

'the night-soil man'은 밤에 인분을 나르는 사람들을 말하는데, 그들은 낮에는 공동체에 속해서 사랑하고 사랑받고 살지만, 밤에는 다른 드라마를 보게 된다. 이 세계에서는 '친족을 제거하고 적의 피를 마시는' 아름다운 여인 잽리스Jablesse가 있다. 잽리스는 다음 페이지에서 설명된다. ▲

어머니는 무엇이든 바꿀 수 있다. 꿈속에서 나는 밤에 있다.
"산에 무슨 불빛이 있어?"
"산의 불빛? 오, 잽리스야."
"잽리스! 잽리스가 뭐야?"
"무엇으로든 변할 수 있는 사람이란다. 그렇지만 눈을 보면 진짜가 아닌 걸
알 수 있어…. 아름다운 여인을 만나면 조심해라, 잽리스는 항상 아름다운
여인처럼 보이려고 하니까."

▲오베아는 악으로부터 자신을 보호하거나 악한 목적을 달성하기 위한 약속과 위험의 표식이다. ▲

이러한 신앙을 공유하는 것은 가족 혹은 공동체의 연속성에 중요한 것이지만, 그럼에도 〈소녀〉에서는 어머니가 딸을 호칭하지도 않고, 관례적인 애

정표현도 하지 않는다. 아무리 비밀스러운 집안의 주문을 내려주는 의식이라 하더라도, 어머니는 단지 권위를 대표하고 딸에게 복종과 종속을 요구할 뿐이다. 〈소녀〉에서는 딸의 개성이나 의견은 고려되지 않고, 그녀의 미래나 학교, 여행, 그녀의 장래 직업에 관한 언급은 전혀 없다.

어머니가 반복적으로 지시하고 전달하는 것은 문장 전체의 리듬을 만들어서, 시적인 분위기를 주며, 〈소녀〉 작품의 아름다움을 말하는 것이라고 평가된다. 그러나 그 리듬은 집안일의 반복적 특성을 전달하는 것이어서 노예적 노동을 강요하는 노동요처럼 들리기도 한다. (번역문보다는 원문으로 보면 반복과 그 리듬을 쉽게 읽을 수 있다.)

This is how you sweep a corner;

This is how you sweep a whole house;

This is how you sweep a yard;

This is how you smile to someone you don't like too much;

This is how you smile to someone you don't like at all;

This is how you smile to someone you like completely;

This is how you set a table for tea;

This is how you set a table for dinner;

This is how you set a table for dinner with an important guest;

This is how you set a table for lunch;

This is how you set a table for breakfast;

어머니가 전해주는 주술에는 (구체적인 내용은 알 수 없지만), 남자를 사랑하는 방법도 있다. 이 방법은 아마도 남자에 따라 여러 가지가 있을 것이다. 그러나 어머니가 전달하는 경험은 (이 말은 리듬을 깨고 나오는 강조이다), 효과가 없을 때, 남자를 포기하는 것이다. "그것도 그렇게 나쁜 것은 아니다."

그리고 이 문맥에서 어머니는 하늘에 침을 뱉고, 그 침이 떨어지는 것을 피하는 방법을 말한다. 남자를 사랑하는 주술이 통하지 않을 때, 초월적인 존재에게 침을 뱉고 싶은 마음도 들 수 있다. 그때는 하늘을 향해 침을 뱉지만, 부정 타서 역효과를 얻으면 안 되니까, 재빨리 피해야 한다. (어머니는 여기에서도 시범을 보여 주었을 것이다.)

그리고 오베아 민간신앙이 감기에 좋은 약초뿐만 아니라, 어린아이를 지우는 데 좋은 약까지 처방해 주는 것은 이 문맥에서 더 어울릴 것이다. 해방된 노예의 후손으로, 식민지의 가난한 청소년들은 그들의 성생활에서 피임 문제가 가장 절박했을 것이다. 아이를 지우는 좋은 약은 의료혜택이 없는 곳에서 여성에게 절실한 문화적인 현상일 수 있다.

▲어머니 자신이 완전히 민간신앙과 관계를 끊고, 기독교적 결혼생활을 영위하고 있는 것도 아니고, 딸에게 오베아 주술을 가르쳐주기도 한다. 핵심적인 태도는 다른 사람의 눈에 '숙녀'로 보이라는 것이고, 그들의 뿌리를 버리라는 것은 아니다. ▲

그러나 먹고사는 문제는 언제나 중요한 것, 빵은 신선한 것을 골라야 한다. 딸의 두 번째 대사가 나온다. "빵집 주인이 못 만지게 하면 어쩌지?" 어머니는 이번에는 단호하게 대답한다. "그러니까 걸레가 되면 안 된다고!" (작품은 반어적인 물음표로 끝나지만, 내용은 단호한 느낌표일 것이다.)

주목할 것은 집안일은 숙달된 어머니의 시범으로부터 배우는 것이지 단지 언어적 지시에 머무를 수 없다는 점이다. 예를 들어서 "이것이 단추를 다는 방법이다this is how to sew on a button." "이것이 네 아버지의 셔츠를 다림질하는 방법이다this is how you iron your father's shirt."와 같은 표현은 먼저 시범을 보여주지 않으면 이해되지 않는 말이다. 〈소녀〉는 어느 날 어머니가 딸을 앞에 앉혀놓고 한 긴 연설을 모은 작품이 아니다. 이것은 오랜 시간을 걸친 가정생활에서 단편적으로 발생하는 교육 내용을 모아놓은 것으로 이해해야 할 것이다. 비록 마침표 하나 없이 모인 한 덩어리이지만, 어머니의 경험이 요약되어 있는 일종의 여성 삶의 역사, 즉 일종의 자서전으로 보인다. 물론 〈소녀〉라는 작품 자체는 저자 킨케이드의 순간적인 내적 독백이거나 어머니에 대한 회상일 수 있다.

해석

◆ **단편소설으로서의 〈소녀〉**

두 번밖에 나오지 않는 딸의 대사이지만, 이 대사가 〈소녀〉를 단편소설로 만든다. 만일 딸의 이 대사가 없었다면, 이 작품은 반복과 리듬에 힘입어 산문시로 분류될 수 있을지언정, 단편소설Short Story이라고 말하기는 힘들었을 것이다. 짧은 이 작품은 뚜렷한 행동action이 없고, 전통적인 의미의 서술자narrator도 없다. 그래도 소설이라고 말할 수 있는 것은 캐릭터들 간의 분명한 상호작용이 있기 때문이다. 즉, 이 작품은 어머니와 딸의 관계에서 문화적·사회적 테마를 알려주는 스토리를 갖고 있기에 단편소설로 분류된다.

물론 여전히 〈소녀〉가 단편소설보다는 산문시에 가깝다고, 산문시로 분류하는 것이 더 적절하다고 말하는 연구가들도 있다. 그러나 우리는 캐릭터들의 관계가 분명하고, 그 액션이 충분히 상상할 수 있다는 의미에서 단편소설이라고 생각한다. 이를 위해, 〈소녀〉와 유사한 형식과 크기의 산문시를 한 편 살펴보기로 하자. T. S. 엘리엇의 〈히스테리아〉는 다음과 같다.

그녀가 웃었을 때, 나는 그녀의 웃음에 말려들어 그 일부가 되어가는 것을 알았다. 군사 훈련하는 듯한 그녀의 치아가 돌발적으로만 빛날 때까지는. 나는 그녀의 짧은 헐떡임에 빨려들었고, 회복의 매 순간에 삼켜지고, 마침내

보이지 않는 근육의 파문에 멍들어서, 그녀의 목구멍의 어두운 동굴 속에서
길을 잃었다.

늙은 웨이터가 떨리는 손으로 녹슨 녹색 철제 테이블 위에 다급하게
분홍색과 흰색의 체크무늬 식탁보를 펼친다. 그가 말하길 "신사 숙녀분께서
정원에서 차를 드시길 원한다면, 신사 숙녀분께서 정원에서 차를 드시길
원한다면…."

바로 그 순간, 나는 결심했다. 만일 그녀 가슴의 흔들림이 멈출 수 있다면,
오후의 파편들을 약간은 모을 수 있을 텐데, 그래서 이를 위해 세심한 주의를
기울여 집중했다.

As she laughed I was aware of becoming involved in her laughter
and being part of it, until her teeth were only accidental stars with a
talent for squad-drill. I was drawn in by short gasps, inhaled at each
momentary recovery, lost finally in the dark caverns of her throat,
bruised by the ripple of unseen muscles.

An elderly waiter with trembling hands was hurriedly spreading a
pink and white checked cloth over the rusty green iron table, saying
"If the lady and gentleman wish to take their tea in the garden, if the
lady and gentleman wish to take their tea in the garden…."

I decided that if the shaking of her breasts could be stopped,
some of the fragments of the afternoon might be collected, and I
concentrated my attention with careful subtlety to this end.

번역은 어렵지만 내용은 그렇게 난해하지는 않다. 시가 시작하기 전에
신사와 숙녀가 식당에서 차를 주문한다. 차를 기다리며 담소하던 도중에
숙녀가 웃기 시작하고, 신사도 따라 웃었다. 그러다 숙녀의 웃음은 히스테
리컬해지고 신사는 당황스러워 한다. 그때 나이든 웨이터가 차를 가지고

와서 정원에서 드시겠다면 밖에 차릴 수 있다고 말한다. 신사도 정신을 차리고 그녀를 진정시키기 위해서 세심한 주의를 집중한다.

엘리엇은 이 장면을 화려하고, 유머스럽고, 풍자적으로 그렸다. 여기에는 히스테리컬하게 웃는 여인, 어쩔 줄 몰라 하는 서술자, 그리고 늙은 웨이터까지 포함해서 세 명의 캐릭터가 등장한다. 그리고 조용한 레스토랑에 날카로운 웃음소리가 짧게, 계속적으로 들리도록 그렸다. 그러나 이 작품은 인상적인 산문시일뿐 단편소설은 아니다. 웨이터는 히스테리에 참여한 인물이 아니라, 배경으로 역할을 할 뿐이다.

마치 키츠John Keats가 〈그리스 항아리에 부치는 송시 *Ode on a Grecian Urn*〉에서 "나무 아래 있는 아름다운 젊은이"가 노래를 멈출 수 없고, "대담한 연인이" 결코 키스를 할 수 없을 것이라고 말하는 것, 그래도 그녀는 결코 시들 수 없다고 말하는 것은 그들이 항아리의 그림이기 때문일 것이다. 웨이터도 똑같은 말을 영원히 반복할 수밖에 없는 이미지일 뿐이지, 〈소녀〉의 딸처럼 어머니의 기합에 놀라거나 기죽는 액션을 할 수 없는 캐릭터가 아니다. 엘리엇의 〈히스테리아〉는 하나의 이미지를 기술하고 있는 시이므로 산문으로 쓰였지만 'Story'가 아니다.

〈소녀〉는 단편소설이지만, 시적 특징도 많이 가지고 있다. 리듬도 쉽게 찾아볼 수 있다. 리듬에 맞게 원문을 나누면 분명히 보인다.

Don't walk barehead in the hot sun;

Don't sing benna in Sunday school;

Don't eat fruits on the street — flies will follow you;

Don't squat down to play marbles — you are not a boy, you know;

Don't pick people's flowers — you might catch something;

Don't throw stones at blackbirds, because it might not be a blackbird at all;

Don't feel too bad about giving up;

두음에 강세가 들어 있음을 알 수 있다. 그러나 〈소녀〉가 단편소설로 독특한 위치를 차지하는 이유는 그것이 시적 성질을 많이 가지고 있어서라기보다는 짧은 이야기 속에서도 단편소설의 기본적인 특징인 정치 사회적 문맥을 잘 나타내기 때문이다.

엘리엇의 작품은 화자의 한순간의 서술적 이미지이다. 감정적 체험은 강렬하지만, 직접적 사건의 서사보다는 이미지와 분위기에 집중하고 있다. 이에 비해서 〈소녀〉는 캐릭터들의 행동, 대화, 사건의 발전이 명확하게, 사회·문화적 맥락으로 드러난다. 이러한 점에서 〈소녀〉는 기본적으로 산문으로 된 소설, 그것도 단편 장르에 들어간다.

〈소녀〉는 기본적으로 들뢰즈가 말하는 소수 문학minor literature에 해당되며, 소수 문학의 기본적 특징 중의 하나인 정치성이 도드라지는 작품이다. 이것은 일상생활에서 익숙한 어머니의 잔소리, 어머니의 지시, 어머니의 명령처럼 비근하고 사소한 것에서 직접 식민지 상황이라는 정치적 현실과 연결을 보여주기 때문이다.

◆ **〈소녀〉의 형식**

〈소녀〉는 하나의 문장으로 쓰였다고 말할 수 있을 만큼 짧고, 마침표 없고 물음표로 끝나는 작품이다. 일반적으로 말해서 단편소설은 5,000-10,000 단어 사이를 말하는데, 〈소녀〉는 650단어로 되었으니, 길이가 파격적임을 알 수 있다. 길이뿐만 아니다. 뚜렷한 플롯도 서술자도 없으며, 내용은 지극히 평범한 일상사인 것 같은데, 그것이 언제 어디에서 발생하는 이야기인지 알지 못한다. 즉, 시간과 장소도 특정화되지 않았고, 인물의 이름도 주어지지 않았다. 그렇다면 이것은 안티구아의 일상사를 이야기하는 내용을 넘어서 1970년대 미국 단편소설의 기본적 룰에 대한 도전으로 읽어야 하는 것 아닐까?

▲미국 단편소설의 역사에서 〈소녀〉가 제일 짧은 작품이라고 하는 말은 아니다. 플래시 픽션flash fiction으로 불리는 영역에서는 헤밍웨이의 작품이라고 알려진 6글자짜리 작품[For sale; baby shoes, never worn(팝니다. 아기 신발, 한 번도 안 신었습니다)], 조이스 캐롤 오츠가 발표한 4글자짜리 작품(2009)도 있다(〈과부의 첫 해 *Widow's First Year*〉, 〈가까스로 버텨냈다 *I Kept Myself Alive*〉). ▲

〈소녀〉는 어머니의 명령, 지시사항을 글로 썼다기보다는 어머니의 목소리를 들려주는 말하는talking 작품이다. 20년 가까이 쉴 새 없이 들어서, 소녀의 머릿속에 주입된 것을 미국의 청중에게 들려주는 형식을 가지고 있다. 안티구아의 여성의 삶에 대한 사실적인 다큐멘터리가 아니고, 어느 소녀의 머릿속에 주입된 어머니의 세계관과 처세술인 것이다. 이것은 무한 반복되는 지령이며, 학습 이데올로기이다.

킨케이드는 고향을 떠난 지 오래되었지만, 계속 울리고 있는 어머니의 명령을 공개하는 것이다. (형식적인 구조에서는 자신을 억압하는 영국 식민지 이데올로기의 폭력을 폭로하는 행위이다.) 상징적으로 말하면 어머니는 딸에게 공개적으로는 "걸레"처럼 보이는 삶을 살지 말라고 지령을 내린 것인데, 저자는 이 명령에 대해서 반항을 했다.

그녀는 미국에 있고 (안티구아에서의 명령은 미국에서는 효력을 잃는다), 그녀는 어머니와 관계를 끊었고(연락하지 않고 살았다), 이름도 바꾸었다(킨케이드는 그녀가 바꾼 이름이다). 그리고 그녀는 자신의 삶을 살기 위해서 좋아했던 글쓰기를 하고 작가가 된 것이다. 보다 중요한 반항은 어머니가 그렇게 반대했던, (영어식 표현으로는 'slut'이지만, 자메이카 단어로는) 'jamette'가

되어 식민지 모델을 거부한 것이다. 물론 의미는 킨케이드가 미국에서 창녀가 되었다고 말하는 것이 아니라, 영국식 숙녀의 모델(백인 남성 위주의 삶)을 따르지 않고 자메이카식 흑인 여성으로서의 정체성을 확보했다는 것이다. 킨케이드의 소설은 대부분은 자서전적이고, 어머니와 딸의 관계에 관한 이야기이다. 그녀의 작품《루시》나《내 어머니의 자서전》을 본다면, 주인공의 성생활이 흑인 여성의 자아 표현과 관련되어 있음을 알 수 있다. 그녀는 〈소녀〉에서 어머니가 그렇게 열심히 반대했던 'jamette'의 삶을 공개적으로 승인하고 지지하고 있다.

백인이 지배하는 세상에서 흑인 여성으로 산다는 것, 미국에서 자신을 어떠한 여성으로 규정하는가 하는 문제는 세계를 어떻게 이해할 것인가에 연결되어 있고, 자주적인 흑인 여성으로 산다는 것은 가부장적 세계 질서에서 해방운동을 한다는 것, 페미니즘 운동과 관련된다는 뜻이다. 그녀는 고향과 단절하고 새로운 이름으로 미국의 저항운동에 끼어든다.

사잇길

미국 단편소설의 역사를 살피는 우리가 자메이카 킨케이드에서 바로 다음 작가로 넘어가기에는 무엇인가 말해야 할 바를 남기고 가는 께름함이 있다. 그것은 토니 모리슨Toni Morrison 1931-2019이라는 걸출한 아프리칸 아메리칸 작가를 제외시키는 것이기 때문이다. 그녀는 노벨 문학상을 수상했을 뿐만 아니라, 문학적인 성과에 서도 현대 미국 문학의 거대한 봉우리이다. (백인 우월주의를 알게 모르게 주장하는 평론가들을 무시하고 본다면, 우리 세기의 소설가들 중에서 그녀를 넘는 사람을 거의 찾을 수 없다는 것이 우리, 식민지를 경험한 주변 국가 독자들의 견해이다.)

그러나 그녀는 호흡이 긴 장편소설 작가이기에 단편소설을 살피는 우리는 따로 사잇길을 만들지 않을 수 없다. 그녀의 대표 삼부작 《빌러비드Beloved》(1987), 《재즈Jazz》(1992), 《파라다이스Paradise》(1998)에서 우리는 《빌러비드》와 《재즈》를 최소한도로 들여다본다.

《빌러비드》

토니 모리슨의 《빌러비드》는 노예제도가 흑인 개개인과 지역 사회에 미치는 지속적인 영향을 탐구한다. 동시에 이 책은 아프리카 사람에 대한 파괴와 회복, 생존에 대한 기록이어서, 작가는 《빌러비드》를 6천만 명의 아프리카 출신 노예들에게 헌정한다.

서사는 전 노예였던 세서Sethe의 과거를 딛고 자유를 쟁취하기 위한 그녀의 투쟁을 중심으로 전개된다.

세서는 스위트홈Sweet Home 농장을 탈출해서 그녀의 시어머니Baby Suggs가 살고있는 신시내티로 온다. 그러나 농장 주인인 스쿨티처가 도망 노예를 잡으려고 나타나자 세서는 자신의 자식들을 노예로 되돌리기 싫어서, 두 살짜리 여아의 목을 자르고 갓난아이 머리를 벽에 박으려 한다. 도망 노예를 체포하러 온 스쿨티처는 자신의 자산이 죽고 부상당하고 미친 것 같으므로, 가치가 없어졌다고 판단하고 그들을 놔두고 그대로 떠난다.

세서는 주인이 포기하여 자유로운 신분으로 남게 되었지만, 자식을 죽인 어머니로 고통을 받아야 한다. 목을 잘라버린 딸의 장례 기도에서, 목사는 "참으로 사랑하는dearly beloved"이라고 했고, 세서는 자신이 알아들을 수 있었던 그 말을 묘비에 새기려 했다. 그러나 비문을 새기는 자가 한 단어에 10분의 섹스를 요구하여, 묘비는 '빌러비드' 한 단어만 갖게 되었고, 그것이 죽은 여아의 이름이 되었다.

처음에 빌러비드는 유령으로 세서와 그 가족이 살고있는 블루스톤가Bluestone Road 124번지에 나타난다. 그녀는 거울을 깨뜨리고, 케이크에 손바닥 자국을 내는 장난을 시작으로 점차 심각한 일을 저지른다. 세서의 남자아이들은 다 달아나 버리고, 그녀와 딸 덴버Denver가 남아 유령의 시달림을 견딘다. 세서는 심술부리는 유령이 자신이 살해한 딸의 혼령임을 알고, 과거를 되살리고 트라우마를 마주하게 된다.

그러자 빌러비드가 육체를 지닌 18세의 소녀로 등장한다. 그녀는 124번지에 들어와 세서와 주변 사람들에게 그들이 억압하고 있던 노예 생활의 과거를 불러일으킨다. 결국 세서와 함께 살던 폴 디Paul D는 세서가 자신의 딸을 너무 사랑해서 다시 노예로 보내지 않으려고 목을 잘랐다는 사실을 알게 된다. 폴 디는 세서의 사랑이 "너무 진하다"고 말하자, 세서는 "옅은 사랑은 전혀 사랑이 아니"라고 대답한다. 폴 디는 자신은 "두 발이지 네 발이 아니라"고 말하고는 조용히 세서를 떠난다.

결국 《빌러비드》는 흑인 노예는 가정이나 인간적인 사랑이라는 것이 불가능하다는 것을 지적하고, 노예제도의 야만적인 성격을 널리 알리게 된다. 토니 모리슨은 이러한 현상을 적시하기 위한 전략으로서 서사에 그로테스크를 과감하게 사용했다.

주인공, 목 잘린 유령인 빌러비드 자체가 그로테스크한데, 그 끔찍함을 딸을 노예로 만들 수 없다는 어머니의 처절한 사랑이 빚어 냈다면, 그러한 그로테스크는 아프리칸 아메리칸 흑인 노예의 삶과 그 역사에 대한 되새김이 된다.

이것은 우리가 앞에서 살펴본 킨케이드 〈소녀〉와 함께 생각해 본다면, 더 잘 이해할 수 있을 것이다. 〈소녀〉도 아프리카 흑인 노예의 삶을 모녀 관계 속에서 살펴본다. 〈소녀〉는 식민지적 삶을 저세상적인 민속사상과의 관련에서 다루었지만, 개인적인 관계로 머물러서 흑인노예 일반의 이야기로 확대되지는 못했다. 〈소녀〉보다 10년 정도 늦게 나온 《빌러비드》는 그로테스크를 테크닉으로 사용하고 주제를 사회적 역사적인 것으로 올렸다. 평론가들은 〈소녀〉는 여전히 모더니즘 시기 작품이며, 모리슨의 그로테스크는 포스트모던한 것이라고 구별한다. (포스트모던 그로테스크는 기본적인 특징이 주제를 사회, 역사적인 것으로 변화시킨다는 점에 있다.)

《빌러비드》에서 상처입은 육체를 사용하는 것도 전형적인 그로테스크 전략이다. 세서는 그녀의 등에 거대한 나무 모양의 상처를, 폴 디는 짐승의 목걸이 같은 흔적을 가지고 있다. 이러한 상처는 단지 생리적인 상흔에 멈추지 않고, 그들의 과거, 현재의 삶을 보여주는 역사적·문화적 상처가 된다.

《빌러비드》는 전통적인 노예 서사와는 많이 다르다. 일반적인 노예 이야기는 노예의 물리적 탈출과 자유를 향한 여정을 기록하지만, 모리슨은 노예들이 심리적 트라우마에서 어떻게 살아남는지에 초점을 두었다. 《빌러비드》에서는 마을 사람들이 124번지에서 빌러비드를 쫓아내 물로 돌려보내면서 세서가 평화를 얻는 과정을 보여준다. 세서는 결국 자신의 정체성을 확보하고 마을 사람들에게 받아들여지게 된다.

우리는 《빌러비드》에서 아프리칸 아메리칸의 사회적 역사적·문화적 정체성을 확보하는 데 문학이 어떠한 역할을 할 수 있는지를 볼 수 있다. 그리고 이러한 과제를 실현하는 데 그로테스크라는 문학적 테크닉이 중요한 역할을 한다는 점을 이해한다.

《재즈》

　모리슨의 삼부작 중 두 번째인《재즈》는 뉴욕이라는 도시를 배경으로 할렘 르네상스를 다룬다. 남부에서 북부로 이동하던 1920년대의 대이동 시기에 조Joe와 바이올렛Violet 부부의 사라져 버린 사랑을 되찾아 가는 이야기가 펼쳐진다.《빌러비드》가 모녀 관계의 사랑 이야기라면,《재즈》는 부부간의 사랑, 가족 사랑의 회복 이야기다. 물론 이들의 사랑이 소멸하거나 문제가 되는 것은 아프리칸 아메리칸이 부닥치고 있는 인종차별적 상황에서 비롯된다는 전제가 들어있다.

　《재즈》는 중년의 사나이 조(Joe)가 내연 관계에 있던 소녀 도르카스Dorcas를 총으로 쏘아 죽이는 것으로 시작한다. 도르카스는 피 흘리고 죽어가면서도 누가 자신을 쏘았는지를 명시적으로 말하지 않는다. 조는 살인혐의로 체포되거나 수감되지 않고 새로운 사랑을 얻을 기회를 갖는다. 그러나 조의 아내 바이올렛Violet은 남편의 외도에 대한 분노와 슬픔으로 도르카스의 장례식장에 난입해서 관 속에 있는 도르카스의 얼굴을 칼로 베어 버린다. 그리고는 자신이 기르는 애완용 새들을 모두 풀어놓는다.

　《재즈》는 위의 사건을 반복적으로 여러 사람의 시선과 입장에 따라 이야기하면서 조와 바이올렛이 그들의 사랑을 회복하는 과정을 노래한다. 아프리칸 아메리칸의 노예제도와 인종차별에 의한 트라우마를 어떻게 극복하는가 하는 기본 주제는《빌러비드》와《재즈》가 함께 한다고 말할 수 있다. 그러나《재즈》는 그로테스크한 서사 전략을 선택한《빌러비드》와는 전혀 다른 시도를 하고 있다. 즉, 아프리카의 전통적 음악이 흑인들의 상처와 그들의 정체성을 만들어 주도록 한 것이다.

　다음은《재즈》의 시작이고, 메인 테마이다. 재즈를 노래하는 것처럼 소리내서 읽어보는 것이 좋다. 리듬을 느끼도록 원문을 보자.

Sth, I know that woman. She used to live with a flock of birds on Lenox
Avenue. Know her husband, too. He fell for an eighteen-year-old girl with
one of those deep down, spooky loves that made him so sad and happy he
shot her just to keep the feeling going. When the woman, her name is Violet,
went to the funeral to see the girl and to cut her dead face they threw her
to the floor and out of the church. She ran, then, through all that snow, and
when she got back to her apartment she took the birds from their cages and
set them out the windows to freeze or fly, including the parrot that said, "I
love you."

츠, 나는 그 여자를 안다. 한때 레녹스가에서 새들과 함께 살던 여자다. 그 여자의
남편도 안다. 열여덟 살 소녀와 사람을 죽도록 슬프게도 하고 행복하게도 만드는
그런 깊고 무시무시한 사랑에 빠졌던 그는 단지 그 감정을 영원히 간직하고 싶어서
소녀를 총으로 쏘았다. 그 여자, 이름은 바이올렛인데. 그 소녀를 보려고, 죽은
그 애의 얼굴에 칼질하려고 장례식에 갔고, 바닥에 내동댕이쳐져서, 교회 밖으로
쫓겨났다. 그러자 그녀는 그 엄청난 눈 속을 뚫고 달려서, 자신의 아파트로 돌아와,
새장에서 새를 모두 꺼내, 얼어죽든 다른 곳으로 날아가라고, 창문 밖으로 내보냈다.
"사랑해"라고 말하는 앵무새까지도.

익명의 서술자가 노래하는 메인 테마는 소설이 전통적인 구조가 아니라, 재즈
의 테마와 변주, 그리고 솔로를 추가하면서 진행할 것임을 알린다. "Sth"라는 시
작 소리는 단어라기보다는 소리이며, "깊고 무시무시한 사랑"과 '그 소녀를 보려
고, 죽은 그 애의 얼굴에 칼질하려고, 장례식에 갔고, 바닥에 내동댕이쳐져서, 교
회 밖으로 쫓겨났다.' 같은 문장을 재즈의 경쾌한 리듬으로 소개한다.

다음은 첫 번째 악장의 두 번째 섹션이다.

I'm crazy about this City.

Daylight slants like a razor cutting the buildings in half. In the top half I see looking faces and it's not easy to tell which are people, which the work of stonemasons. Below is shadow were any blase thing takes place: clarinets and lovemaking, fists and the voices of sorrowful women. A city like this one makes me dream tall and feel in on things. Hep. It's the bright steel rocking above the shade below that does it.

나는 이 도시를 미치도록 사랑한다.

한낮의 햇빛이 날카로운 면도날처럼 건물들을 비스듬히 반으로 잘라낸다. 반으로 잘린 건물의 위쪽에서는 거리를 내려다보는 얼굴들이 보이는데, 어느 것이 사람이고 어느 것이 석상인지 구별이 쉽지 않다. 아래쪽 그늘진 곳에서는 몹시 넌더리 나는 일들이 벌어지고 있다. 클라리넷 연주, 연애, 주먹질, 슬픔에 찬 여인들의 목소리. 이런 도시는 허황한 것을 꿈꾸게 만들고, 모든 일에 감정적이 되게 한다. 헵. 저 아래, 그늘 위쪽에서 흔들리는 빛나는 강철이 그렇게 만드는 것이다.

이 섹션에서 톤이 다른 새로운 서술자가 등장한다. 여성일 것 같은 두 번째 서술자는 도시에 대한 오드ode로 시작하고, 첫 번째 서술자와는 달리 도르카스 사건 이전의 이야기를 노래한다.

첫 번째 장에서 두 명의 서술자가 노래하는 것과는 대비되도록 두 번째 장에서는 또 다른 서술자가 등장하는데, 그는 첫 번째 장이 바이올렛에 초점을 둔 것과 달리 이번에는 조 트레이스에 초점을 둔다.

재즈 음악에서 어떤 솔리스트가 등장해서 즉흥연주를 하고 들어가면 다음에 다른 솔리스트가 이어서 노래하고, 그 다음에도 다른 솔리스트가 이어받는 방식으로 많은 사람이 노래를 생성하는 데 관여한다. 소설 《재즈》도 여러 서술자가 등장해서 처음에 노래한 메인 테마를 변주하고 확장해서 작품을 즉흥적으로 만들어간다. 첫 번째 장의 두 번째 서술자가 앵무새의 소리 "당신을 사랑해요"라는 말로 끝마쳤다면, 두 번째 장의 서술자는 "앵무새의 사랑 고백"이라는 말을 첫 부분에 넣어서 그가 앞 서술자의 키key를 이어받았음을 알린다.

후반부(8장)에서는 도르카스가 등장해서 자신이 총 맞은 날을 이야기하고 그녀가 의식적으로 자신을 쏜 조의 이름을 말하지 않았다고 한다.

그리고 상처입어 고독하게 살고있던 조와 바이올렛 부부가 죽은 도르카스를 매개로 서로의 사랑을 회복해 가는데, 물론 재즈음악을 통해서이다. 9장에서는 도르카스의 마지막 말 "사과는 오직 하나야, 딱 하나. 조에게 말해줘"가 전달되자, 조는 미소 짓는다. 그리고 바이올렛과 조의 관계가 치유되기 시작했음을 알린다.

▲재즈는 각본 없이 즉흥적으로 연주하는 노래이기 때문에,《재즈》의 이야기를 시간적 순서로 말을 하거나 챕터와 섹션으로 나눌 수 없다. 따라서 우리가 도르카스가 직접 등장하는 부분을 8장이라고 말하거나 유언이 9장에서 나온다고 말한다면, 단순히 편의를 위한 것이지 작품에 임의적인 구조를 부여하려는 시도가 아니라는 점을 밝힌다.

《재즈》형식의 독특함은 우리가 살펴본 〈어디 가니〉와 비교한다면 더욱 분명해질 수 있다. 〈어디 가니〉는 1960년대 새로운 세대들을 마비시켰던 대중음악(특히 록앤롤)을 배경으로 하고있다. 단순한 배경음악은 아니고, 중요한 설정setting, 또는 등장인물처럼 작품에 큰 영향을 발휘했다. (〈어디 가니〉의 대중음악은 인물들을 그로테스크하게 만드는 부정적인 효과를 가져온다.) 이에 비해서《재즈》는 배경이거나 몇 명의 등장인물이 아니라, 다양한 연주자들(서술자들과 등장인물)이 만들어 가는 음악이다. 소설《재즈》의 형식이 음악 재즈인 보기 드문 작품이며, 재즈에서 아프리칸 아메리카 흑인들의 정체성이 되살아나고, 그들의 소외태, 또는 그로테스크한 행동을 치유하는 긍정적인 역할이 가능하다. ▲

우리는 미국 문학의 역사에서 흑인 문학이 차지하는 비중이 매우 크다는 점을 잊지 않고 있다. 그러나 현재 우리처럼 단편소설만 몇 개 선택해서 이야기하면, 정작 미국 문학의 큰 흐름을 놓칠 수 있어서 잠시 사잇길로 들어왔다.

이 사잇길에서 포스트모던한 그로테스크와 소설 형식에 대한 실험을 엿볼 수 있었는데, 이런 현상이 단편소설의 영역에서는 어떠한 모습일지 계속 살펴보자.

9

〈그들이 가지고 다니는 것들〉
— 팀 오브라이언

The Things They Carried, 1990
– Tim O'Brien

팀 오브라이언1946-은 여덟 권의 소설을 발표했고, 전미도서상NBA을 비롯한 여러 상에 빛나는 미국의 주요 작가이다. 그는 다섯 번째 작품, 《그들이 가지고 다니는 것들》에서, 사실과 허구, 단편과 소설, 기억과 상상의 경계를 허무는 새로운 형식을 사용했고, 이것이 많은 평론가들의 관심을 끌었다. 그럼에도 오브라이언은 형식이 '좋은 문학'의 가장 중요한 요소는 아니라고 주장한다. 소설가는 스타일과 기술craft, 구조에 관한 것보다 옳고, 그름에 대한 관심을 보여 주어야 한다. 소설이 철학이어야 한다는 말은 아니지만, 잘 만든 캐릭터, 플롯에 대한 관심은 소설의 진정한 핵심, 즉 인간 가치에 대한 탐구의 부차적인 것이어야 한다고 보는 것이다.

그는 "순전히 개인적인 일상의 관심사, 즉 삶의 사소한 부분만을 탐구하는 현대의 경향"에 대해서는 불만이며, 자신의 모든 작품이 큰 문제를 다루고 있다는 점에서 다소 '정치적'이라고 주장한다. 그의 주요 관심사는, 용기와 정의의 의미는 무엇이며 어떻게 달성할 수 있는가? 악한 상황에서 어떻게 옳은 일을 할 수 있을까? 사람들은 어떻게 그리고 왜 정치화되고 탈정치화되는가? 상상력과 기억은 어떻게 상호 침투하고 연동할 수 있는가? 하는 것들이다.

우리는 《그들이 가지고 다니는 것들》의 표제작title story을 살필 것이다. (단편은 〈그들이〉로, 책은 《그들이 가지고》로 줄인다.)

요약

단편 〈그들이 가지고 다니는 것들〉은 서술자인 팀 오브라이언이 알파 중대
의 대원들을 먼저 소개하고, 그리고 그들의 전투를 이야기하는 형식을 취
한다.

먼저 대원들을 소개할 때, 독특하게 그들이 가지고 다니는 물건을 상세
히 기록한다. 소대장부터 시작한다. 지미 크로스Jimmy Cross 중위는 뉴저지
에 있는 서배스천 칼리지 3학년 마사Martha라는 소녀의 편지를 가지고 다
녔다. 연애편지는 아니었는데, 크로스 중위는 연애편지이길 희망했다. 크로
스는 배낭에 그녀의 편지를 넣고 다니다가 하루의 행군이 끝나면, 편지를
열고 언젠가 그녀가 자신의 사랑을 돌려줄 것이라고 상상한다. 영어를 전
공한 마사는 편지에서 버지니아 울프나 시 구절을 인용하지만 전쟁에 대한
언급은 하지 않는다. 마지막에는 "사랑, 마사love, Martha"라는 서명이 있지
만, 크로스는 이 단어가 자신에게 잘못된 희망을 주어서는 안 된다는 것을
알고있다. 그는 마사가 처녀인지 아닌지 참을 수 없을 정도로 궁금해 한다.

다음은 알파 중대 대원들의 필수 장비를 소개한다. 그들이 가지고 다니
는 장비의 목록은 아주 상세한데, 간단하게 요약하면 깡통 따개, 고체 연료,
모기 퇴치제, 껌, 담배, 주머니칼, 전투식량 등등의 필수품이며, 이들을 합
한 무게는 5.5에서 8킬로그램 정도이다. 소설의 제목이 암시하는 것처럼,
그들이 들고 다니는 장비의 무게는 그들이 짊어지고 다니는 정신적인 무게
와 관련되기 때문에, 중요하게 언급되고 있다.

기관총 사수 헨리 도빈스Henry Dobbins는 몸집이 유난히 커서 여분의 식
량을 가지고 다니는데, 그는 파운드케이크를 특히 좋아했다. 야전 위생을
훈련한 데이브 젠슨Dave Jensen은 칫솔, 치실, 그리고 휴가 중에 훔친 호텔용
비누바bars of soap를 가지고 다녔다. (청결에 관심이 많았다.) 겁이 많았던 테

드 라벤더Ted Lavender는 자신을 진정시키기 위해 마리화나와 진정제를 가지고 다니고, 경건한 침례교도인 카이오와Kiowa는 아버지로부터 받은 그림 신약성경과 할아버지가 물려준 사냥용 손도끼를 들고 다닌다. 무전병인 미첼 샌더스Mitchell Sanders는 콘돔을, 노먼 보커Norman Bowker는 일기장을, 랫 카일리Rat Kiley는 만화책을 가지고 다녔다.

(테드 라벤더가 머리에 총알이 박혔다는 정보가 주어진다. 전투 장면에서 나올 이야기를 미리 강조하는 수법이다.)

지미 크로스는 마사의 사진을 두 장 가지고 다닌다. 배구하는 사진에서 그녀는 흰색 반바지를 입고 있는데, 구부린 왼쪽 무릎으로 53킬로그램을 웃도는 몸무게를 지탱하는 그녀의 다리가 처녀의 것이 거의 확실하다고 생각했다. 그는 그 왼쪽 무릎을 건드렸던 일이 기억났다. 영화 〈우리에게 내일은 없다Bonnie and Clyde〉의 마지막 장면에서 크로스가 마사의 무릎을 만졌을 때 그녀는 슬프고 진지한 얼굴로 그를 쳐다보아 손을 뒤로 빼게 했다. 그는 기숙사 문 앞에서 굿나잇 키스를 하고 헤어졌는데, 이제 베트남에서는 그녀를 업고 기숙사 계단으로 올라가 침대에 묶고 밤새도록 무릎을 만졌으면 좋겠다고 생각한다. 그는 자신의 애정이 다시는 돌아오지 않을 가능성이 높다는 사실에 괴로워한다.

서술자는 등장인물의 특징을 알리기 위해서 부대원들의 주특기에 따른 장비 목록도 열거한다. 중위이자 소대장인 지미 크로스는 나침판, 지도, 쌍안경, 45구경 권총을 소지했고, 무전병 미첼 샌더스는 12킬로그램 나가는 무전기, 위생병 랫 카일리는 모르핀, 말라리아 알약과 만화책 이외에도 초콜릿을 가지고 다녔는데, 그것들은 8.2킬로그램이었다. 기관총 사수 헨리 도빈스는 6킬로그램까지 나가는 탄띠를 양어깨에 두르고 다녔다.

(테드 라벤더가 총에 맞아 죽은 이야기가 다시 나온다. 겁이 많았던 그는 한 발당 300그램 나가는 유탄 서른네 발과 9킬로그램 넘는 탄약, 거기에 방탄조끼와 철모,

전투식량을 가지고 있어서 머리에 총 맞자 무거운 짐짝처럼 '땅바닥을 떡치듯' 자빠져 죽었다. 소설이 죽음을 주요한 테마로 가지고 있음을 말한다.)

서술자는 다시 그들이 들고 다니는 개인적인 무기들 목록을 열거한다. (부대원이 들고 다니는 것들의 목록을 세 차례 언급하는데, 중복되는 경우도 적지 않다.) 리 스트렁크Lee Strunk는 새총을 최후의 수단이라고 말하면서 들고 다녔다. 미첼 샌더스는 황동 너클brass knuckles을 가지고 다녔고, 카이오와는 할아버지의 깃 달린 손도끼를 가지고 다녔다. 그리고 다른 곳에서 언급되기도 하는 것에는 아메리카 인디언인 카이오아의 모카신moccasins, 기관총 수인 거구의 헨리 도빈스가 목에 두르고 다니는 여자 친구의 팬티스타킹, 보통 때라면 아주 부드러운 노먼 보커는 베트콩 소년의 엄지손가락을 가지고 다녔다.

이제 서술자는 사건을 기록하는데, 테드 라벤더의 죽음이 관련되어 있는 것이다.

4월 16일, 알파 중대는 탄케Than Khe 지역에서 땅굴 망을 파괴하기 위한 사전 수색을 명령받는다. 수색자로는 리 스트렁크가 뽑기로 선택되었다. 그는 재빨리 기어들어갔고, 카이오와는 기분이 별로라고 말했다. 아무런 움직임이 없었다. 그들은 기다리는 동안 담배를 피우고 쿨에이드를 마시며 리 스트렁크를 불쌍하게 여겼지만, 팔자 소관이라고 생각했다. "딸 때가 있으면 잃을 때도 있지." 미첼 샌더스가 말했다. 아무도 웃지 않았다. 헨리 도빈스는 보급품 초콜릿바를 먹었다. 테드 라벤더는 진정제를 삼키고 오줌을 싸러 자리를 떴다.

지미 크로스 중위는 땅굴 쪽으로 가서 어둠 속을 살폈다. 그러다가 갑자기 의도치 않게 마사에 관해 생각했다. 그는 리 스트렁크와 전쟁에 집중하려고 했지만, 마사 생각에 마비가 느껴질 정도였다. 그는 그녀가 처녀이고 또 처녀가 아니길 둘 다 바랐다. 그녀를 알고 싶었다. 어느 날 저녁 그녀에게 했던 키스가 생각났다. 그녀의 눈은 그의 키스를 두려워하지 않았고, 처녀의 눈은 아니었다. 그는 마사와 함께 묻혀있는 상상을 한다.

얼마 뒤 리 스트렁크가 땅굴에서 기어 나왔다. 다들 그가 죽다 살아났다고 농담했다. 랫 카일리는 무덤에서 막 기어나온 좀비라고 말했다. 그때 오줌을 싸고 돌아오던 테드 라벤더는 머리에 총알이 박혔다. 그는 입을 벌리고 뻗어 있었다. "이런 쌍, 녀석이 죽었어." 랫 카일리가 말했다. "녀석이 죽었어." 그는 계속 말했는데 그 말이 심오한 것 같았다. — "녀석이 죽었어, 진짜로 죽었다고."

4월 첫 주, 라벤더가 죽기 전에 지미 크로스 중위는 마사에게서 행운의 부적을 받았다. 조약돌이었다. 마사는 해안가에서 발견한 돌이라고 했다. 그는 마사가 조약돌을 보고 허리를 굽혔을 때, 그녀의 맨발을 상상했다. 그리고 마음이 쓰리기는 하지만 그날 누가 그녀 곁에 있었는지 궁금했다. 근거 없는 질투란 걸 알지만 도리가 없었다. 그는 그녀를 매우 사랑했다. 행군할 때 그는 그 조약돌을 입에 물고 혀로 굴려가며 바다의 짠 내와 습기를 맛보았다. 정신이 산만했다. 전쟁에 집중하기가 어려웠다.

군인들은 라벤더의 시신을 옮길 헬리콥터를 기다리는 동안 마리화나를 피운다. 그들은 라벤더의 진정제 남용에 대해 농담하고 총에 맞았을 때 너무 마비되어 고통을 느끼지 못했을 것이라고 말한다. 이번 일에 교훈이 있다면 그것은 "약을 멀리 하라는 거야." 샌더스가 말한다. 그들은 언제 죽을지 모르는 사람들이 갖는 온갖 감정의 수하물을 가지고 다녔다. 비탄, 공포, 사랑, 갈망 — 이것들은 무형이어도 무게가 나갔다. 그들은 수치스러운 기억을 가지고 다녔다. 비겁함이다. 그들이 애초 전쟁에 이끌렸던 건 무언가를 긍정하거나 영예를 꿈꿔서가 아니라 그저 불명예로 체면 구기는 일을 피하기 위해서였다. 그들은 상상한다. "미안해, 이 씨발 놈들아, 하지만 난 벗어났어, 기분 째진다. 우주 유람 중이야, 나 간다!"

<그들이 가지고 다니는 것들>

헬기가 라벤더를 실어가자 지미 크로스 중위는 탄케 마을 안으로 대원들을 이끌었다. 그들은 전부 불태웠다. 닭과 개에게 총을 갈기고 마을을 능숙하게 쑥대밭으로 만들고, 무전으로 포병을 불러 초토화하는 걸 지켜본 다음 무더운 오후를 뚫고 몇 시간 행군했다. 크로스는 부끄러움을 느끼고 스스로를 혐오했다. 그는 대원들보다 마사를 더 사랑했고, 그 결과 라벤더는 이제 죽었다. 그는 참호 밑바닥에 앉아 눈물을 흘렸다.

한편 카이오와와 노먼 보커는 어둠 속에 앉아 삶과 죽음 사이의 짧은 순간을 이야기한다. 카이오와는 라벤더가 어떻게 그렇게, 어떤 몸부림도 없이, 그대로 쓰러졌는지, 어떻게 바지 지퍼를 올리다가 바로 죽었는지 경악을 금치 못한다. (기도도 회개도 할 사이가 없었으니 비기독교적으로 죽은 것이다.) 카이오와는 그가 시멘트처럼 쓰러져 죽었다는 것을 계속 이야기하려 하고, 보커는 침묵하고자 한다. 카이오와는 자신이 죽지 않았음을 즐긴다. 그리고 지미 크로스 중위의 슬픔의 용량에 감탄한다. 자신은 왜 크로스처럼 공개적으로 애도할 수 없는지 궁금하다.

라벤더가 죽은 다음 날 아침, 비가 계속 내리는 가운데 크로스는 참호 바닥에 웅크리고 앉아 마사의 편지와 사진 두 장을 불태운다. 그는 그날의 행군을 계획하고 다시는 환상을 갖지 않겠다고 결심한다. 그런다고 라벤더에게 도움될 일은 없겠지만, 그는 장교로서 자신을 다독일 생각이었다. 조약돌도 치워버릴 생각이었다. 여차하면 삼켜 버리든지 리 스트렁크의 새총 탄알로 쓰든지 아니면 산길에 갖다 버리든지.

그는 행군 중에 엄격하게 군기를 잡을 생각이었다. 라벤더의 남은 마리화나도 압수할 생각이었다. 그는 전 대원을 모아놓고 분명하게 말할 생각이었다. 행군 중에 그들의 장비를 버리지 않고, 그들의 똥을 함께 모으고, 함께 유지하고 깔끔하게 잘 작동하도록 한다.

그는 테드 라벤더에게 일어난 일에 대한 비난을 감수할 생각이었다. 대원들은 투덜거리겠지만, 그럼에도 불구하고 자신의 임무는 사랑받는 것이 아니라 이끄는 것임을 스스로에게 상기시킨다.

Setup

◆ 베트남 전쟁 소설

전쟁이 문학의 주제가 된 것은 문명의 역사만큼이나 오래되었다. 전쟁문학은 국가 신화와 시민의 정체성을 함양하는 중요한 역할을 담당해 왔으며, 민족에게는 집단적 기억을 강화하는 서사를, 젊은이에게는 개인적 교양의 완성을 주었다. 현대에서도 전쟁은 변함없이 문학의 주요한 터전이 되었는데, 전례가 없었던 양차 세계대전도 예외가 아니었다. 독일의 레마르크 Remarque는 1차 세계대전을 배경으로 하는 《서부전선 이상 없다》로 세계적인 베스트셀러를 출판했으며, 미국 문학도 2차 세계대전을 전후하여 주목할 만한 작품들을 내놓는다.

헤밍웨이의 《무기여 잘 있거라》(1929)는 《서부전선 이상 없다》와 같은 해에 1차 세계대전을 기억시키더니, 《누구를 위하여 종은 울리나》(1940)에서는 스페인 내전을 배경으로 했다. 미국은 자신들의 내전인 남북전쟁을 《바람과 함께 사라지다》(1936)로 대중적으로 성공했고, 2차 세계대전에는 노만 메일러의 《나자와 사자》(1948)로 역시 베스트셀러를 만들어 내는 국가가 되었다.

미국은 또 1956-1975년까지 지속적인 사망자를 배출한 베트남 전쟁에서도 풍성한 전쟁문학을 산출했는데(잊힌 한국전쟁과는 달랐다), 베트남 전쟁문학은 이전의 전쟁문학과는 많은 차이를 보였다. 어떤 전쟁이나 모두 지옥 같은 것이어서, 군인이나 시민들에게는 재앙이고 공포스러운 것이지만, 미국 군인들은 베트남에서 그들의 아버지들이 겪었던 전쟁과는 다른 형태의 경험을 하게 된다.

베트남 전쟁에 참여한 미국 군인은 그들의 어린 시절을 텔레비전과 영화를 통한 전자 미디어 시대에서 보냈다. 그들은 케네디 대통령의 뉴 프론티어new frontier 정신과 존 웨인의 서부영화와 〈그린베레〉(1968)에서 낭만과 이상을 배우고 전장에 투입되었다.

그들은 심야 텔레비전 영화를 보면서 성장했는데, "미군은 함대 대포의 지원 사격을 받으며 해변을 달려갔는데, 죽은 사람은 엑스트라뿐이었다." 그리고 "폭발 직전의 불타는 탱크 위에서 기관총을 쏘는 오디 머피Audie Murphy를 보고 저 위에 있는 것이 나였으면 좋겠다고 생각했다(《불타는 전장To Hell and Back》)." 물론 존 웨인은 용기, 애국심, 명예, 영광이라는 미국 남성의 이미지를 대표했는데, 그는 남성다움을 표현하는 군인들의 속어로도 사용되었다. "우리는 존 웨인을 했다we did John Waynes", "그는 존 웨인처럼 했다he John Wayned it."

1970년대 베트남 전쟁문학의 물결은 대개가 병사들이 전장에서 젊었을 때의 순진함을 잃는 과정을 탐구한다. 베트남 전쟁소설은 병사들이 죽음, 용기, 생존, 야만성, 책임에 대한 교훈에 어떻게 반응하는가를 탐색한다.

현재까지 베트남 전쟁소설의 대표 작가는 팀 오브라이언Tim O'Brien이다. 미국의 베트남 전쟁소설은 1차 물결(1974-1980), 2차 물결(1980년대)로 구별하는데, 1차 물결을 대표하는 팀 오브라이언의 《카차토를 쫓아서 Going After Cacciato》(1978)는 치버John Cheever의 단편소설집을 제치고 1979년도 전미도서상National Book Award을 수상한다. 그러나 베트남 전쟁소설의 정점을 차지하는 것은 1990년에 출판된 팀 오브라이언의 《그들이 가지고 다니는 것들》이다. 이 작품은 22개의 연결되어 있는 단편들로 이루어졌는데, 우리가 선택한 것은 작품의 표제소설title story이다.

▲상은 물론 미국에서도 항상 공정하지는 않았다. 예를 들면 2차 물결에 속하는 래리 하이네만Larry Heinemann의 《파코의 이야기 *Paco's Story*》(1986)가 토니 모리슨 Toni Morrison의 《빌러비드》를 물리치고 1987년 전미도서상을 수상해서 돌풍을 일으켰는데, 오늘날 작품의 영향력을 고려해 본다면, 1987년도 심사위원들이 공정했다고 말하기는 어려울 것이다. 48명의 흑인 작가와 비평가들이 항의 성명서를 발표하기도 했다. ▲

◆ **메타픽션**

메타픽션metafiction은 작가가 독자에게 그들이 지금 '가상의 이야기fictional account'를 경험하고 있다는 사실을 적극적으로actively 알게 하는 모든 종류의 스토리텔링이다. 작가는 이 사실을 독자에게 직접 말할 수 있고, 작가 자신이 등장인물이 되어 이야기할 수도 있고, 작가의 신분으로 사건에 개입할 수도 있는 등, 여러 가지 서사 방법narrative devices을 사용하여 처리할 수 있다. 메타픽션을 사용하는 이유도 매우 다양하여, 어떤 작가는 독자의 특정한 반응을 불러일으키기 위해, 또 다른 작가는 소설 창작의 과정을 언급하기 위해 사용하기도 한다. 사실 메타픽션은 영화와 연극에서도 흔히 사용되지만, 오늘날, 대부분의 사람들은 이 용어를 소설과 단편소설의 기법으로 이해한다.

어떤 독자들은 모든 종류의 메타픽션을 정말 싫어한다. 일부 독자는 메타픽션이 다소 가식적pretentious이라고 생각하며, 작가가 의도적으로 독자를 모욕하는 것처럼 느낄 수도 있다. 다른 사람들은 단순히 이야기 흐름이 방해받아 소설을 덜 재미있게 만든다고 생각한다. 반면에 메타픽션을 좋아하는 사람들은 메타픽션 기법이 사용된 작품을 적극적으로 찾기도 한다.

미국에서는 안정적으로 리얼리티reality를 긍정하는 소설 전통에 대한 문화적 혁신운동, 또는 새로운 스타일의 글쓰기가 1960년대를 중심으로 일어났으며, 젊은 작가들이 선두에 섰다. 우리 독자들이 쉽게 접할 수 있는 작품에는 《그들이 가지고 다니는 것들》도 포함된다. 우리는 팀 오브라이언이 어떤 동기에서 이런 방식의 글쓰기를 선택했는지를 알아보자.

분석

작가 팀 오브라이언은 월남전에 참여한 미군들은, 적어도 알파부대의 부대원들은 기본적인 물리적 장비들 이외에 공통적인 심리적 부담(죽음에의 공포, 두려움)을 가지고 다녔는데, 그들이 그러한 부담을 누르고 있는 것은 용기나 애국심 같은 것이 아니라 비겁함, 수치스러움, 체면에 대한 공포라고 말한다. 단편소설 〈그들이〉는 소대장 지미 크로스가 가지고 다니는 감정의 수하물을 이야기하는데, 그것은 마사에 대한 사랑의 감정이다. 그러나 마사는 월남에 있는 크로스와 그의 상황을 전혀 이해하지 못한다. 지미 크로스는 그것이 섭섭했는데, 부대원 중 테드 라벤더가 피살되는 사건이 발생하자, 그가 상당한 죄의식을 느끼고 마사에 대한 감정을 정리하고 부대원들이 가지고 다니는 짐들을, 그것이 물리적인 장비이든, 정신적 무게이든 간에 잘 챙기고 작동하도록 하자고 작정한다.

작가는 이러한 이야기를 3인칭 서술자를 통해서 전지적 시점으로 기록했다. 이 책 전체가 전쟁 작가 팀 오브라이언의 것이고, 다른 작품에서는 그가 이 부대의 대원으로 등장하는데, 여기에서는 전혀 언급되지 않는 것이 주목할 만하다. 주인공인 크로스의 내적 환상과 심리적 상황을 묘사 하려면 전지적 관점이 필요했기 때문이라고 이해할 수는 있다.

작가는 단편 〈그들이〉를 비선형적nonlinear으로 썼다. 일단 인물들을 물리적 장비와 함께 소개하면서 그들의 심리적 무게를 동시에 전달했는데,

이로써 제목 "그들이 가지고 다니는 것들"의 의미를 분명히 했다. 그리고 이것을 서너 번 나누어 말하여 주제를 강조하면서, 그 사이에 테드 라벤더의 죽음을 밝혀 버린다. 전통적인 서사였다면, 테드 라벤더의 이야기는 땅굴 작전이 시작된 다음, 즉 4월 16일 사건에서 나와야 한다. 그런데 단편 〈그들이〉에서는 그 죽음과 부대원들의 반응이 처음부터 끝까지 되풀이해서 나온다. 랫 카일리는 "그가 죽었어"라는 말을 심오한 것처럼 계속 말했다. 그의 죽음은 부대원들 모두가 "지니고 가야하는 것"에 속한다. 작가는 테드 라벤더의 죽음이 특정한 날의 특정한 사건이 아니라, 언제나 일어나고, 일어날 수 있는 일이라는 것을 강조적으로 알리려고 비선형 서사를 선택한 것처럼 보인다.

이야기가 미라이 학살My Lai Massacre을 암시하는 장면을 거치고 있음을 짚고 가자. 다음 구절이다.

지미 크로스 중위는 탄케 마을 안으로 그의 대원들을 이끌었다. 그들은 모든 것을 불태웠다. 그들은 닭과 개에게 총을 갈기고, 마을을 아주 부서 버리고, 포병대를 호출하고 그리고 잔해들을 살펴본 다음 무더운 오후를 뚫고 몇 시간을 행군했다….

〈그들이〉는 미군병사 한 명의 죽음을 작품 전체에 풀었는데, 한 마을의 모든 주민과 가축들이 쓰레기로 변하는 데는 세 줄로 끝났다. 테드 라벤더가 쓰러질 때의 몸무게까지 기록되는데, 탄케Than Khe 마을은 몇 명이 살았는지, 아이와 여자는 얼마였는지 알 길이 없다. 작가 팀 오브라이언은 의도적이었을 것이다.

단편 〈그들이〉는 다음 단편 〈사랑〉으로 연결되고, 〈사랑〉은 우리의 분석에 매우 중요하므로 간략하게라도 살펴보아야 한다.

전쟁이 끝나고 몇 년 후, 소대장이었던 지미 크로스가 전쟁 작가로 활동하고 있는 팀 오브라이언을 찾아갔다. 그들은 월남전 이야기를 하다가, 오브라이언이 마사의 이야기를 묻는다. 〈사랑〉은 지미 크로스가 동창회에서 마사를 만난 이야기를 한다. 루터교 신자로서 마사는 결혼하지 않고 봉사 활동을 하면서 지내고 있었고, 지미 크로스는 옛사랑의 불길이 타올라 다시 접근하지만, 마사는 남성 일반에 대한 환멸을 느끼는 것처럼, 그를 거부한다. 마사가 월남 전쟁터의 지미 크로스를 이해하지 못한 것처럼, 크로스는 미국 뉴저지의 마사를 이해하지 못한다. 오브라이언은 지미 크로스와 헤어질 때, 그들의 이야기를 소설로 쓰고 싶다고 말한다. 지미 크로스는 자신을 "용감하고 잘생긴" 소대장으로 그려준다면 좋다고 말한다. 그러나 무엇인지 모르지만 마사가 지고있는 짐에 관해서는 쓰지 않는다는 조건을 달았고, 팀 오브라이언은 그것은 쓰지 않겠다고 약속한다.

〈사랑〉은 〈그들이〉와 달리 오브라이언이 실명으로 등장해서 1인칭으로 서술하는 짧은 글이다. 이 작품은 〈그들이〉에서 보여준 지미 크로스의 환상의 후속편이지만, 소설가 팀 오브라이언이 등장해서 지미 크로스의 이야기를 전달한다는 점에서 책 전체가 메타픽션metafiction임을 알려준다. 소설가 팀 오브라이언이 〈사랑〉을 쓰겠다고 말하고 독자들이 그것을 지금 읽고있는 것으로 보아, 책《그들이 가지고 다니는 것들》 전체가 오브라이언의 작품이고, 그리고 우리가 읽은 단편 〈그들이〉의 서술자가 작가 오브라이언이었다는 것이 분명해진다.

▲ 우리는 요약 부분에서 서술자가 오브라이언이라는 것을 밝혔지만, 그것은 〈그들이〉에서 알 수 있는 정보가 아니다. 작가 오브라이언은 〈사랑〉에서 그것을 밝히고, 작품이 메타픽션이라는 것을 분명히 한다. ▲

작가 오브라이언은 마사의 이야기를 들려주기 위해서 〈사랑〉이라는 짧은 이야기를 썼다기보다는 단편 〈그들이〉가 작가 오브라이언의 작품이라는 점을 표현하기 위해 바로 이어서 보여주는 것이다. 즉, 그는 월남전에 참전한 알파부대의 이야기인 〈그들이〉가 허구라는 점을 말하기 위해서 〈사랑〉을 연결한 것처럼 보인다. 독자들에게 마사의 골치 아픈 이야기를 생략할 수 있는 것처럼, 〈그들이〉도 작가의 첨삭을 거친, 어쩌면 사건 자체가 완전히 상상에서 나온 것일 수도 있다고 말하는 것이다.

그렇다면 그는 왜 메타픽션의 테크닉을 사용해서 《그들이 가지고 다니는 것들》을 썼을까?

해석

《그들이 가지고 다니는 것들》은 스물두 편의 단편을 모은 사이클cycle이고, 팀 오브라이언은 1968-1970년까지 월남전 참전 경험이 있는 전쟁 작가(《내가 전장에서 죽으면》(1973), 《카차토를 쫓아서》(1978))이다. 이 책(《그들이 가지고》)의 헌정 페이지는 "이 책을 알파 중대 사람들, 특히 지미 크로스, 노먼 보커, 랫 카일리, 미첼 샌더스, 헨리 도빈스, 그리고 카이오와에게 애정을 담아 바친다."라고 쓰고있다. 《그들이 가지고》는 알파 중대 사람들, 특히 지미 크로스의 부대원들의 이야기를 담고 있으며, 팀 오브라이언이 부대원으로 등장하기도 하므로, 이야기의 상당부분은 그의 시각으로 쓰였다.

《그들이 가지고》의 저작권 페이지 다음에는 "이것은 허구의 작품이다. 작가 자신의 삶에 관한 몇 가지 세부사항을 제외하고 모든 사건, 이름 및 인물은 상상이다."라는 글이 있다. 월남전에 관한 작품이지만, 내용은 거의 모두 허구라고 말하는 것이다. 이는 《그들이 가지고》의 단편 〈좋은 형식 *Good Form*〉에서도 분명히 말하고 있다. "나는 마흔세 살이고 지금은 작가이고,

보병으로 꽝응아이 성을 돌아다닌 것은 오래전 일이다. 그 밖에는 거의 전부 지어냈다." 또 〈내가 죽인 남자〉에서 가슴 아프게 했던 이야기들 "그것도 지어낸 이야기이다."라고 말한다. (독자들은 알파 중대 사람들 중, 누가 실존인물이고, 누가 가상인물인지 알 수 없다. 알파 중대 자체도 확인할 수 없다.)

복잡하고 귀찮은 일이기는 하지만, 독자는 작품에 등장하기도 하는 작가 팀 오브라이언과 작품의 외부에 있는 소설가 팀 오브라이언을 구별해야 한다. 거의 많은 점에서 동일하기는 하지만, 소설가는 딸이 없고, 제대 후에 베트남을 다시 방문하지도 않았다. 그런데도 작품 속 작가 팀 오브라이언은 소설적 필요성에 의해서 딸을 두기도 하고, 월남도 방문하는데, 더 많은 것들을 창작했을 수도 있다.

▲두 명의 팀 오브라이언을 구별하기 위해서 작품에 등장하는 사람은 '작가 오브라이언'이라 하고, 작품의 외부에 있는 사람은 '소설가 오브라이언'이라 하자. ▲

《그들이 가지고》는 스물두 편의 단편들이 서로 얽혀 있는데, 중요한 사건은 역시 죽음이다. 전쟁 이야기이니까 죽음은 필수적일 터인데,《그들이 가지고》는 발생하는 죽음보다는 그 죽음으로 인해서 병사들이 지게 되는 문제들에 초점을 두고있다. 이것은 표제소설이기도 한 단편에서 테드 라벤더의 죽음과 소대장 지미 크로스의 죄책감과 심리적 부담을 생각해보면 알 수 있다.《그들이 가지고》에는 다른 죽음도 소개된다. 커트 레몬의 부비 트랩에 의한 죽음과 랫 카일리의 이야기는 〈진실한 전쟁 이야기를 들려주는 법〉을 중심으로 전개되고, 핵심적 사건이라 할 수 있는 카이오와의 죽음은 〈용기에 관해 말하기〉를 시작으로 소개된다. 카이오아의 죽음은 작품 전체의 주제와 관련되므로 간략하게 살펴본다.

◆ 〈용기에 관해 말하기〉

알파 중대는 베트남의 들판에서 야영을 하게 되는데, 야영 위치가 마을 공동 화장실이어서 똥밭이었다. 그날 비가 와서 똥밭이 질척거리며 끓어오르는데, 박격포 공격을 받는다. 〈용기에 관해 말하기〉는 노만 보커가 포격에 의해서 똥밭에 가라앉는 카이오와를 구하려고 노력하는 이야기를 담고있다. 보커는 가라앉는 카이오와의 군화를 잡고 끄집어내려고 하지만, 냄새가 너무 심해서 포기하고, 결국 카이오와는 가라앉아 죽는다. 만일 보커가 카이오와를 구출해 냈더라면, 그는 은성무공훈장을 받았을 것이다. 〈용기에 관해 말하기〉는 그때 생긴 트라우마를 치유하지 못해서 제대 후 사회생활에 적응하지 못하는 보커의 이야기를 담았다. 그는 카이오와의 이야기를 하고싶어 하지만, 들어줄 사람이 없었다.

〈용기에 관해 말하기〉 다음에는 〈뒷이야기 *Notes*〉가 이어지는데, 이것은 우리가 앞에서 표제소설 다음에 〈사랑〉을 살핀 것과 같은 역할을 한다. 즉, 〈뒷이야기〉는 〈용기에 관해 말하기〉가 어떻게 쓰이게 되었는지를 설명한다. 순서대로 이야기하면, 오브라이언은 1973년에 《내가 전투지역에서 죽으면》(1973)이라는 회고록을 쓰는데, 당시 현실에 적응하지 못하고 있던 노만 보커가 1975년에 장문의 편지를 보내서 소설을 쓰라고 권고한다. 그 편지는 카이오와의 이야기를 해달라는 내용이었는데, 마침 《카차토를 쫓아서》를 집필하고 있던 참이어서 오브라이언은 〈용기에 관해 말하기〉를 한 챕터 넣어서 1978년에 출판한다. 그러나 《카차토를 쫓아서》에서는 소설의 줄거리가 "똥밭"에서 "카이오와"를 죽게 할 수는 없었다(《카차토를 쫓아서》는 매직 리얼리즘 기법을 사용하고 프랑스 파리가 배경이기도 하다). 그러자 《카차토를 쫓아서》를 읽은 노만 보커는 "똥밭"과 "카이오와의 죽음"이 없다는 것을 알고 크게 실망하고 그해 자살한다.

베트남 전쟁 이야기에서 "똥밭"과 "카이오와의 죽음"이 없어서는 안 되겠다고 느낀 오브라이언은 《카차토를 쫓아서》에서 〈용기에 관해 말하기〉를 떼내어 《그들이 가지고 다니는 것들》의 한 이야기로 넣는다. 그리고 우리가 읽은 것처럼 카이오와의 군화를 잡고 당기다가 놓쳐버린 사람을 노만 보커로 설정한다. 죽은 노만 보커도 항의하지 않을 것이라고 말하면서.

독자들은 〈뒷이야기〉에서 《그들이 가지고 다니는 것들》의 메타픽션적 성격을 분명하게 의식할 수 있다. 작가 팀 오브라이언이 등장인물로 등장해서 그가 어떻게 〈용기에 관해 말하기〉를 창작했는지를 분명히 밝히고 있기 때문이다. 팀 오브라이언은 등장인물이지만, 이미 몇 편의 소설을 썼고, 지금 독자들이 읽는 작품에서도 그가 작가인 것이다. 그러나 〈뒷이야기〉는 앞에서 카이오와의 군화를 놓아버린 사람을 노만 보커라고 했지만, 사실은 그 자신이었다는 점을 밝히고 있다. 더구나 〈뒷이야기〉에 이어지는 〈들판에서〉는 가장 친했던 카이오와가 박격포에 노출된 것은 여자 친구 사진을 보여 주느라고 손전등을 켠 자신 때문이라고 말한다.

이 이야기를 정리하면, 카이오와의 죽음에 가장 책임이 있는 작가 오브라이언은 전후의 삶에 잘 적응하고 있고, 전쟁의 일반적인 트라우마를 말하지 못하는 노만 보커는 자살하게 된다. 이는 오브라이언은 자신이 겪은 것을 전달하고, 노만 보커는 아무에게도 이야기하지 못한다는 설정과 관계있는 것처럼 보인다. 표제소설에서도 테드 라벤더의 죽음에 충격을 받은 랫 카일리는 "— 녀석이 죽었어, 진짜로 죽었다고"라고 계속 말했는데, 저자는 "그 말이 심오한 것 같았다"라고 덧붙인다. 그들은 계속, 반복해서 말해서 충격을 해소한다. (그리고 말하는 것은 팀 오브라이언에게는 창작활동의 기본 동기이다.)

▲ 〈용기에 관해 말하기〉와 〈뒷이야기〉가 메타픽션이라는 것은, 소설의 좋은 형식에 관한 헤밍웨이의 모더니스트적 입장을 오브라이언이 정면으로 반대한다는 의미이

기도 하다. 헤밍웨이는 1차 세계대전의 트라우마를 《우리 시대》라는 연작소설에서 다루었고, 오브라이언은 월남전의 트라우마를 《그들이 가지고》라는 연작소설에서 다루었는데, 오브라이언이 헤밍웨이와 대결하는 자세를 취했다. 헤밍웨이의 단편 〈두 개의 넓은 마음을 지닌 강〉은 전쟁에서 돌아온 닉의 송어 낚시 이야기를 디테일하게 묘사하고 있지만, 닉이 전쟁에서 겪은 상처, 트라우마에 관해서는 전혀 언급하지 않는다. 〈두 개의 넓은 마음을 지닌 강〉은 헤밍웨이의 빙산이론이 잘 적용된 작품으로 언급되며, 모더니즘 미학 정상에 있는 좋은 형식good form으로 격찬받았다.

그러나 오브라이언은 모더니즘은 작품의 형식을 위해서 작가의 윤리의식도 생략한다고 비판한다. 특히 전쟁 이야기라면, 작품의 형식이 무너지더라도 말하지 못했던 것을 말할 용기가 있어야 한다고 주장한다. 그는 포스트모더니즘의 메타픽션이라는 (모더니즘의 관점에서) 나쁜 형식Bad Form으로라도 진리를 말해야 한다고 주장한다. 헤밍웨이는 〈철이 지난〉의 좋은 형식을 위해서 낚시 안내인을 자살로 이끈 자신의 행동을 생략했지만, 오브라이언은 〈뒷이야기〉와 〈들판에서〉를 보태서 카이오와의 죽음에 죄의식을 느끼고 있는 사람은 자신이라고 고백하고 있다.

앞에서 언급한 것처럼 헤밍웨이는 낚시 안내인의 자살에 직접적인 책임이 있다. 그런데 그는 자살 이야기를 말하지 않아도 〈철이 지난〉의 절망적 분위기를 충분히 표현했다고 주장했다. 좋은 형식이라는 미학을 위해서 자신의 책임을 덮은 것이다.

오브라이언은 〈용기에 관해 말하기〉(제목이 헤밍웨이에게 직접 말하는 것 같다)에서 생략기법이 작가의 윤리 문제를 생략해서는 안 된다고 했다. 그는 또 〈좋은 형식 *Good Form*〉(명백히 헤밍웨이에게 하는 말이다)에서는 작품을 위해서는 자신이 "죽이지 않은 시체"에 대해서도 충분히 죄책감을 느끼고, 내가 "죽였다"라고 말해야 한다 했다. 미국 최고 모더니스트 작가 헤밍웨이에게 "용기에 관해서" "책임지기"를 말하는 것이다. 우리는 여기에서 "소설은 인간이 된다는 것이 무엇인가를 보여주는 것"이라는 (다음에 살펴볼) 데이비드 포스터 월러스의 말을 함께 생각해볼 것을 권한다. ▲

작가 오브라이언은 그가 월남전쟁에서 경험한 내용, 그가 지니고 다니는 것을 전달하는 것이 중요하다고 생각한다. 그는 그 내용의 진위를 따지지 않고, 얼마나 효과적으로 전달하느냐에 초점을 둔다. 다시 말하면, 실제로 월남에서 발생한 사건들보다는 그때 군인들이 경험했던 것들이 더 중요하다고 생각한다. 전쟁이 무모하다는 것, 그것은 불합리한 것이고, 지옥이라는 것을 독자들이 공감해서 인간 가치에 대한 탐구로 나아갈 수 있다면, 이야기가 허구라 할지라도 관계없다는 것이다. 아니 오히려 허구인 것이 인간의 경험을 보다 적절하게 표현할 수 있다. 누구도 객관적인 진리는 모두 알 수 없기 때문이다.

오브라이언이 서사기법을 메타픽션으로 한 이유는 허구의 진실이 발생한 것의 진실보다 더 참될 수 있다는 믿음 때문이다. 그래서 그는 〈용기에 관해 말하기〉의 또 다른 후일담으로 〈견학〉을 쓰는데, 작가가 아홉 살짜리 딸과 함께 베트남을 방문하여 죽은 카이오와를 기리는 이야기를 들려준다. 이 이야기는 누구의 눈에도 뻔히 보이는 픽션이다. 작가는 딸이 없을 뿐만 아니라 다시 베트남을 방문하지도 않았다. 그러나 똥밭에 빠져 죽은 카이오와의 스토리는 그것이 소설의 진정한 핵심인 인간 가치의 탐색으로 이어질 수 있기 때문에, 그가 되풀이하는 것이다.

이것은 오히려 세상을 있는 그대로 기록하는 것만으로는 발견할 수 없는 어떤 종류의 정신적인 것에 도달할 수 있기 때문이다.

◆ 그로테스크와 메타픽션

팀 오브라이언은 "전쟁은 그로테스크하다고 말할 수 있다. 그러나 사실 전쟁은 또한 아름답다. 공포horror에 질려서도 엄청나게 웅장한awful majesty 전투를 입을 떡 벌리고 바라보지 않을 수 없다."고 했다(〈진실한 전쟁 이야기를 들려주는 법〉). 그는 그로테스크와 아름다움을 모순되는 성질로 보고, 그러한 모순된 진실을 설명할 수 있는 문학적 방법이 메타픽션이라고 넌지시 말하는 중이다.

우리는 오브라이언의 주장이 그로테스크 문학에 새로운 국면을 가져왔다고 생각한다. 왜냐하면 우리는 공포와 아름다움(또는 두려움을 일으키는 장엄함Awful Majesty)을 모순된 개념으로 분리하는 것이 아니라, 충돌하는 개념들을 함께 보아야 그로테스크의 성질을 파악한다고 생각하기 때문이다. 오브라이언은 지금까지 우리가 보았던 공포와 유머의 그로테스크 개념을 축소 세탁해서, 그것에서 도덕적 무관심의 미적 순수성, 또는 불가해한 아름다움을 뽑아냈다. 결국 그에게 베트남 전쟁은 그로테스크한 것이 아니다. "결국 진실한 전쟁 이야기는 결코 전쟁에 관한 것이 아니라 햇살sunlight에 관한 것이며", 그것은 사랑과 기억, 슬픔에 관한 것이라고 말한다. 그는 전쟁의 무게보다는 그것을 지고있는 사람들의 심리적 무게를 말하고 싶어했고, 그것을 위해서 메타픽션이라는 포스트모던한 테크닉을 차용한 것이다.

20세기 영어권에서 가장 저명한 평론가 헤럴드 블룸Harold Bloom은 《그들이 가지고》에 관한 평론집의 머리글에서 오브라이언의 전쟁 이야기가 헤밍웨이의 〈두 개의 넓은 마음을 지닌 강〉과 무엇이 다르냐고 질문한다. 블룸에겐 오브라이언이 닉Nick Adams과 별반 다를 바 없다. 우리는 블룸의 비평에 상당히 동의한다. 오브라이언의 윤리가 개인적·심리적인 것에 머물렀기 때문이다. 비록 오브라이언 자신은 헤밍웨이의 생략기법을 넘었다고 생각하지만, 우리의 눈에는 그의 메타픽션이 그로테스크의 진실을 증발시키는 효과를 가졌다. 고통받는 자, 기괴한 자, 유색 인종, 미친 사람에 눈을 돌리던 미국의 광대한 그로테스크 문학은 월남전 이후의 미국에서, 포스트모더니즘과 함께 서서히 사라지고 있는 것일까? 개인의 자기의식으로?

이제 데이비드 포스터 월리스를 만나보자.

10

〈굿 올드 네온〉
― 데이비드 포스터 월리스

Good Old Neon, 2001
– David Foster Wallace

데이비드 포스터 월리스1962-2008는 소설가이자 단편 작가, 수필가, 영어 및 문예창작과 교수였다. 그의 소설 《끝없는 재미 *Infinite Jest*》는 타임지에서 1923년부터 2005년까지 최고의 영어 소설 100권 중 하나로 선정되었다. 그의 사후, 유작 《창백한 왕 *The Pale King*》(2011)은 2012년 퓰리처상 소설 부문 최종 후보에 올랐고, 로스앤젤레스 타임즈는 월리스를 "지난 20년간 가장 영향력 있고 혁신적인 작가 중 한 명"이라고 칭했다.

월리스는 베이비 붐(1946-1964)의 다음 세대(X세대, 1965-1980)로 활약한다. 베이비 붐 세대는 성년이 되자, 베트남 전쟁에 참여하고, 냉전시대에 반문화 활동을 하고, 히피문화에 빠져들기도 했다. X세대는 이들에 대한 반동으로 안티히피anti-hippy, 안티페미니즘anti-feminism 운동을 했으며, 앞 세대의 소비 중심, 물질주의 반대를 반대했다. 월리스는 텔레비전과 함께 성장한 X세대로서 대중예술을 그대로 받아들이고, 그 대신 이전 세대에 속하는 포스트모던 문학에 진지함sincerity을 결합시키려 했다(그는 냉소주의cynicism와 순수성naïveté의 결합이라고도 표현한다). 이러한 시도가 월리스를 포스트모더니즘 문학에 독특한 자리를 갖도록 했다. 그는 고도로 자의식적이고, 텍스트로 자신을 스스로 의식하는 포스트모던 작가들에게 자신에 진실할 뿐만 아니라 독자나 청취자에게 진실할 것을 요구한 것이다.

텔레비전같은 대중문화의 홍수 속에서 '소설의 죽음'과 같은 현상을 벗어나려면 포스트모던한 작가들이 자기의식을 투명히 할 뿐만 아니라, 독자와의 양방향 대화를 해야 한다는 주장이다. 이를 위해서는 성실성이 먼저이다. 작가가 자신에게 성실하면 독서는 일종의 세속적 기도가 되고, 작가의 고독한 세계를 벗어나 다른 사람과 나누는 대화가 될 것이다. 작가가 독자를 직접적으로 인정하고 그 반대의 경우도 마찬가지여야 한다.

월리스는 글쓰기가 작가-독자의 관계를 재구성해야 한다고 믿는다.

> 소설은 진짜(fucking) 인간이 된다는 게 무엇인지에 관한 것입니다….
> 저는 오늘날 인간이 된다는 것이 무엇을 의미하는지 탐구하지 않는
> 소설은 좋은 예술이 아니라고 생각합니다(《데이비드 월리스 포스터와의
> 대담 *Conversations with David Foster Wallace*》).

그는 2008년에 자살했고, 우리는 자살한 주인공의 내적 독백을 〈굿 올드 네온 *Good Old Neon*〉에서 듣는다.

요약

나는 평생을 사기꾼으로 살아왔다. 다른 사람들이 나를 좋아하고 우러러보도록 하기를 목표로 했다. 그런데 정말 많은 시간과 에너지를 쏟아부어 인정을 받아도 그게 내 내면의 진정한 자아와는 아무런 상관이 없었기 때문에 별 감흥이 없었다. 학교에서 인기가 많고, 사려 깊은 안젤라 미드Angela

Mead의 가슴을 만지게 되었을 때에도, 내가 그녀의 내면을 알고싶어 하고 이해하길 원하는 것처럼 연기를 잘했다. 그러나 사실 나는 그녀의 참모습에는 관심 없었다.

자신이 원하는 것을 가졌음에도 행복하다고 느끼지 않는 대부분의 사람들처럼 나도 정신분석을 했다. "나는 행복한가?"라는 질문은 건조하고 지루하게 느낀다고 보이도록 애를 썼다. 두 달 내내 매일 밤 다른 여자랑 자기를 시도했는데, 61일 동안 총 36명이라는 실적과 성병도 얻었다. 이 사실을 창피하다는 듯이 (그러나 내심 다들 감탄할 것이라 생각하며) 친구들에게 말했다. 그러나 정작 나는 자기 경멸과 수면 부족으로 정신 차리지 못했으며, 이때 코카인에 손을 댔다.

지금 이 부분이 별로 재미없어서 당신이 지루해할 것 같은데, 내가 자살을 하고 나서 사람이 죽고 난 직후에 무슨 일이 벌어지는지 알게 되는 대목에 이르면 훨씬 재미있어질 거다.

정신분석의 구스타프손Dr. Gustafson은 꽤 괜찮은 사람이었지만, 나도 의사 선생만큼 똑똑하다는 것과, 선생은 내가 이미 깨닫고 이해한 것 이상을 나에게서 보지 못한다는 것을 알려주려고 선생과 펜싱 경기를 했다. 그래서 6개월이 지날 때까지 내가 얼마나 불행한지조차 말하지 않았다. 그러나 결국 내가 사기꾼이라는 것과 소외되었다고 느끼는 것, 평생 이렇게 살 수밖에 없다는 생각이 든다는 것, 그래서 불행하다는 사실을 털어놓고 나자 그 뒤로는 상담이 훨씬 나아졌다.

나는 대학생 때 기만의 역설fraudulence paradox이라는 것을 깨달았는데, 그것은 사람이 남들에게 멋지고 매력적으로 보이기 위해 시간과 노력을 투입하면 할수록 속으로는 스스로를 덜 멋지고 덜 매력적으로 느끼고, 스스로를 사기꾼이라고 느끼면 느낄수록, 남들이 알아채지 못하도록 멋지고 호감가는 이미지를 전달하려고 애쓴다는 것이다. 이것을 내가 실제로 체험한 것은 네 살 때(나는 좋은 집안에 입양된 아이였다) 아빠가 골동품 그릇을 네가 깼냐고 물어봤을 때. 조금은 어설프고 진짜 같지 않게 '자백'하면 아빠는 오히려 한 살 위인 친딸 펀Fern이 깼다고 생각할 것이고, 그뿐만 아니라 나를 누이 대신 기꺼이 혼나기 위해 거짓말까지 하는 착하디 착한 동생이라고 생각할 거라는 것을 단박에 알았다. 그리고 그걸 깨달은 순간 기분이 진짜 좋았다. 나는 스스로가 능력자라고, 나 자신이 무척 똑똑하다고 생각했다.

시간이란 개별적인 순간들이 연대기적으로 흘러가는 것이 아니다. 시간은 어떤 순간, 예를 들어 죽을 때에는 측정할 수 없을 만큼 짧은 1나노 초의 찰나에 모든 것이 지나간다. 구스타프손 박사가 내가 스스로의 기만을 기꺼이 인정했다면 완전히 기만적인 인간은 될 수 없다고 말하는 극적인 순간에도 그 이야기와 그 이상의 생각들이 머릿속을 아주 빠르게 스쳐가서, 이런 거대한 순간은 말로 온전히 표현할 수 없으며, 표현된 것은 일부분의 개요에 지나지 않는다.

나 자신은 이미 자살한 사람이지만, 그럼에도 당신에게 말하려 하는 바는 이야기의 주인공은 내가 아니라는 것, 나는 그저 죽기 전에 겪은 일들의 아주 작은 일부분과 내가 자살한 이유를 대략 알려주려고 한다.

(여기에서 서술자는 구스타프손 박사의 통찰, 즉 스스로 사기꾼이라는 것을 인정한다면, 완전히 기만적인 사람일 수 없다는 주장으로 돌아간다.) 내가 보기에 구스타프손 박사의 통찰은 피상적이며, 오류이다. 내가 "정직하게" 자신이 사기꾼임을 인정한 것은 그러한 인정에 함축되어 있는 논리적 오류를 몰라서가 아니라, 내가 그러한 오류를 내밀면서까지 자신의 공허함을 드러내는 것을 알아달라고 조작하는 것이기 때문이다. 즉, 타인(의사)이 나의 (정직성)을 통찰할 수 있도록 해서 나의 공허함을 깨닫게 하길 원했지만, 의사는 다른 사람과 마찬가지로 내가 원하는 방식으로만 나를 본다. 의사는 나를 끄집어낼 수 있는 화력이 없는 인물이므로, 그럼에도 계속 분석의를 만난다

면, 그를 상대로 사기를 치고 놀기 위함일 뿐이다.

나는 정신분석 이외에, 종교에서, 즉 은사주의 교회The Charismatic Church 에서 목사가 이마를 건드리면 뒤로 나자빠지고, 교회에 나온 뒤로 새로 태 어나 진실한 사람이 되었다고 떠벌려서 훨씬 더 기만적인 인간이 되었다. 명상 수업에서는 다른 사람들이 살아있는 조각상 같다며 감명받았다고 말 하도록 평온한 상태를 보여 주었다.

이 무렵 나는 실제로 진정한 내적 자아란 존재하지 않는다는 것과 진실 해지려고 노력하면 할수록 속으로는 더 공허하고 기만적인 느낌을 가질 뿐 이라는 것을 느끼고 있었지만, 아무에게도 말하지 않았다.

구스타프손 선생은 심각한 성적 불안(일종의 동성애적 혼란)이 있었는데, 그것을 숨기기 위해서 환자들에게 미국 문화는 어린 시절부터 비할 데 없 이 야만적이고 소외적인 방식으로 남성들을 세뇌시켜 소위 진짜 남자real man에 대한 각종 해로운 믿음과 미신을 갖게 한다고 말했다. 즉, 미국은 남 성들에게 조화concert 대신 경쟁을 우선시하고, 무슨 일이 있어도 남을 이기 고, 지성 또는 의지를 통해 타인을 지배하는 강한 남자가 되라고, 진짜 감정 을 드러내지 않고, 타인이 자신을 진짜 남자로 생각할 때만 스스로 남성임 manhood에 확신을 갖는다고 믿도록 만들었다. 이 무렵 선생은 암이 자라고 있었고, 나는 고양이가 다친 새를 가지고 놀듯이 선생을 정신분석하며 놀 았다.

선생은 사람이 세상을 향해 취할 수 있는 기본적이고 근본적인 태도는 사랑love과 공포fear 이 두 가지밖에 없고, 이 둘은 공존할 수 없다고 말한다. 미국이라는 나라가 자국의 남성들에게 고착화시킨 경쟁적이고 성취 지향 적인 남성성masculinity이라는 개념이 해로운 이유는 진실한 사랑을 불가능 에 가깝게 만드는 지속적인 공포의 상태를 낳았기 때문이다. 즉, 미국인 남 성이 사랑이라고 간주하는 것은 대개의 경우 단지 남의 눈에 특정한 방식으로 보이길 원하는 욕구에 불과하다. 선생은 그래서 오늘날의 남성들이 "기대에 부응하지 못하는 것"을 두려워한 나머지 스스로의 불안을 완화시키기 위해 자신들의 남성적 타당성validation을 남들에게 설득하는 데 시간을 모두 소비하기 때문에 진정한 사랑이 불가능에 가까워진다고 했다.

불현듯 내 문제의 진짜 근원은 기만이 아니라 타인을 진정으로 사랑하는 능력의 결여에 있는 것이 아닐까라는 생각에 사로잡혔다. 내가 진심으로 사랑했다고 생각한 여자는 진저 맨리Ginger Manly가 유일했는데, 실상 내가 그녀에게 느낀 말랑한 감정은 그녀의 바지를 완전히 벗기고 이른바 내 남성manhood을 그녀 안에 넣는 것을 그녀가 마침내 허락했을 때 느낀 엄청나고 어마어마한 타당성cosmic validation에 대한 향수에 지나지 않았다. 결국 남성들이 성취나 정복을 사랑과 동일시하도록 세뇌당한다는 구스타프손 선생의 상투적 논리가 여기에도 적용되는 것이다.

기만적인 인간으로 사는 것과 타인을 사랑할 수 없는 것이 궁극적으로 같다고 하더라도, "사랑할 수 없음"을 승인하는 것이 자기혐오를 줄일 수 있다고 생각하게 되었다. 그러나 오히려 "사랑할 수 없음"이 더 깊은 절망으로 이끌어 자살을 결심하게 된다.

8월의 어느 날 밤 텔레비전에서 우연히 〈치어스Cheers〉 시리즈를 보았다. 정신분석가 릴리스Lilith가 자신의 약혼자 프레이저Frasier에게 "다른 사람을 사랑할 능력이 없다면서 징징대는 여피족Yuppie이 한 명만 더 오면 토할지도 몰라"라고 말했고, 이 대사가 스튜디오의 관객에게서 커다란 웃음을 이끌어 냈는데, 이는 사랑할 능력이 없다는 개념이 얼마나 진부하고 신파적인 푸념인지 알고 있다는 말이었다.

그러자 나는 구스타프손 선생에게 계속 진료를 받는 것이 내가 더 진실해지는 단계를 밟고 있다고 스스로를 속이고, 또 내가 병든 선생의 심리구조를 훨씬 더 정확하게 분석할 수 있다는 사실에 우월감을 느끼고 있었을 뿐이었음을 깨달았다. 그 깨달음은 나를 파멸시켰다. (물론 나는 드라마 대사 한 줄이나 관객의 웃음 한 번이 그 자체만으로 자살의 이유가 되지 않는다고 생각한다.) 그날 밤 도달한 결론은 제스처 놀이charade를 끝내자는 것이었다.

나는 릴리 캐시Lily Cache의 교각을 향해 차를 몰고있다. 사고에서 내가 조종할 수 있는 극劇, performance의 측면을 가능한 한 없애고, 충돌의 광경과 소리가 목격자에게 어떤 영향을 줄지 생각하는 데 내 마지막 몇 초를 소모하려는 유혹이 들지 않도록 하려 한다. 사고 현장이 구경하기 좋은 장관spectacular이 되어 운전자가 마지막 가는 길을 한껏 극적으로 연출한 것으로 보일까봐 걱정되었다. 우리는 이따위 하잘것없는 생각을 하며 인생을 허비한다.

당신도 아프지는 않을 거다. 온통 시끄러운 소리가 들리고, 충격이 느껴지긴 하겠지만, 충격이 당신을 통과하는 속도가 너무 빨라서 충격을 느끼고 있다고 인지하지도 못할 거다.

죽는 것은 나쁘지 않지만 영원forever이 걸린다. 그리고 영원은 시간이 아니다. 지금까지 우리가 나누었던 대화는 큰 그림the big picture에서 보면, 우리들 사이에서 끊임없이 왔다 갔다 했던 것, 펀Fern이 저녁을 준비하던 순간에, 안젤라 미드Angela Mead가 고양이 털을 제거하던 순간에, 데이비드 월리스David Wallace가 1980년 고등학교 졸업 앨범에서 단체 사진을 보며 눈을 깜빡이던 순간에 나타났다가 사라졌다가 다시 나타난 것이다.

단편소설 〈굿 올드 네온〉은 이 부분(번역서 316쪽, 원서 180쪽)에서 서술자를 교체한다. 지금까지는 1991년 8월 19일 오후 9시 17분에 릴리 캐시의 교각을 들이받고 사망한 닐Neal의 유령이 자신이 왜 죽었는지를 이야기하고 있었는데, 이제부터는 데이비드 월리스David Wallace가 고등학교 1년 선배인 닐의 자살 광경을 생각하며, 그의 삶의 총체적 모습을 그려보려는 시도를 전지적 시점의 서술자로서 행한다. 이 서술자는 〈굿 올드 네온〉의 작가 데이비드 포스터 월리스David Forster Wallace인 것처럼 보이지만, 분명하게 설명하지는 않았다.

고등학교 1년 후배인 데이비드 월리스는 닐의 겉으로 보이는 모습과 자살을 하도록 만든 그의 내면을 어떤 식으로든 조화를 시키려고 했다. 물론 그는 다른 사람의 내면을 진정으로 알 방법은 없다는 것을 충분히 알고 있지만, 그럼에도 조심스럽게 시도해 본다. 데이비드 월리스의 보다 진실하고 감상적인 구석이 (다른 사람의 내면을 진정으로 알 수 없다고 말하는 다른 구석에게) 명령한다. "더는 한마디도 하지 마not another word."

마지막의 [→NMN. 80. 418]은 교각을 박고 자살한 닐의 사인일 것이고, 80은 그의 학번, 418은 그의 야구 타율을 말한다.

(닐이라는 이름은 작품 전체에서 단 한 번 언급된다.)

Setup

◆ **내적 독백**

내적 독백interior monologue은 인물의 사유, 인상, 또는 지각을 매개 없이 nonmediated표현하는 문학적 기법이다. 인용 부호(" ")나 "그녀는 생각했다", "그는 고려한다"와 같은 구절 없이, 인물이 말하지 않은unvocalized 사유들을 내보이는 것을 뜻한다.

내적 독백과 의식의 흐름은 종종 같은 의미로 사용되지만, 의식의 흐름이 더 일반적이며 직접 또는 간접 내적 독백도 포괄한다. 내적 독백은 인물의 인상이나 지각보다 사유에 집중하지만, 의식의 흐름은 인상과 사유를 모두 나타낸다. 또는 내적 독백은 언어의 구문을 존중하는데, 의식의 흐름은 논리적으로 조직되기 이전, 초기 단계의 사유를 드러낸다. 그러나 많은 경우에 양자는 같은 의미로 사용한다.

이 문학적 서사 테크닉은 전통적인 사실주의적 글쓰기를 반대하고 나온 모더니즘의 새로운 방법이었다. 전통적 사실주의에서는 외부 세계의 대상을 기술하는데, 모더니즘의 내적 독백은 인물의 의식으로 방향을 바꾸어 은밀한 내면을 열어 보이는 특징을 갖는다. 영화나 텔레비전의 카메라가 침범할 수 없는 새로운 영토를 발견한 것이라고 할 수 있다. 그러나 인간의 의식을 열어 보이는, 독자 친화적 서사기법이 항상 긍정적인 효과만 가져온 것은 아니다. 주체의 의식으로 깊게 내려간 모더니즘은 외부 세계의 객관성을 흔들게 되었고, 주체의 절대적 권위는 포스트모더니즘의 시대에서는 환상·망상·광신으로 진행되어 내적 독백은 외부 세계의 존재는 물론이고 세계 내에서의 자신의 위치까지도 확신하지 못하는 난해함으로 변했다.

포스트모던의 끝자락에 서있는 월리스는 평생 자기의식에 매혹되어서 서사 테크닉으로 1인칭 직접 내적 독백을 즐겨 사용하지만, 그에게 의식은 트라우마이고 글쓰기는 치유 시도이다.

그는 "의식이란 자연이 선물한 악몽이다"라고 말한다. 의식에 집중하자, 신이 만들어주신 세계 전체가 무너져 내리고, 자신의 의식의 철저한 고독에 잡혔다고 한다. 고통스럽고 처참해서 지옥 같은데, 위로慰勞는 작은 열쇠 구멍을 통해서 이웃을 만날 수 있는 가능성이다. 그 가능성을 위해서는 글쓰기를 통해서 나를 고통 속에서라도 존립시켜야 한다.

〈굿 올드 네온〉에서 닐의 내적 독백은 원인이 밝혀지지 않는 트라우마를 성실히 고백한다. 닐의 내적 독백은 자유연상을 통한 의식의 흐름이기라기보다는, 누군가에게 자신의 삶을 고백하는 형식을 취하기도 하지만, 유령이라고 하기에 존재를 확인할 수 없다. 서술자는 닐이라는 자살자의 유령인가? 아니면 작가 데이비드 포스터의 상상물인가? 확실한 것은 비트겐슈타인Ludwig Wittgenstein의 철학에 의해서 표현을 얻는 의식의 절대고독과 그 고통이고, 〈굿 올드 네온〉이라는 글쓰기는 그 치유라는 것이다. 닐은 자신이 "사기꾼"이라는 의식으로 고통받는다.

◆ 유령의 내레이션

〈굿 올드 네온〉의 내적 독백은 서술자인 닐이 자살한 다음에 자신의 자살 이유와 사후 세계에 대한 독자들의 궁금증을 풀어준다는 일종의 자서전적 고백이다. 소설에 유령이 나타나서 정보를 제공하는 것은 전혀 새로운 일이 아니다. 우리는 죽은 아버지가 등장하면 〈햄릿〉 연극이 시작되는 것을 안다. 포크너의 《내가 죽어 누워있을 때》는 59개의 섹션section 중 하나의 섹션(40번째 섹션)에서 죽은 애디Addie가 내레이션을 한다. 이에 비해서 닐은 거의 전체를 내레이션하여, 신선하게 읽힌다. (최근에는 유령이 주인공인 소설들이 상당수 있다.)

월리스에게서는 첫 작품 《시스템의 빗자루》에서 마지막 단편집 《오블리비언》까지 끊임없이 여러 형태의 유령이 등장한다. 월리스의 초기 작품에서 유령은 비트겐슈타인의 언어이론과 관련해서 존재하지 않는 것의 언어라는 문제와 연결되는데, 《끝없는 재미》 이후의 유령은 롤랑 바르트Roland Barthes의 〈저자의 죽음 *The Death of the Author*〉(1968)을 암시하는 것으로 해석할 수 있다. 월리스는 살해된 소설작가를 유령으로 불러일으켜서 작가를 되살리려고 한다. 〈굿 올드 네온〉에서는 닐의 내적 독백이 결국 월리스를 불러내는데, 이 작품은 닐과 데이비드 월리스의 공동 작품으로 볼 수도 있을 것이다. 작품은 처음부터 거의 마지막까지 닐의 이야기로 진행되고, 월리스는 마지막에 한마디 "더는 한마디도 하지 마not another word."로 참여한다. 월리스의 등장은 닐 유령을 매개로 하는 것이지만, 작가의 다시 돌아옴이다.

〈굿 올드 네온〉의 새로운 시도는 마지막 유작인 《창백한 왕》에서는 뿌리를 내린다. 여기에서는 분명하게 유령이 공동 저자의 위치를 얻는다.

▲유령의 내적 독백이 누구에겐가 말하고 있고, 독자가 초대되고 있음을 생각한다면, 〈굿 올드 네온〉은 작가와 독자 관계를 새롭게 정립하려는 의도가 있다고 말해야 한다. 당시 문학계에 대한 그의 진단에 의하면 "포스트모더니즘은 끝났다." ▲

분석

먼저 제목 '굿 올드 네온'에서 '굿 올드good old'는 애정어린 표현으로 뒤에 나오는 '네온'을 꾸민다. 네온은 자신의 속은 비었지만 주변을 밝히는 것으로 소설에서의 사기꾼, 닐을 지칭한다고 볼 수 있다. 그러니까 '굿 올드 네온'은 '오 착한 닐' 정도로 보아서, '오 좋은 닐' 이라는 별명으로 생각하자. (혹은 '오! 불쌍한 닐'도 가능하지만 선량하다는 의미가 더 강하다.) 작품의 마지막에 나오는 닐의 서명 '[→NMN.80.418]'과 함께 생각하면 〈굿 올드 네온〉은 닐이 어떤 사람이었는가를 (월리스가) 이야기하고, 닐 자신이 그 이야기를 진실이라고 승인하는 것처럼 보인다.

◆ 사기꾼

"나는 평생을 기만적인 인간으로 살아왔다My whole life I've been a fraud"라는 말로 내적 독백이 시작되는데, 사기꾼a fraud이라는 말이 법적 용어로 사용되는 게 아니라는 점이 곧 밝혀진다. 민법이나 형법에 접촉될 만큼 다른 사람에게서 부당한 이득을 획득하는 것이 아니라, 다른 사람이 나를 좋아하고 우러러보도록 한다는 것이다. 즉, 남들이 나를 좋아하고 사랑하도록 만드는 것이다.

그런데 우리는 통상 남들이 나를 좋아하도록 만드는 행위를 사기라고 말하지 않고, 그것 때문에 괴로워 자살하지 않는다. 〈굿 올드 네온〉은 월리스가 경험하고 있는 당대(포스트모던 시대)를 '진정성sincerity'이 없다고 진단하고 그 생각을 문학적 언어로 표현한 것이다.

월리스의 매력은 일상생활의 사소한 것에서 무거운 철학적 주제를 잘 찾아낸다는 데 있다. 예를 들어 그는 미각의 즐거움을 위해 랍스터를 산 채로 끓는 물에 넣는 것이 옳은 일인지 묻는다. 그는 〈굿 올드 네온〉에서는 21세기 미국의 최상층, 고연봉 소득자에게 당신은 진정한 삶을 살고 있느냐고 묻는다. 이 질문이 젊은 도시 전문직(Yuppie), 즉 다른 사람보다 빛나는, 성공한 사람에게 던지는 질문이라는 점을 주목하길 바란다. 이 질문에 모든 면에서 탁월했던 닐이 자신은 가짜이고, 사기꾼이었다고 말하는 것이다.

사기꾼은 행복할 수 없다. 1등을 하고 그 보상으로 여학생의 가슴을 만질 때도 싱그러움이나 부드러움은 느끼지 못하고, 단지 허락받은 남자라는 생각뿐이었다. 그건 슬픈 일이었다. (그리고 이러한 일은 일상에서 항상 반복되는 것이었다. 치유하고자 했던 명상센터나, 정신분석의 앞에서도 사기꾼이었다.)

이것은 항상 승승장구하는 닐에게만 특별한 현상이 아니다. 미국 사회는 사랑하기 위해선 남성적 타당성을 증명하는 데 모든 시간을 보내야 했기 때문에, 진정한 사랑은 불가능하다. 닐은 자신을 사기꾼이라고 느끼는 것은 그가 타인을 진정으로 사랑하는 능력이 없다는 말이고, 미국 사회에서 성공하는 젊은이들은 이런 파국에 필연적으로 빠질 수밖에 없다는 선언이다.

〈굿 올드 네온〉은 닐이 자신에게 주어진 파국을 벗어나려는 수많은 노력을 검토한다.

▲《그들이 가지고》의 노먼 보커Norman Bowker는 베트남 전쟁의 트라우마를 감당하지 못하고 자살한다. 〈굿 올드 네온〉의 닐은 자신이 사기꾼이고 그것에서 헤어나올 수 없다는 역설에 빠져 강박증으로 결국 자살한 트라우마 환자가 아닐까? 노먼

보거나 닐의 심리적 고통은 트라우마에서 헤어나오지 못하는 사람의 전형적인 형태처럼 보인다. 다만 닐에게는 베트남의 "똥밭", "카이오와 군화"와 같은 트라우마를 일으키는 사건이 없다. 오히려 지나치게 좋은 물질적 환경 속에 있다.

혹 월리스는 헤밍웨이, 포크너, 토니 모리슨, 팀 오브라이언과는 전혀 다른 종류의 새로운 트라우마 글쓰기를 하는 것은 아닐까? 작가는 의식적이든 아니든, 자신의 역사에 대해서 반응하지 않을까? ▲

◆ 시간

〈굿 올드 네온〉은 포스트모더니즘 소설이기에 이해하기 어려울 것이라고 예상할 수 있다. 그리고 그 예상을 충분히 만족시킬 만큼 이 작품은 이해하기 쉽지 않다. 먼저 작가는 시간의 흐름이 우리들이 생각하는 것처럼 직선적 진행을 하지 않는다고 믿고, 〈굿 올드 네온〉도 비선형적으로 썼다. 이 말은 많은 사건들이 동시적으로 폭발하기도 한다는 의미이다. 우리의 감각에서는 한 사건이 먼저 발생하고 다른 사건이 한참 후에 일어나서, 그들이 순서가 있고 혹은 인과관계인 것처럼 보이지만, 사실은 동시적이라고 말하는 것이다. (그런데 우리의 독서는 선형적으로 진행되기에, 이해가 어려운 것은 피할 수 없다.)

책에서는 정신분석의 구스타프손과의 만남은 시작 부분부터 중요하게 취급되고 오랫동안 지속되지만, 우리의 시간 순서로 말하자면, 정신분석은 마지막 단계에 속한다. (즉, 중독자 치유모임, 교회 나가기, 요가 수련 등등의 과정을 거치고 자살하기 직전의 단계에 해당한다.) 그리고 정신분석의를 만나는 것도 온전히 서술하는 것이 아니라, 사이에 많은 다른 일들을 끼워넣고 섞어서 이야기한다. 예를 들면, 처음 진료실에 갔을 때, 서술자 닐이 진료실의 풍경을 묘사하는 사이에 7쪽이나 되는 다른 이야기가 끼어들고, 그리고 다시 구스타프손의 이야기로 이어진다. 서술자 본인도 자신의 설명 방식이 정신없다고 인정하기도 한다.

독자를 당혹스럽게 하는 것은 원서로 40쪽(번역서 65쪽)을 넘어간 다음에, 시간은 진행하지 않았다고 말하는 것이다. 즉, 동일한 9시 17분이고 조금도 흐르지 않았다고 각주를 단다. 이런 진술은 우리가 현상세계를 넘어서 본체계에 접근했다는 느낌을 갖도록 하지만, (참, 어떤 철학자는 말할 수 없는 것은 침묵하라고 하지 않았나?) 〈굿 올드 네온〉은 다시 읽으라고 한다.

◆ 서술자

서술자가 1991년에 자동자로 교각 충돌을 일으켜 사망한 닐이라는 점을 분명히 하고 있지만 닐의 설명 방식이 통일된 것이 아니기 때문에 독자의 이해에 어려움을 가중시키기도 한다. 우선 닐은 자신의 차로 교각을 향해 돌진하는 멋있는 장면과 문학적 표현("밭에서 울어대던 곤충들이 한꺼번에 날아오르고")을 하지만, 그 이전에는 (죽은 다음, 유령으로서) 독자를 자동차 안에 앉혀 놓고 상황을 설명하기 때문이다.

〈굿 올드 네온〉의 독자들은 다른 작품의 독자들처럼 편안하게 앉아서 일어나는 사건들을 관찰하는 위치에 있는 것이 아니라, (언제 초대받았는지도 모르지만) 자살한 유령의 안내를 받으며 교각을 향해 돌진하는 자동차에 탑승하고 있다. 단순히 책을 읽는 것이 아니라, 마치 입체 영화를 보는 것처럼 고출력 기계high-powered machinery에서 모든 것을 경험시키고 있다. (월리스는 편안히 앉아서 읽겠다는 태도를 관음증 성향이라고 말한다.)

서술자는 독자에게 사람이 죽고 난 직후에 무슨 일이 벌어지는지 알려주겠다고 초대한 것으로 보인다. 그러나 그는 계속 미루기만 하고, 알려주지 않다가, 각주에서 직접 교각과 충돌시키며 그것을 경험하도록 한다.

◆ 각주

월리스는 〈굿 올드 네온〉의 페이지 레이아웃까지 고려해서 모든 내용이 사방의 흰 벽에 투사되는 것처럼, 보이게 했다. 그래서 모든 페이지가 빽빽하게 글자로 채워지는 답답한, 갇혀있는 심리를 체험하도록 했는데, (페이지의 레이아웃만 보면, 헤밍웨이의 〈흰 코끼리〉의 정반대라고 말할 수 있다. 끊임없이 정보가 펼쳐지는 우리의 뇌를 의미하는 듯하다.) 〈굿 올드 네온〉은 179쪽에 긴 각주를 보여준다. 이 각주는 무덤 너머에 있는 유령이 독자의 자동차가 교각과 충돌하는 순간을 설명한다. 모든 것은 네온처럼 스쳐지나간다. 독자가 핸들과 충돌하는 바로 그 순간에. 그리고는 큰 글자로 "끝THE END"이 표시된다.

이어지는 본문에서는 전혀 새로운 장면이 준비된다. 데이비드 월리스가 닐의 사진을 바라보고, 대단한 행적(타율이 4할 1푼 8리나 된다.)과 고통스럽게 목숨을 끊도록 만든 내면을 조화시키려는 시도를 한다. 월리스는 소설가이고 〈굿 올드 네온〉의 저자이므로 우리가 지금까지 읽어온 각주 이전의 이야기들, 즉 닐의 트라우마 탈출 시도와 그 실패의 우울한 이야기는 월리스가 다시 만들어낸 이야기임을 알게 된다. 즉, 지금까지 닐의 이야기는 월리스의 약간 채색된 자서전인 셈이다. (월리스가 2008년에 자살한 것이 〈굿 올드 네온〉의 자서전적 성격을 더욱 강화시켰다.)

우리는 앞의 작품 《그들이 지니고 다니는 것들》에서 작가 팀 오브라이언이 실명으로 등장하는 메타픽션적 성격을 살펴보았다. 그리고 지금 여기 〈굿 올드 네온〉에서도 작가 데이비드 월리스가 실명으로 등장하여, 이 작품이 메타픽션적 특징을 가지고 있음을 마찬가지로 알리고 있다. 중요한 차이가 있다면, 오브라이언의 작품에서는 하나의 작품 다음에 각주처럼, 다음 작품이 연결되어 뒷이야기를 알려주는데, 〈굿 올드 네온〉에서는 하나의 작품 안에서 각주가 들어있고, 이어서 뒷이야기가 전개된다는 점이다.

팀 오브라이언이 메타픽션을 두 편의 단편으로 나누어서 설명했다면, 여기에서는 한참 더 세련되게 하나의 단편 안에서 두 이야기를 묶어버린 것이다. (외적 형식에서는 훨씬 세련되었지만, 내용 측면에서는 매우 난해하여 이해하기 어렵다.)

해석

◆ 〈이반 일리치의 죽음〉

〈굿 올드 네온〉을 잘 해석하기 위해서는 톨스토이의 〈이반 일리치의 죽음 *The Death of Ivan Ilyich*〉(1886)을 먼저 읽는 것이 필요하다. 조금 과장해서 말하면 〈굿 올드 네온〉은 〈이반 일리치의 죽음〉을 포스트모던한 스타일로 다시 쓴 것이라고 할 수 있다. 이런 작업을 월리스가 의도적으로 했다는 것은 〈굿 올드 네온〉의 서사와 별 관련 없이 나오는 "끝을 생각하라Respice Finem"가 〈이반 일리치의 죽음〉 2장의 인용이라는 점에서 알 수 있다.

이반 일리치는 죽음에 임박해서 "내가 지난날 살아왔고, 지금 살고있는 것은 허위lie이고, 생사를 가리고 있는 기만a deception"이라고 깨닫는다. 19세기 리얼리즘realism의 이러한 결말은 〈굿 올드 네온〉에서는 첫 구절의 내적 독백으로 표현된다. "나는 평생을 기만적인 인간으로 살아왔다."

톨스토이의 사실주의 소설이 주인공의 삶의 최종적 평가를 결론 부분에서 보여주는 것에 비해서 포스트모던한 월리스는 독자에게 인물의 내면을 처음부터 그대로 보여준다. 우리는 이 대비가 극단적이라고까지 생각한다.

톨스토이는 당시 러시아의 상류층 인사(판사, 검사)들이 동료의 죽음에 무관심하거나 자신과 관련 없는 일로 생각하는 장면으로 시작한다. 동료 판사와 검사들은 이반 일리치가 죽어서 자신에게 닥칠 수 있는 근무상의 이동과 변화를 생각하고, 죽은 것은 자기가 아니라는 것을 기뻐했다.

〈굿 올드 네온〉의 마지막은 월리스는 "타인의 내면을 충분히 이해할 수 없다"는 경고에도 불구하고 죽은 닐과의 대화를 시도하는 것이다. 이 점이 포스트모던한 문학에 진정성을 가져와야 한다는 작가의 주장을 내보인다. 문학은 인간이 참으로 존재하는 것이 어떠한 것인가를 보여주는 것이라고 말하면서 월리스는 이 점으로써 톨스토이를 넘어선다고 생각했을 것이다. 그리고 이것을 위해서 〈굿 올드 네온〉을 쓴 것이다.

〈이반 일리치의 죽음〉이나 〈굿 올드 네온〉에서 공통으로 보여주고 있는 것은 주인공들이 타인에게서 이해받지 못하고 그들의 무관심에 고통받는 다는 점이다. 그들은 사랑하고 사랑받아야 하는 사람이지만 그들의 세계에서 그러한 능력을 갖추지 못했다. 이반과 닐은 그들의 고통을 치유하기 위하여 의료 전문가(닐은 정신분석의)를 찾지만, 의사는 이반의 고통에 무관심하고 (모든 시도를 다 거쳐온) 닐이 오히려 정신분석의를 분석하고 조롱한다.

▲ 라틴어 "Respice Finem"은 "끝을 생각하라"는 말이지만, 동시에 "죽음을 생각하며 행동하라", "인생의 마지막을 염두에 두라"라는 의미도 들어있고, 톨스토이나 월리스의 작품에서는 죽음, 인생의 마지막에 관한 암시가 더 강하다. 그런데 "Respice Finem"에는 미묘한 놀이가 숨어있는 듯하다. 닐은 회중시계를 어머니에게서 받았는데, 어머니는 자신의 외할아버지에게서 물려받았다고 굳이 밝히고 있기 때문이다. 닐이 양자이고 그 어머니의 국적이 밝혀지지 않았다. 따라서 어머니의 외할아버지가 러시아 사람이라고 생각해도 문제될 것이 없는 상황이다. 어쩌면 월리스는 그 시계가 이반 일리치의 시계라고 암시하는 것일 수 있다. 그렇다면 미국 단편소설에 등장하는 시계가 백여 년 전 톨스토이 소설의 주인공이 차던 것이라고 하면 단지 실없는 농담일까? 어쩌면 톨스토이의 윤리적 삶의 문제가 포스트모던한 자신의 작품에도 들어 있음을 심하게 강조하는 것일 수도 있다. ▲

◆ 비트겐슈타인과 유아론

"나와 나의 경험만 존재한다"는 형이상학적인 이론(유아론)은 현대에는 주로 전통적인 영국 경험론과 관련되어서 나온다. "내가 알고있는 것은 모두 나의 경험에 기초하고 있고, 나의 지식은 경험을 초월할 수 없으며, 나의 경험은 나에게 직접적이고 사적private이다. 나 자신과 나를 넘어서는 아무것도 존재하지 않는다."라는 주장이다. 이러한 형이상학적 주장은 설득력이 있는 것도 아니고, 여기에 기초해서 실천적으로 살아가기에도 어려움이 많아서 진심으로 주장하는 철학자는 거의 없다. 그러나 이론적으로 유아론solipsism을 온전하게 반박하기는 어렵다. 버트런드 러셀은 유아론에는 진실인 부분도 있지만, 그 자신은 받아들일 수 없다고 했다. 그런데 비트겐슈타인은 그의 초기 철학서인 《논고》에서 "나의 언어의 한계가 나의 세계의 한계이므로, 유아론은 옳다"라고 했다. 비트겐슈타인의 의미가 정확히 무엇인가에 대해서는 논쟁의 여지가 많다.

▲ 우리는 미국 단편소설 이해에 필요한 만큼만 철학에 접근해 보자. 거추장스럽다고 느낀다면 이 부분은 건너가도 전혀 문제없다. 우리는 《논고》의 유아론 논의를 다음처럼 요약하고자 한다.

사태state of affairs와 명제propositions 사이에 엄격한 일대일의 대응 관계가 존재한다면, 나는 내 세계의 사실이 아닌 것은 말할 수 없다. 그런데 선善, 아름다움美은 사물도 아니고 사물의 속성도 아니어서, 그것에 대해서 말할 수 없고, 말한다면 그것은 무의미nonsense하다. 경험을 넘어서는 것 중에는 초월적인 신이나 영혼과 같은 것도 있지만, 데카르트가 말하는 형이상학적 실체로서의 자아Cartesian I도 있다. 그러나 비트겐슈타인은 철학적 자아는 세계 안에 위치할 수 없지만, 흡사 눈目은 보이지 않아도, 시야視野 안에서 세계가 경험되는 것처럼, 나의 세계는 존재한다. 그래서 "세계는 나의 세계"라는 말(5.62)이 나오고 여기에서 "나의 언어의 한계는 나의 세계의 한계"(5.62c)라고 말한다(의미는 분명치 않다). 같은 항목에서 그는 유아론이

뜻하는 것은 전적으로ganz 옳다고 했다. (우리에게는 비트겐슈타인의 유아론이 언어이론에서 왔다고 이해하는 것으로 충분하다.) ▲

철학과 문학을 함께 공부한 월리스는 비트겐슈타인의 철학에 매료되었고, 비트겐슈타인의 유아론을 문학적으로 표현할 수 있기를 희망했다. 그의 첫 번째 소설 《빗자루의 체계》(1987)가 바로 이것인데, 우리는 이것을 직접 살피기보다는, 1년 후에 나온 데이비드 마크슨David Markson의 《비트겐슈타인의 정부Wittgenstein's Mistress》(1988)의 대강을 먼저 살피는 것이 유리하다. (이 소설은 인상적인 줄거리를 가지고 있다)

어느 날 깨어보니 중년의 여류 화가 케이트Kate는 자신이 지구상에 살아남아 있는 유일한 사람임을 알게 된다. 어떤 사건 때문인지 알지 못하지만, 자신을 제외한 모든 사람이 없어진 것이다. (그녀는 그렇게 믿을 수밖에 없다.) 그녀는 수년 동안 대륙을 돌아다니며 (메트로폴리탄 미술관, 루브르 박물관, 콜로세움, 시베리아 등등) 다른 사람을 만나려고 헤매었는데, 살아있는 것은 어떤 것도 보지 못하고, 결국 해변가 별장으로 은퇴해서 자신의 과거 기억과 여행 이야기를 타자로 친다. 처음에는 루브르 박물관에서 먹고 잘 때, 길에 "누가 루브르에서 살고있다"라고 써서 남기기도 했다. (물론 불쌍하게도 아무도 오지 않았다.)

그녀는 기억을 유지하려고 강박적으로 노력하고, 자신의 삶과 자신이 속했던 세계에 대한 지식을 정리하고 재구성하고 있다. (그녀는 아들도, 어머니도, 연인도 있었다.) 물론 케이트의 내레이션은 신뢰할 수 없고, 정신적으로도 불안정하다. (그녀는 정신이 나간 시기도 있었다고 인정하는데, 독자는 지금의 상태가 어떤지는 알 수 없다.) 그녀는 자신의 세계, 즉 그녀가 스스로 끊임없이 재구성해야만 존재하는 자신의 세계에 갇혀 있다. (그녀는 아들 이름도 다르게 말하고, 없는 고양이를 찾아다니기도 한다.) 그녀는 자신이 존재한다는 것을 증명하기 위해 글을 쓴다. (월리스는 이 책을 철학적 SF소설이라 하고 케이트가 존재하지 않을 가능성에 집착하고 있다고 말한다.) 그녀는 텅 빈 해변에서 살면서 "누가 이 해변에 살고있다"라는 표지판을 쓰는 것이 소설의 마지막이다.

월리스는 《비트겐슈타인의 정부》가 볼테르의 《캉디드》, 사르트르의 《구토》, 카뮈의 《이방인》에 근접하는 철학적 소설이라고 극찬한다. 제목에 이름이 나오는 비트겐슈타인의 철학이 소설의 토대인데, 소설에서는 《논고》를 철저한 고독으로 표현했다. 물론 주인공은 지구상에 홀로 남았다고 믿고, 주장하고, 글을 쓰지만, 소설의 핵심은 고독 그 자체이다. 비트겐슈타인의 유아론은 철학적으로는 그다지 매력 없는 주장이지만, 그것을 다른 사람과 의사소통이 되지 않는 절대고독으로 풀어간다면, 매력있는 소설의 주제가 될 수도 있다.

월리스의 첫 번째 소설 《시스템의 빗자루》도 비트겐슈타인과 관련된다. 전화 상담원인 레노어 비즈먼Lenore Beadsman이 요양원에서 사라진 90세의 증조할머니를 찾는 이야기인데, 증조할머니는 비트겐슈타인의 마지막 제자이다. 《철학적 탐구 Philosophical Investigation》를 들고 사라진 할머니는 작품이 끝날 때까지 나타나지 않는다. 할머니는 부재하지만, 발생하는 사건들에게 지배적 영향력을 행사하는, 일종의 유령과 같은 역할을 한다. 부재하는 할머니가 이십대의 여주인공 레노어를 컨트롤하면서, 주인공 레노어의 주변 사람들, 남자 친구 릭 비고로우스Rick Vigorous, 치료사 제이 박사Dr. Jay. 목사 사이크Sykes, 앵무새(Vlad the Impaler) 등의 에피소드가 필연성 없이 소개되고, 어느 것 하나도 분명하게 매듭지어지거나 해결되지 않고, 소설은 그대로 끝난다. (인생 자체가 그렇다고 말하는 것처럼.)

다만 마지막 메타픽션이 기억할 만하다. 월리스의 대역을 하는 목사 사이크가 독자들에게 말하는 대목이다.

"나를 사용하세요, 친구들이여, 함께 게임을 합시다. 어떤 플레이어도 외롭지 않을 거라고 약속합니다. 내 손 보이지요? 여기 있어요. 만지라고 내밀고 있어요. 만지세요. 당신들 손을 흙에 얹고(땅에 얹고) 만져 보세요. 여기 내가 당신을 위해 있습니다."

우리는 《비트겐슈타인의 정부》가 《논고》의 유아론을 소설로 바꾸었다고 보았는데, 월리스의 《시스템의 빗자루》는 《철학적 탐구》를 소설로 해서 고독을 벗어나려 했다고 읽는다. 두 작품을 함께 언급하는 것은 《비트겐슈타인의 정부》가 절대고독을 더 잘 표현했다고 말하는 것 이외에, 월리스는 처음부터 공동체 안에서 절대고독을 극복하려 했다고 말하는 것이다.

우리는 〈굿 올드 네온〉은 다시 《시스템의 빗자루》의 주제로 되돌아갔으며, 그것을 초기 소설의 느슨한 구성이 아니라, 밀도 높은 단편소설의 형식으로 바꾸었다고 읽는다. 물론 마크슨의 케이트처럼 주변에 사람이 아무도 없어서 고독하다는 것이 아니라, 같은 게임을 하는 사람은 많은데, 다른 사람들과 단절된 것이다.

후기 비트겐슈타인은 유아론을 언어의 게임이론으로 극복한다. 한 사람이 혼자 사용할 수 있는 사적 언어는 불가능하고, 언어는 그 규칙을 함께 지키는 공동체를 전제로 해야만 가능하다. 치통이라고 하는 내부 감각은 (그 자체만으로는) 소통 불가능하지만, 통증의 외적 표현인 찌푸림은 감각행위이고, 공적 접근이 가능해서 소통될 수 있다. 따라서 같은 언어 규칙(게임)을 사용하는 동반자들은 감각행위를 전달하는 언어게임을 통해서 내부 감각을 소통할 수 있다.

그러나 월리스는 자기의식이 투명하게 밝히는 현대인의 내부 감각이 외적 표현과 일치하지 않는 사람의 이야기에 눈을 돌린다. 〈굿 올드 네온〉의 닐은 이러한 부조화 때문에 자신을 "사기꾼"이라고 느낀다. 그리고 그러한

〈굿 올드 네온〉

불일치는 특정한 상황에서만 발생하는 우연적 일이 아니라 "사기꾼의 역설"이라는 논리법칙에서 결과하는 자연현상이므로, 피할 수 없어 자살한다. 월리스는 현대 미국 사회가 요구하는 자기증명은 내적으로는 비인간적인 자아로의 변신일 수밖에 없다고 힘주어 말한다. 타인을 사랑할 능력이 없어 절대고독에서 벗어날 수 없는 자기의식 과잉의 포스트모던 시대에 월리스는 메타픽션의 새로운 목소리를 제시한다.

사기꾼의 역설에 빠졌다는 닐의 절대고독이 작가 월리스의 상상이었다고 밝혀진다면, 즉 스토리 전체가 현실세계의 순수 모방이 아니라, 월리스의 문학작품(artificiality)임이 밝혀진 거라면, 무대에 죽었다고 선언되었던 작가(〈저자의 죽음〉)가 돌아온 것이고, 독자는 그를 이용해서 대화를 할 수 있을 것이다. ["나를 사용하세요, 친구들이여, 함께 게임을 합시다(《시스템의 빗자루》).]

월리스의 메타픽션은 작가와 독자의 관계를 새로 정립하려 하지만, 기계장치의 신deux ex machina으로서 마지막에 등장하는 작가에게도 쉽고 성공이 보장된 일은 아니다. 작가에게는 '타인의 마음은 결코 알 수 없다'는 또 다른 형태의 유아론과의 싸움이 필연적이기 때문이다.

▲월리스는 자신의 메타픽션을 트라우마 치유라고 해석하는 것을 경계한 듯하다. 그는 《오블리비언》의 두 번째에 〈영혼은 대장간이 아니다〉를 실었는데, 이 작품은 명백하게 트라우마와 그 치유에 관한 이야기였다. 그리고 네 번째에 〈굿 올드 네온〉을 실어서 이것은 〈영혼은 대장간이 아니다〉와는 다른 강박obsession에 관한 이야기라고 주장하는 듯하다. 〈영혼은 대장간이 아니다〉는 학교 수업 중에 인질로 잡힌 초등학교 학생들의 트라우마를 다룬다고 분명하게 밝히고 있고, 〈굿 올드 네온〉은 어떤 특별한 사건이 아니라, "사기꾼의 역설"이라는 논리적, 혹은 자연적 법칙에서 결과한 것이라는 점을 강조하고 있기 때문이다.

그러나 우리는 월리스의 희망을 간단히 무시하기로 한다. "사기꾼의 역설"은 재치있는 표현일 뿐 논리적 "역설"이 아니고, 아이러니보다 진정성을 보여주는 그의 메타픽션은 트라우마 치유에서 더 빛나기 때문이다.

물론 제일 중요한 것은 플래너리 오코너의 경우에서도 경험한 것처럼 해석은 독자의 즐거움이라는 것이다. ▲

월리스의 X세대는 대중문화를 적극적으로 소비하는 미국 엔터테인먼트 공화국의 시민들이다. 여기에서 상류층 여피족Yuppie에 속하는 월리스의 문학적 치유의 장치는 진정성을 전제로 하는 대화이다. 우리는 이러한 조건 속에 있는 후기 포스트모던 문학에는 그로테스크한 것이 서있을 수 없다고 생각한다. 그로테스크는 메타픽션으로 치유될 수 있는 트라우마가 아니라고 생각한다. 사잇길에서 잠깐 살펴본 토니 모리슨의 재즈, 집단적으로, 실천적으로, 참여하는 변신이 하나의 답일 수 있을 것이다. 아마 엔터테인먼트 공화국의 시민들에게는 불가능한 일이어서 월리스가 자신의 작품을 트라우마와 관련된 것이 아니라고 말하는지 모르겠다.

2차 대전 이후 유럽의 그로테스크 문학, 즉 부조리 문학이 어떻게 전개되는가를 미국의 것과 비교해서 살핀다면, 매우 짜릿한 즐거움을 맛볼 수 있을 것이다.

누구든 (미국) 단편소설 탐험을 시작하면 나름의 이해와 기대를 가지고 출발할 것이다. 그러다가 만나는 작품들이 예상과 다르면 흥미롭기도 하겠지만, 한편으로는 당황스럽고 의아해서 내심 불편해질 수도 있다.

도대체 단편소설이란 무엇인가?

그런데 우리는 이러한 질문을 시작 단계가 아니라, 한 여정의 마무리에서 살피고자 한다. 이유는 단순하다. 단편소설에 관한 합의된 정의는, "정의의 나라land of definition"라는 미국에서도 도출되지 않기 때문이다.

우리는 단편소설의 본질이나 에센스를 더듬어 찾기보다는 그 역동성을 역사 속에서 살펴보고자 한다. 이 방법이 오히려 지금까지 읽어온 작품들에 대한 또 다른 조명을 기대할 수도 있기 때문이다. (그리고 후기의 긴 글에 대한 변명도 될 것이다.)

일단 일상적인 어투로, "짧은 소설 아니야?"라고 해보자.

우리말 '단편소설'을 '짧은 소설'이라고 해석하면 오해를 불러올 수 있다. "'단편소설'은 짧은 소설이다"라는 말은 "A short novel is a 'short novel'"과 같은 동어반복이 되어, 아무런 정보도 없는 무의미한 말이 되기 때문이다.

소설小說의 소小는 크기와 관련된 작다는 의미보다는 사서오경이나 임금님의 말씀, 또는 역사서와 같은 큰 말씀大說에 비해서 일상적인 것, 사소한 것, 잡스러운 것이라는 뜻이다.

동양에서 받아들인 소설小說이라는 말은 서양의 'novel'이고, 서양의 'novel'은 고대부터 내려오는 긴 허구의 서사에 대립하는 **새로운 허구**라는 의미로 르네상스 시대에 처음 사용되었다. 보카치오Boccaccio의 《데카메론 *The Decameron*》은 중세의 기사담이나 궁정의 로맨스romance와는 다른 새롭고 짧은 이야기novella들의 모음집 제목이었고, 'novel'은 이 'novellas'에서 파생(축소)된 것이다.

중세의 기사담이나 궁중의 로맨스에 비해서 새롭게 등장한 'novel'은 새로운 계층, 시민 상업계층과 관계된다. 귀족이나 상류층이 독점적으로 사용하는 운문에 비해서, 산문으로 형성된 'novel'은 그다지 교육받지 못한 중산층과 상인계급을 위한, 그들의 의사표현과 그들의 정체성 형성에 관련되었다.

서양 문학의 역사에서 최초의 위대한 유럽 소설로는 《돈키호테》(17세기), 근대 소설의 발생으로는 영국의 《로빈슨 크루소》(18세기)를 말한다. 소설의 발생은 과학, 특히 인쇄술의 발달과 함께 한다. 이 점은 유럽의 지배적인 국가로 떠오른 영국의 시장과 철도의 확대와 맞물린다.

◆ 소설의 시작

1720년대 영국의 인구는 대체로 600만 명으로 추산되는데, 독서인구는 전체의 20분의 1 정도였을 것이다. 18세기 영국 노동자의 평균 주급이 10실링이었으므로, 한 권에 5실링이나 하는 《로빈슨 크루소》를 읽을 노인들은 많지 않았을 것이다. 19세기에는 부르주아지 문화가 지배하게 되었고 소설이 널리 퍼졌다. 신문과 정기간행물이 확대되어 일반인들이 소설을 더욱 쉽게 접할 수 있게 되었다. 찰스 디킨스의 작품이 신문이나 잡지에 자주 연재되었고, 그것이 나중에 소설 형식으로 재인쇄되었다. 소설은 인기가 높았고, 단편소설novella은 쇠퇴하고 있었다.

▲ 'novel'과 복잡한 관계를 가지고 있지만 독자적인 발전경로를 밟고있는 'novella'는 19세기 후반과 20세기에는 유럽에서 상이하게 발전한다. 영국에서는 거의 쇠퇴하고 있었고, 독일에서도 그다지 발전하지 못했지만, 프랑스에서는 소설과 동반 발전을 하고 있었다. 소설은 플로베르 이후에, 단편소설은 모파상에서 새롭게 피어나고 있었다. 모파상은 'novella'보다는 훨씬 짧은 콩트conte와 소설을 함께 만들었다. 러시아는 체호프에서 새로운 모습을 보게 되는데, 체호프는 유럽에 많은 영향을 끼치는 위대한 작가가 된다. ▲

▲ 단편소설은 유럽 여러 나라에서 상이한 이름으로 불리고, 특징도 나라마다 차이가 있지만, 그들의 뿌리가 14세기의 'novella'에 있어, 우리는 유럽 여러 나라의 단편소설을 모두 'novella'라는 이름으로 통일하고, '단편소설'이라 번역한다. 이는

프랑스의 'nouvelle', 'conte', 독일의 'Kurzgeschichte', 'Erzählungen', 영국과 미국의 'Short Story', 러시아의 'рассказ'(rasskaz), 한문화권의 '短篇小說'을 두루 편리하게 지칭하고자 하는 의도이다. 보다 상세하게 중편, 장편, 단편을 구별하지 않았는데, 우리의 관심이 미국에 제한되어 있기에 큰 무리는 없을 것이다. ▲

◆ **미국 단편소설과 애드거 앨런 포**

미국도 영국의 산업혁명과 마찬가지로 철도 네트워크 구축이 모든 경제 영역에 혁신적인 영향을 미쳤고, 19세기 말에는 공통의 언어와 금융시스템을 갖춘 유럽 규모의 전국 시장을 형성했다. 소수의 고급 독자들만 상대하던 잡지들이 구독자를 일반인으로 확대하고, 광고만으로 출판 비용을 충당할 수 있게 되자, 잡지는 아날로그 시대의 인터넷과 같은 역할을 했다. 잡지들은 처음에는 영국의 기사를 옮겨 싣는 데 주력했지만, 점차 미국 이야기로 채웠으며, 미국 작가의 글을 실었고, 그 결과 잡지가 신생 국가 미국 만들기에 적극적인 역할을 했다.

시민 계층은 잡지에 실린 백과사전식 기사를 좋아했고, 그러한 정보를 읽는 것이 그들 삶에 필수적인 요소로 되어갔다. 잡지는 스케치sketches, 이야기tales, 에세이essays 등을 많이 실었고, 연재보다는 그 회에 완결되는 짧은 것들을 더 좋아했다. (젊고 바쁜 미국민의 특성이라고 이해된다.)

잡지 편집자 애드거 앨런 포는 정확하게 대중들이 미국 잡지에서 원하는 것이 무엇인지를 알고 있었다. 그는 제본된 책보다는 잡지가 미국 문화에 적절하다고 확신했고, 잡지가 책보다 더 많은 독자를 확보할 것이라고 믿었다. 그래서 그는 제본된 책의 형식을 갖는 소설보다 잡지의 단편소설이 미래의 미국 문화를 주도할 것이라고 예측했다.

포는 미국 문학에서 단편소설의 창시자로 꼽힌다. 그는 스스로 단편소설을 썼을 뿐만 아니라, 비평을 통해서 단편소설을 규정했는데, 그의 업적이

실상 우리 이야기의 출발점이 된다.

포는 당시 떠오르는 작가 나다니엘 호손Nathaniel Hawthorne의《두 번 말한 이야기들 *Twice told tales*》(1837)의 확장판(1842)을 검토하면서, 호손이 제목을 '이야기들tales'이라했지만, 엄밀히 말하면 이 작품에 들어있는 모든 것들이 이야기는 아니고, 정확히 말해서 에세이들이라고 비판했다.

▲포는 오늘날의 'Short Story'라는 용어보다 'tale'이라는 단어를 고수했는데, 의미는 동일하다. 따라서 포가 "'tale'이란 무엇인가"하고 이야기했다면, 그것은 "단편소설이란 무엇인가"라는 의미이다. 당시에 소문자로 표시한 'short story'와 대문자 'Short Story'의 구분이 있었는데, 우리는 구분을 무시하고 모두 대문자로 표기한다. ▲

포의 비판은 미국 단편소설의 역사에서 매우 중대한 의미를 갖는다. 분명히 여기에서 그는 '단편소설'에 대한 정의를 전제로 하고있기 때문이다. (호손은 자신이 '에세이'를 썼다고 생각하지 않았다). 포는《그레이엄 매거진 *Graham's Magazine*》1842년 5월호에서 어떤 것이 진정한 단편소설tale인지를 말한다.

그것은 앉은 자리에서 한 번에 읽을 수 있는 "30분에서 1-2시간"의 분량이어야 하며 효과의 통일성을 확보하는 구성이어야 한다. 서정시처럼 너무 짧아도 안 되고 소설처럼 길어서 마지막까지 몰입할 수 없어도 안 된다. 일반적인 집중력을 위해서 잡지 1회분에서 완결될 수 있는 이야기가 가장 적절하다.

포의 "효과의 통일성이 유지될 만큼 짧은 이야기"는 단편소설Short Story에 대한 정의로 여겨졌고, 이 주장이 미국에서는 의문의 여지가 없는 것으로 받아들여졌다. 더구나 효과의 통일성을 위해서 작품이 기승전결의 구조를 가져야 한다는 확대된 주장이 미국 단편소설의 전범典範으로 알려진다.

▲ "기승전결"은 익숙한 우리말로 바꾼 것이다. 영어에서는 5단계로 나누고 각각 'Expositon', 'Rising Action', 'Climax', 'Falling Action', 'Denouement'이라고 하며, 이것의 다이어그램을 프라이타크Freytag 삼각형이라 한다. 우리는 특별히 필요한 경우가 아니면 "기승전결"이라 한다. ▲

그러나 사실 포의 주장이 19세기 말과 20세기 초까지 미국을 지배했지만, 그의 정의는 매우 배타적이고 편협한 것이다. 포는 호손의 작품들 중에서 〈웨이크필드Wakefield〉가 가장 뛰어나다고 말한다. 〈웨이크필드〉는 영국을 무대로 하고 있지만, 무난한 결혼생활을 10년 보낸 남편이 어느 날 잠깐 여행을 다녀온다고 아내에게 푸근한 미소를 날리고 집을 나가더니 20년 동안이나 돌아오지 않는 이야기이다. 웨이크필드Wakefield라는 이름의 이 남편은 멀리 사라진 것이 아니고, 길 건너편의 아파트에 변장하고 숨어 살면서 자신의 집, 아내를 몰래 살펴보는 일을 했다. 그러다가 20년이 지난 어느 겨울날, 따뜻한 미소를 지으며 문을 열고 다시 돌아온다.

포에게는 이 이야기의 드라마틱한 요소가 그의 취향에 어울렸을 것이다. 그러나 호손은 이 작품에서 드라마보다는 주인공 웨이크필드의 동기와 심리상태, 그 도덕성에 더 관심이 많아, 자신의 의견을 독자에게 직접 말했다. (호손은 20년 만에 만나는 극적인 장면에는 관심이 없다. 부인의 반응은 언급도 없이 끝낸다.) 호손은 드라마적인 요소와 에세이를 합해서 단편소설tale이라고 생각한 것이다. 그런데 포는 단편소설tale은 드라마적인 것이고 에세이는 그보다 한층 하위의 종이라고 생각했다. 따라서 에세이적인 것이 들어있는 호손의 작품은 단편소설의 영역에 속할 수 없다고 단언한 것이다.

우리는 단편소설의 최초 정의에는 포의 개인적인 취향이 강하게 깔려 있다고 말할 수밖에 없다. 포의 정의는 공포소설이나 탐정소설에는 적합하지만, 심리소설이나 체호프의 작품 같은 것에는 어울리지 않기 때문이다.

19세기 후반 미국에서는 포의 예측대로 단편소설이 미국의 대표적 장르가 되었다.

미국 단편소설의 발전사는 포가 단편소설을 발명했기 때문이 아니라 후대 작가, 편집자, 학생들이 포를 장르의 창시자로 보고, 그를 보편적으로 인용하고, 그의 주장에 놀랄 만큼 복종했기 때문이다. 포의 주장은 그의 시대보다도 후대에서 더 진지하게 받아들여졌다.

포의 주장이 20세기까지 미국과 유럽 전체에 영향을 미쳤지만, 그러나 부르주아지 시대에서 제국의 시대로 넘어가는 시기에는 모더니즘이 그러한 정의에 영향을 준다.

◆ 20세기 모더니즘, 셔우드 앤더슨

20세기는 미국 잡지의 황금시대에 속한다. 1870년에 약 1,200종의 잡지가 출판되었는데, 1890년에는 4,500종, 1900년 초에는 17,815종이나 되었다. 이는 인구 증가율을 훨씬 초과한 수치인데, 이 시기의 대표적 상품들, 자동차, 냉장고, 라디오, 치약 등 모두가 광고에 의존하는 제품임을 고려하면 이러한 급증을 납득할 수 있다. 광고로 생산 비용을 충당한 잡지들은 판매 가격을 대폭 낮춰서 보다 많은 대중에게 접근할 수 있어 광고 효과를 더욱 확대할 수 있었다. 문해율이 올라서 (문맹률은 1870년대 20%에서 1900년대에는 10%로 줄어든다) 잡지는 보다 더 미국민의 필수적인 것이 되었다. 잡지는 미국의 정체성 확립에 크게 기여하고, 미국 문화의 핵심적 역할을 했다.

20세기에는 지역을 특화하는 전문잡지가 많이 등장했고, 이러한 지역 잡지들이 미국 문학에 독특한 기여를 하게 된다. 특히 시카고를 중심으로 하는 《포에트리 *Poetry*》, 《더 리틀 리뷰 *The Little Review*》 등은 시카고 르네상스를 가져왔고, 뉴욕에서는 《더 세븐 아츠 *The Seven Arts*》, 《더 매스 *The Mass*》 같은 전문잡지가 영향력을 발휘하고 있었다. 이들은 전 국민을 대상으로 하는 대중잡지와는 달리 특정한 독자들을 위한 공간을 마련했기 때문에 실험문학이 가능할 수 있었다. 시詩에서는 엘리엇, 소설에서는 제임스 조이스가 이러한 잡지들과 연관을 맺고, 단편소설에서는 셔우드 앤더슨이 나온다.

앤더슨은 "마치 공장에서 찍어내는 것과 똑같은 이야기"들을 찍어내는 상업잡지의 단편과는 다른 작품들을 전문잡지에 발표했다. 이것이 현대적인 작품을 하려는 앤더슨의 의도를 살려주었다. 그가 발표한 전문잡지와 작품은 아래와 같다.

〈그로테스크의 책〉	《더 매스》	1916년 2월
〈손〉	《더 매스》	1916년 3월
〈종이 알약〉(〈철학자〉)	《더 리틀 리뷰》	1916년 6월-7월
〈신의 힘〉	《더 매스》	1916년 8월
〈괴짜 Queer〉	《더 세븐 아츠》	1916년 12월
〈알려지지 않은 거짓말〉	《더 세븐 아츠》	1917년 1월
〈어머니〉	《더 세븐 아츠》	1917년 3월
〈생각하는 사람〉	《더 세븐 아츠》	1917년 9월
〈아이디어의 남자〉	《더 리틀 리뷰》	1918년 6월
〈깨어남〉	《더 리틀 리뷰》	1918년 12월

시카고의 《더 리틀 리뷰》, 뉴욕의 《더 세븐 아츠》와 《더 매스》는 자신들의 뚜렷한 편집방침을 가지고 있었기 때문에, 독자들은 게재된 작품들을 일정한 기대를 가지고 읽었다. 예를 들어 예술이 개인과 사회를 새롭게 해야 한다고 주장하는 《더 세븐 아츠》에서는 소설 주인공의 갈등을 예술가의 고뇌로 이해했고, 사회주의 노선의 《더 매스》에서는 노동자의 투쟁으로

이해하고자 했다. 물론 과감하게 제임스 조이스의 《율리시스》를 연재하는 《더 리틀 리뷰》에서는 당연히 이 작품 전체를 실험적인 것으로 이해했을 것이다.

앤더슨은 이미 발표한 위의 작품에 열두 편의 새로운 단편을 첨가해서 《와인즈버그, 오하이오》라는 제목으로 출판한다. 상당수가 이미 발표되었던 작품이지만, 《오하이오》의 단편들은 미국 중서부의 소도시와 그 시민들의 그로테스크한 이야기로 새롭게 조명되었다. 즉, 산업혁명에 휩쓸린 미국 작은 도시의 고독하고 파편화된 시민들의 이야기로 읽을 때는 기존의 잡지 해석에서는 드러나지 않았던 의미들이 분명해졌다. 노동자, 예술가들의 특수한 문제가 아니라, 평범한 시민들의 정신적 고뇌에 관한 보편적인 이야기라는 것이다.

당시 가장 논쟁적인 잡지 《옐로우 북 Yellow Book》도 출판했고, 그리고 앤더슨의 초기 작품 두 편을 출판했던 존 레인John Lane은 일반시민의 그로테스크함을 다루는 이 《오하이오》 사이클을 '지나치게 우울하다'는 이유로 거절했다. 그는 개개의 단편들에 잠재되어 있던 현대의 무서운 현상이 이러한 사이클에서 분명하게 드러나는 것을 보았던 것이다.

우리는 작품 전체로서의 《오하이오》와 그것의 개별 단편들 간의 차이를 주목하고자 한다. 단편소설들이 모여서 연결되자 하나의 작품에 갇혀 있던 의미가 현실화하여 새로운 모습으로 다시 태어날 수 있게 되었다. 즐거운 상상을 해보자. 사회주의 잡지 《더 매스》는 윙 비들바움을 미국 자본주의 질서에서 압박받고 소외되고 격리된 불행한 노동자로 이해하고 미국 사회에 대한 비판으로서 〈손〉을 게재했다고 하자. 그러나 그들이 《오하이오》에서 〈손〉을 다시 읽는다면, 그것은 노동자의 특수한 압박이 아니라, 평범한 시민의 동성애적 본능임을 알게 된다. (충분히 가능하다.) 그러면 그들은 〈손〉을 그들의 잡지에 게재한 것을 후회하고 다시는 그런 작품을 싣지 않을 것이라고 생각할 수 있다. (물론《더 리틀 리뷰》는 여전히 〈손〉을 전위적인 실험작으로 생각할 수도 있다.)

이러한 상상은 미국에서 단편소설이 새로운 형식으로 나타났다고 말하는 것이다. 사이클 형식의 단편들은 포가 주장하는 단편과는 다른 특성을 보여준다. 그들은 위에서 상상해본 것처럼 다른 의미를 가져올 수 있는 형식의 확장성을 갖는다. 포의 완결된 통일체로서의 단편은 사이클 형식의 다이나믹한 파워가 없다. 포의 단편 모음은 그저 모음이지 새로운 의미를 갖지 않기 때문이다.

사이클 형식의 단편들은 다른 단편들과 (느슨하게) 연결되어야 하기 때문에, 드라마틱한 결말에는 적합하지 않다. 즉, 그들은 플롯에 의존하는 구조가 아니라, 느슨한 형식의 열린 결말에 적합하다. (앤더슨은 인생에는 기승전결의 플롯은 없고 느슨한 흐름만 있을 뿐이라고 강하게 말한다.)

앤더슨은 사이클이 미국 문학에 적합한 형식이라고 주장했다. 즉 미국이 많은 주가 모여서 하나의 국가united states를 이루는 것과 동일한 이치라는 것이다. 소설novel을 전체와 부분chapter의 관계에서 본다면 독재국가와 같아서 미국의 민주주의에 적합하지 않다. 따라서 미국 문학의 대표적 형식은 단편소설 사이클이어야 한다.

단편소설, 특히 단편소설 사이클이 미국 문학의 대표 장르가 된 것은 이 무렵 앤더슨의 주장과 관련있다. 그러나 우리는 사이클이 과연 미국에 어울리는 문학 장르인지 아닌지를 따지는 것보다는, 이러한 사이클이 고독하고, 파편적인 시민들로 이루어진 현대도시의 삶을 표현하는 데 적합하다는 점은 인정하자. 산업혁명이 휩쓸고 지나가는 소도시의 분리, 파편, 고독, 소외의 그로테스크한 모습을 표현하기에 적당하다는 뜻이다. 그리고 전쟁과 같은 큰 사건의 소외나 비참을 다루는 면에서도 적합하다고 말할 수 있다. (베트남 전쟁을 다루는《그들이 가지고 다니는 것들》을 예로 들 수 있다.) 말하자면 현대적인 소재에 어울리는 것이다. 단편소설의 진화라고 말할 수 있지 않을까?

▲ 앤더슨의 《오하이오》 사이클보다 20년 이상 지난 1938년에 포크너는 〈정복되지 않은 자 *The Unvanquished*〉를 단행본으로 출판하려 한다. 그는 잡지 《더 새터데이 이브닝 포스트 *The Saturday Evening Post*》에 이미 다섯 편의 단편들을 발표했지만, 그것에 두 편을 더 보태서 일곱 편으로 된 《정복되지 않은 자》를 만들어 낸다.

이 무렵 포크너는 단편보다는 소설이 원고료를 더 많이 준다는 사실을 알고, 잡지에 발표된 단편들을 수정해서 소설로 다시 만들어 내려고 했다. (피츠제럴드Fitzgerald 때만 해도 단편이 소설보다 원고료가 더 많았는데, 이 무렵에 상황이 역전되었다.)

그런데 《정복되지 않은 자》는 단편소설 연작이라기보다는 소설에 더 가깝다. 포크너는 자신의 원고를 다시 수정하는 것이 아니라, 이미 발표된 잡지의 글을 오려 붙이고, 그 위에 첨삭을 가하는 정도로 손을 보고, 새롭게 두 작품을 써서 마지막에 위치시키면서 자신의 작품이 소설이라고 주장했다. 그럼에도 포크너는 마지막까지 이 작품은 에피소드가 너무 많아서 소설이라고 하기 어렵다고 말했고, 충분히 소설이 되지는 못했다고 인정한다.

오늘날의 많은 연구가들은 《정복되지 않은 자》를 포크너의 소설이라 보기도 하는데, 우리는 그저 소설에 가까운 "단편소설 사이클"로 보고자 한다. 이것은 그의 단편소설들이 'novel'이라는 다른 장르로 변신할 수 있는 충분한 확장성을 보여주지 못했다는 뜻이다. 아마도 사정이 허락했다면(당시 그는 영화사에서 시나리오 작업을 하고 있었다) 포크너는, 단편소설들로 충분히 소설을 만들 수 있었을 것이다. 단편소설 자체는 그러한 확장성을 가지고 있으며, 많은 작가들이 지금도 그러한 작업을 하고있기 때문이다.

단편소설의 이러한 확장성이 우리가 주목하는 부분이다. 단편소설은 소설로 화학적 변신을 할 수도 있고, 단편소설 사이클로 독립성을 유지하면서 다른 모습을 보일 수도 있다. 미국에서는 다른 나라와는 달리 (미국의 국가적 문학 형식이라는 주장에 힘을 주는 것처럼) 단편소설 사이클이 매우 발달하고 융성한다. 현대를 표현하는

데 적합한 형식이기도 하지만, 단편소설이면서 단행본으로 출판할 수 있다는 장점
이 있기 때문일 것이다. ▲

미국에서는 원고료가 가장 많았던 모더니즘의 시대에 단편소설이 가장
활발했고, 앤더슨, 헤밍웨이, 포크너, 오코너와 같은 거장들이 출현했다. 이
시기가 단편소설의 황금기였다.

◆ 포스트모더니즘 1945-1980, 존 바스

2차 세계대전이 끝나자, 홀로코스트와 핵전쟁을 경험한 사람들에게는 이
전부터 갖고 있었던 세계에 대한 믿음은 무너지고, 상실감이 심화되었다.
냉전체제에서 임박한 대량살상의 불안은 삶의 무의미를 만들어 내고 그것
이 상존하자, 인생은 연약해지고 유럽 가치관은 위기에 빠진다.

이때 미국은 경제적 번영의 시기를 맞이하여 아메리칸 드림을 물질적 상
징으로 해석하는 소비사회가 되고, 젊은이들은 기성세대에 대한 환멸을 느
껴 그들의 도덕적 사회적 규범을 거부한다. 실존철학과 대중음악이 이전과
는 다른 문화를 응원했다.

20세기 미디어의 발전에서 가장 중요한 전환점은 텔레비전의 등장이다.
1960년대에는 컬러 텔레비전이 잡지를 대신해서 광고를 했고, 1970년대
에 이르러서는 상품 광고를 위주로 하는 일반 대중잡지들이 발행을 중단할
수밖에 없었다. 그러나 텔레비전과 경쟁하지 않는 작은 전문잡지는 오히려
번창하고 문학 전문잡지도 증가하고 있었다.

1960년대 미국에서는 은근하게 "소설의 죽음"이라는 주제가 떠오르고
있었다. 문학 평론가 레슬리 피들러Leslie A. Fiedler는 "만일 소설이 사라진
다면, 그것은 작가들의 예술적 믿음이 죽었거나 독자의 욕구가 소설 이외
의 다른 것에서 더 잘 충족되고 있기 때문"이라고 말했다. 《《종말을 기다리며

Waiting for the End》, 1964). 여기에서 소설 이외의 다른 것이란, 대중문화, 텔레비전을 암시한다. 즉, 피들러는 텔레비전이 등장해서 소설의 독자를 흡수해 가기 때문에, 소설은 그 기능을 다해서 사라지지 않을까 걱정하는 것처럼 보인다.

사실은 걱정보다는 당연한 과정으로 말하는 듯하다. 18세기 운문의 서사시에 대항해서 소설이 등장했을 때, 그것은 오늘날 텔레비전이 등장해서 고객을 빼앗아 가는 것과 같은 과정이었기 때문이다.

1970년대 평론가이며 소설가인 레이먼드 페더만Raymond Federman은 반어적으로 "리얼 픽션real fiction이 매일 도시의 거리에서 발생하는데, 어떻게 소설이 가능할까"라고 묻는다. 텔레비전에서 비행기 납치, 중국의 만리장성, 달에 가는 것이 계속 뉴스로 나오는데, 즉 현재의 삶이 소설보다 훨씬 더 흥미롭고 극적인데, 어떻게 소설이 가능하냐는 물음이다(《초현실 소설 *Surfiction*》, 1975).

그러나 어떤 평론가도 소설이 완전히 죽었다고 단정하지는 않는다. 텔레비전 화면에 독자를 빼앗기는 문학 스타일, 즉 19세기 리얼리즘은 이제 설 자리가 없지만, 새로운 스타일의 소설, 아방가르드 작품이나 예술 소설, 혹은 전문성과 예술성뿐만 아니라 미적 아이디어를 가지고 있는 작품은 독창성을 발휘해서 매력적인 작품으로 남을 것이라고 본다.

존 바스John Barth는 보르헤스, 나보코프, 조이스가 새로운 작품을 쓴 사람이라고 주장했다. 그리고 미국에서 《놀이 집에서 길을 잃다 *The Lost in the Funhouse*》(1968)를 발표한다. 우리는 이 작품이 단편소설 사이클이며, 미국 포스트모던 소설의 시작이라고 생각한다. (작품명을 《놀이 집》이라 하고, 타이틀 단편은 〈길을 잃다〉로 구별한다.)

▲ 존 바스는 자신은 체질상 단편소설보다는 소설에 더 적합한 사람이라고 한다. 빡

빡하게 빈틈없이 쓰기보다는 여유롭게 이야기하는 편이 좋다고 한다. 그럼에도 단편소설을 쓰고 싶었는데, 보르헤스의 작품이 큰 영향을 주었다고, 그러나 자신은 단편소설이 아니라, 단편소설 사이클을 썼다고 말한다. 개개의 단편들보다는 전체로서의 의미에 초점을 두었다는 의미일 것이다. ▲

　《놀이 집》의 일곱 편은 따로 발표되었지만, 전체를 한 번에 읽어주기를 원한다고 노트에 적었다. 《놀이 집》의 전체 윤곽을 파악하는 것이 중요하며, 다음은《놀이 집》의 단편 열네 편이다.

① 〈틀 이야기 *Frame-Tale*〉
② 〈밤바다 여행 *NIght-Sea Journey*〉
③ 〈앰브로즈의 표식 *Ambrose His Mark*〉
④ 〈자서전 *Autobiography*〉(*A Self-Recorded Fiction*)
⑤ 〈바다의 메시지 *Water-Message*〉
⑥ 〈간청 *Petition*〉
⑦ 〈놀이 집에서 길을 잃다 *Lost in the Funhouse*〉
⑧ 〈에코 *Echo*〉
⑨ 〈두 가지 명상 *Two Meditations*〉
⑩ 〈제목 *Title*〉
⑪ 〈방언 *Glossolalia*〉
⑫ 〈인생 이야기 *Life-Story*〉
⑬ 〈메넬라우스 이야기 *Menelaiad*〉
⑭ 〈무명인의 이야기 *Anonymiad*〉

처음에 만나는 〈틀 이야기〉는 첫 페이지에 "옛날 옛적에once upon a time there"라는 글이 있고, 바로 뒷 페이지에는 "이야기가 있었다고 시작되는데was a story that began"가 있는데, 바스는 독자가 가위를 들고 이 글을 오려서 뫼비우스의 띠를 만들라고 권한다. 만들어 보면 "옛날 옛적에 이야기가 있었는데, 그 이야기는 옛날 옛적에 이야기가 있었다고 시작되는데, 그 이야기 역시 옛날 옛적에 이야기가 있었다고 시작되는데, 그 이야기 역시 once upon a time there was a story that began once upon a time there was a story that began…."로 무한히 반복된다.

이 〈틀 이야기〉는 언어가 물질이며 형식을 가지고 있고, 이 형식은 닫힌 모양으로 영원히 반복된다고 말하면서 다음에 이어지는 단편들이 이렇게 반복되는 구조임을 알린다. 즉, ②-③-④의 순서로 시작되는 단편이 ⑭, 마지막에 이르면 그것은 다시 ②와 ③으로 되돌아가서, 무한 반복하는 단편 소설 사이클이라는 뜻이다.

〈틀 이야기〉는 작품 전체의 틀frame을 이루지만, 저자는 〈틀 이야기〉 자체가 (영어 작품 중에서) 가장 짧은 단편이라고 자랑한다. 그렇지만 우리는 그보다 〈틀 이야기〉가 독자의 행위를 요구한다는 것에 주목하자. 독자가 가위를 들고 페이지를 오리고 붙이도록 지시하는 것은 저자이므로, 바스의 《놀이 집》 사이클은 처음부터 저자와 독자의 관계를 명시하고 있으며, 이는 주목할 만하다.

우리는 열네 편 단편의 절반은 왼편에, 다른 절반은 오른편에 (텍스트와는 다르게) 위치시켰는데, 이는 이야기가 이중으로 진행된다는 것을 밝히려는 의도이다. (뫼비우스의 띠는 절반에서 뒤집어진다. 앞면과 뒷면의 이야기가 다른 평면에서 연결되기 때문이다.) 크게 보아서 왼편은 앰브로즈라는 인물의 성장 기록(《젊은 예술가의 초상》과 같다)이고, 오른편은 역사적, 신화적 인물에 관련된 이야기인데, 앰브로즈가 작가가 되었다면, 오른편이 작가와 독자, 또는 주인공에 관한 이야기이므로 원편과 다른 것은 아니나, 같은 것도 아니다. 물론 원편의 앰브로즈의 이야기도 시간적 순서를 그대로 밟지는 않는다. 〈간청〉의 주인공들은 앰브로즈의 인물보다 나이가 훨씬 많다. (작가의 이야기이기 때문이다.)

《놀이 집》 사이클의 물 흐르는 듯한 순환 구조와 단편들의 연속성과 비연속성의 현란한 교차는 미국 대표 장르로 주장된《오하이오》사이클보다 크게 발전했다. 물론 내용적인 면에서도 그러하다.

첫 번째 이야기 〈밤바다 여행〉은 밤바다를 수영하는 자의 독백이다. 자신은 어둠 속에서 바다를 헤엄치고 있는데, 여기가 어디인지, 어디로 가는지, 왜 가는지, 심지어 수영하는 자신이 누구인지, 진실로 존재하는 것인지도 모른다. 자신의 수영이 필연적인 것도 아니고, 목적이 있는 것도, 의미가 있는 것도, 즐거운 것도 아닌데, 익사하지 않으려 움직일 뿐이다. 지금까지 많은 동료들이 익사하는데도 이 여정을 계속하는 것은 자살하는 것이 더 의미가 없어 보이기 때문이다. 그저 뜻없이 우연히 수영하고 있을 뿐이다.

이 독백은 여성의 자궁 속에서 난자를 찾아 헤엄치는 정자의 것이다. 작가가 성행위의 분출을 형이상학적으로, 실존적으로 채색한 것이다. 독백은 계속된다. 혹시 자신을 만들어 수영하게 한 자가 아무 의미없이, 실수로 우리들을 만들고, 지금은 우리를 잊어버린 것이 아닐까 궁금해 한다. 우리의 '아버지'는 우리의 적이자 살인자였고, 우리를 창조하고 발사한 목적은 부도덕하고 심지어 음란한 것일 수 있다. 혹시 우리를 창조한 조물주도 실상은 하나의 창조물이 아닐까?

아주 우수한 동료도 수없이 익사하지만, 우연의 선택에 의해서 그 정자는 그녀her를 만나기에 성공하고 "사랑! 사랑!"을 외치게 된다. 이렇게 첫 번째 이야기는 잉태에 관한 것이다(목적을 알 수 없는 우연적 잉태).

다음 단편 〈앰브로즈의 표식〉은 출생한 아이가 이름을 얻게 되는 이야기이다. 그렇다면 우리는 〈밤바다 여행〉의 정자가 성공적으로 임신 출산하여, 앰브로즈가 탄생했다고 생각할 것이다. 그런데 그다음 〈자서전〉은 앰브로즈의 자서전이 아니라, 자기의식을 가지고 말하는 "단편소설"의 탄생을 이야기한다. 그렇다면, 〈밤바다 여행〉에서 정자의 모험은 앰브로즈의 잉태를 알리는 (앰브로즈 부모의) 성관계를 말할 뿐만 아니라, 동시에 작가(아버지)와 녹음 테이프(어머니)가 생산하는 "단편소설"의 탄생을 말하기도 한다고 이해해야 한다.

다시 말하면, 《놀이 집》의 사이클은 그것이 진행되면서 〈밤바다 여행〉이 인간의 성관계를 암시하는 것이었다가, 소설가의 창조의 괴로움을 의미하기도 한다. 〈밤바다 여행〉이라는 단편이 탄생의 원형으로 변화되는 것인데, 이것은 읽는 독자가 해석해야 한다. 〈자서전〉 다음에는 다시 앰브로즈가 보다 성장한 모습으로 나타나며, 이어지는 〈간청〉은 작가의 고민과 성장에 관한 이야기가 된다. 다시 말하면 《놀이 집》의 전반부에서는 앰브로즈 개인의 성장기록뿐만 아니라 "단편소설"과 작가에 관한 에세이도 함께 전개된다. 앰브로즈가 작가로 성장하기 때문에 에세이 자체가 다른 것이라고 말할 수는 없으며, 사이클의 발전이 직선적이지 않고 복합적이라는 점은 명심해야 한다.

표제작에서는 주인공이 "놀이 집"을 탐험하는 소년이면서 동시에 단편소설을 창작하는 작가이기도 하다. 이러한 복합적인 구성과 전개 때문에 주인공 소년뿐만 아니라 독자들도 "길을 잃기도 한다." 독자는 "놀이 집"에서 앰브로즈가 미로를 빠져나왔는지 죽어서 백골이 되었는지 알지 못한다.

〈길을 잃다〉에서는 소설가 바스가 직접 등장해서 작품을 설명하기도 한다. 메타픽션으로 전통적인 소설의 내러티브를 무시하는 포스트모던 소설의 기법이다. 바스는 '프라이타크 삼각형'을 보여 주며 설명한다.

왼편의 것은 간략한 정통적 프라이타크 삼각형이고 오른편은 그것의 변

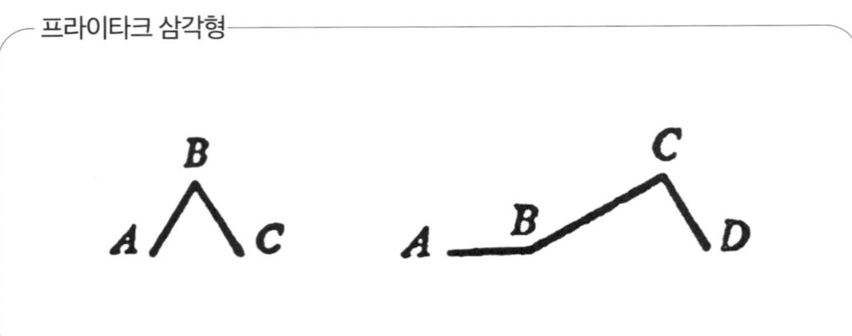

형인데, 바스는 변형을 모델로 삼아 설명한다. 여기에서 A-B는 발단Exposi-tion, B는 갈등Conflict, B-C는 갈등의 상승작용Rising action, 복잡성, 갈등의 발전이고, C는 절정Climax 또는 갈등의 전환, C-D는 대단원Denouement 또는 갈등의 해결Resolution을 나타낸다. (작가는 특별한 이유가 없다면 이 다이어그램을 버릴 필요가 없다고 친절하게 말한다.)

그러나 자신의 작품 〈길을 잃다〉에 대해서는 다르게 이야기한다.

우리는 오래전에 삼각형의 정점을 지났어야 하고, 대단원의 간단한 작업을 했어야 했다. 그런데 플롯은 유의미한 상승을 하지 않았고, 스스로 감기고, 이탈하고, 후퇴하고, 망설이고, 한숨 쉬고, 무너지고 만료되었다. 이야기의 클라이맥스는 주인공이 놀이 집을 통과할 길을 발견하는 것이어야 한다. 그러나 그는 길을 발견하지 못했고, 어쩌면 길 찾기를 중단했을 수도 있다.

〈길을 잃다〉는 전통적인 내러티브와는 전혀 다르다는 것이다. 이것은 포가 단편소설을 규정할 때, 효과의 통일성을 위해서 반드시 지켜야 한다는 (전통이 된) 규칙을 부정하는 것이다. 〈길을 잃다〉에서 작가는 두 가지의 결말을 준비했다. 하나는 놀이 집에서 길을 찾지 못하고 죽는 것이고, 다른 하나는 미로를 뚫고 나와서 가족과 함께 돌아가는 것이다. 단편소설 〈길을 잃다〉는 결말 자체가 미정이다.

20세기 중반 텔레비전의 위협을 심각하게 느꼈을 때, 소설은 새로운 매체 실험까지도 서슴지 않았다. 이 《놀이 집》은 인쇄print, 테이프tape, 라이브 음성live voice을 위한 픽션이라고 명시하고 있다. 〈자서전〉에서 테이프를 사용해서 독자에게 이야기를 들려주었다면, 〈방언 Glossolalia〉은 여섯 명 선지자들의 말을 라이브 음성으로 들려줄 의도였다.

바스의 실험 정신은 포 이래로 가지고 왔던 단편소설에 대한 우리의 모든 선입견을 남김없이 깨뜨려 버렸다. 놀이 집의 이상한 거울 앞에 선 얼굴처럼, 수없이 변형된 많은 얼굴을 보게 된 것이다.

그러나 바스의 실험과 혁신에도 불구하고 이 시기의 단편소설은 19세기 말에서 20세기 초반까지 누려왔던 미국 문학의 대표 장르의 위치에서 내려와 침체기에 들어선다. 2차 세계대전 이후, 텔레비전 문화의 등장은 책 읽는 독자의 수를 감소시켰고, 사람들은 더 이상 잡지 이야기로 하루를 시작하지 않게 되었다.

전문 문학잡지가 사라진 것은 아니다. 오히려 숫자는 증가했다. 그리고 대학의 문예창작 프로그램MFA이 1970년대 이후에 활성화되어서 세기말까지 꾸준히 증가했다. 대학은 전문작가를 교사로 초청해서 지원자를 가르치고, 지원자는 전문작가로 졸업한다. 작가는 가르치는 일로 보수를 받아 생계를 유지하고, 전문잡지는 도서관에 납품하고 대학 출판부는 단편선집을 출판하며, 뛰어난 작품에 상을 주기도 한다.

그러나 이러한 현상은 단편소설의 장르를 보존하는 데 도움이 되기는 했지만, 이전의 영광을 누리도록 할 수는 없었다. 전문가들이 그들만의 잔치를 벌였고, 점점 그들은 더 소수가 되어갔다. 일반독자들은 단편소설을 읽지 않았다.

단편소설은 부활을 위해서 무언가 새로운 시도를 해야 했다.

◆ 문학적 미니멀리즘, 레이먼드 카버

포스트모던 작가 존 바스는 단편소설의 역사에 매우 중요한 전환점을 제공했지만, 그 자신은 단편소설 작가라기보다는 장편소설 작가였다. 그의 책 《연초도매상 *The Sot Weed Factor*》(1960)은 800쪽이었고, 《염소 소년 자일스 *Giles Goat Boy*》(1966)도 700쪽을 넘는다. 포스트모던 작가들의 두터운 장편소설은 드문 일이 결코 아니다. 토마스 핀천Thomas Pyncheon의 《브이 *V*》(1963)는 492쪽이고, 《중력의 무지개 *Gravity's Rainbow*》(1973)는 760쪽이며, 데이비드 윌리스의 《무한한 재미 *Infinite Jest*》(1996)는 1,000쪽이 넘어 가는데, 백과사전적 지식을 388개의 주석과 함께 늘어놓고 있어서 영어를 모국어로 사용하는 사람도 짧은 시간에 독파할 수 없다.

1980년대에 등장한 문학적 미니멀리즘은 이러한 포스트모던 문학에 대한 반작용이라고 이해할 수 있다. 포스트모던 문학은 메타픽션, 신뢰할 수 없는 화자, 길고 지루한 문장 등 특이한 문학적 기법을 사용하는 경우가 많다. 그러나 미니멀리즘은 이러한 웅장한 기법을 사용하지 않고 가능한 한 명확하게 이야기를 전달하기 위해 노력하기 때문이다.

레이먼드 카버Raymond Carver의 〈사랑을 말할 때, 우리가 말하는 것 *What We Talk about When We Talk about love*〉(1981)은 아주 단순한 이야기를 짧게 이야기한다. 어느 날 저녁, 두 쌍의 남녀가 부엌 식탁에 앉아서 술 마시고, 이야기하는 것이 전부이다. 대화 중에 술병을 가져오려고 한 번 일어나는 것 외에는 아무도 자리를 떠나지 않는다. 카버는 간결함을 위해 불필요한 디테일과 미적 장식을 거부하고, 전문용어, 복잡한 개념, 은유와 같은 문학적 장치를 피했다. 평론가들은 카버의 작품을 미니멀리즘이라고 불렀다. 이러한 계열에는 카버 외에, 프레데릭 바셀미Frederick Barthelme, 에이미 헴펠Amy Hempel, 토비아스 울프Tobias Wolff등이 속하는데, 미국 단편소설의 한 조류라고 생각되기도 한다. 미니멀리즘은 최소의 플롯으로 최소한으로 구성되어 있어 행동이 거의 없거나, 있어도 평범하고 사소해 보이는 것이 전부인 경우가 많다.

최소의 플롯으로 작동하기에, 미니멀리즘은 프라이타크 삼각형 다이아그램을 따르지 않는 경우가 많다. 드라마틱한 사건보다는 일상적 장면에서 정지화면처럼 바로 끝나는 경우도 적지 않다.

포스트모더니즘 자체는 모더니즘과 그 이전의 두 차례 전쟁의 파괴적인 힘에 대한 반작용으로 이성이나 현실에 대한 경외심을 거의 보이지 않는다. 그래서 포스트모더니즘의 이야기에는 항상 명확한 해답이나 의미가 있는 것이 아니다. 반면에 문학적 미니멀리즘은 실생활에 깊숙이 자리잡고 있으며 등장인물이 진정으로 이해될 것을 목표로 한다.

줄거리와 세계관에서도 차이가 드러난다. 포스트모던 문학은 삶과 사회의 다양한 측면을 다루며 정치·전쟁·문화가 등장인물 및 줄거리와 함께 얽혀있는 경우가 많은데, 문학적 미니멀리즘은 삶의 한 측면에 초점을 맞추고 이를 면밀히 검토하는 경향이 있다. 이야기는 대개 단순하고 명확하게 전달된다. 포스트모던 문학은 각주, 단편화, 심지어 책 속의 책까지 사용하여 이야기를 전달할 수 있지만, 미니멀리즘은 지루할 정도로 단순하다.

다음은 카버의 〈사랑을 말할 때, 우리가 말하는 것〉의 결말이다. (이하 〈사랑을 말할 때〉로 줄인다.)

"진이 다 떨어졌어." 멜이 말했다.

"이제 어떻게 하죠?" 테리가 물었다.

나는 내 심장이 뛰는 소리를 들을 수 있었다. 다른 모두의 심장소리도 들을 수 있었다. 방이 어두워졌는데도 그 누구도 움직이지 않고 그대로 앉아서 내고있는, 그 인간적인 소음을 나는 들을 수 있었다.

연속되는 동작의 중간에서 멈춰버린 결말이 미니멀리즘의 한 특징이라면 중요하게 고려해야 할 점이 하나 더 나온다. 등장인물의 생각이나 감정이 거의 표현되지 않았기 때문에 독자에게 내러티브가 모호하게 느껴진다는 것이다. 다시 적극적으로 말하면 독자가 등장인물의 동기를 추리하고 이를 스스로 해석해야 한다. 작가의 의도처럼 느껴지지는 않지만, 미니멀리즘은 메타픽션처럼 독자의 참여를 기대하게 된다.

그러나 〈사랑을 말할 때〉의 초고는 그렇게 독자의 참여를 기대한 것 같지 않다. 다음 초고의 결말을 읽어보자.

샤워기가 작동을 멈췄다. 잠시 후 허브가 욕실 문을 열었을 때, 나는 휘파람 소리를 들었다. 나는 테이블에 있는 여자들을 계속 바라보았다. 테리는 여전히 울고 있었고 로라는 그녀의 머리를 쓰다듬고 있었다. 나는 다시 창문으로 돌아섰다. 푸른 하늘은 이제 다른 것처럼 어두워지고 있었다. 그러나 별들이 나타났다. 금성이 보였고, 저 멀리 옆으로는 밝지는 않지만, 분명히 지평선 위에 화성이 있었다. 바람이 불기 시작했다. 나는 바람이 빈 들판에 무슨 짓을 하는지 살펴보았다. 맥기니스 부부가 더 이상 말을 키우지 않는 게 너무 안타깝다는 생각이 불현듯 들었다. 말들이 어둠이 깔린 들판을 질주하거나 울타리 근처에서 고개를 반대 방향으로 돌리고 조용히 서있는 모습을 상상하고 싶었다. 나는 창가에 서서 기다렸다. 무언가 보이는 것이 남아있는 한, 집 밖을 계속 바라보며 조금 더 오래, 조용히 있어야 한다는 걸 알았다.

크노프A. Knopf 출판사의 편집자 고든 리쉬Gordon Lish가 카버의 〈초보자들 Beginners〉이라는 단편소설 원고를 보았을 때, (인쇄 페이지) 22쪽의 분량이었다. 리쉬는 이 작품에 손을 대서 현재 우리가 읽는 12쪽으로 만들고 훨씬 매력 있는 제목 〈사랑을 말할 때, 우리가 말하는 것〉으로 바꾸었다. 카버는 그러한 수정이 불편했지만 동의하고 출판했다.

두 작품을 비교하며 읽으면, 취향에 따라, 카버의 원고가 넉넉하고 여백이 있어서 더 좋다고 하는 사람들도 많이 나온다. 그러나 그대로 출판했다면 오늘날의 카버가 누리고 있는 명성을 얻지 못했을 것이다. 카버의 원고에서 "뚱뚱하고" "감상적인 것"을 제거함으로써 다이아몬드를 꺼냈다고 하는 리쉬의 주장은 일리가 있다. "새로운 소설"을 출판한 것은 리쉬의 재능에 의한 것이고 그의 공적이다. 물론 리쉬의 문장 단위의 축약, 압축을 "다시 쓰기"라고 보고, 결국 독자에 대한 "속임수"라고 비난할 수도 있다 (Stephen King). 그러나 우리에게는 편집본이 단편소설에 새로운 미학을 가져온 실험이며, 그것이 중요하다. 리쉬는 1980년대에 레이먼드 카버뿐만 아니라, 에이미 헴펠Amy Hempel, 메리 로비슨Mary Robison, 스벤 버커츠Sven Birkerts에게도 영향을 주어서, 미니멀리즘을 확대한 사람으로 남는다.

미니멀리즘은 단편소설을 더욱 간결하게 만든다. 크기가 줄어드는 것은 물론 작품의 성질도 변화시킨다. (일반적으로 말하면) 소설에 비해서 단편소설은 짧아서 인물의 성격을 전개하지 못하고, 종속적인 플롯도 없고, 큰 사건을 다루지 못하여, "장엄", "숭고"와 같은 고전적 미의 범주를 넉넉하게 다루지 못한다. (그 대신 미국 단편소설이 "그로테스크"를 다루었다는 것이 우리의 주장이다.)

그래서 단편소설은 삶을 전체로 다루는 것이 아니라, 어느 한 단면을 집중적으로 그려내는 데 몰두한다. 그래도 깊은 내용이 있고, 의미있는 경험을 선사하므로, 좋은 단편은 소설보다 결코 적은less 것이 아니라고 플래너리 오코너가 주장한다(《미스터리와 매너들Mystery and Manners》, 94). 이러한 주장은 현대 단편소설가의 일반적인 생각이라고 말할 수 있다. 그러나 단편소설이 더욱 짧아지면 (미니멀리즘처럼 절반으로 줄어들면) 삶의 단면일지라도 깊이 들어가기가 어렵지 않을까 하는 의심이 일어난다. 미니멀리즘은 등장인물의 감정이나 경험을 심도있게 표현하지 않기 때문이다.

리쉬는 작품의 세부detail를 모두 제거했다. 특히 등장인물의 상세함을 지웠기 때문에 독자는 그들의 내면에 대해서 거의 모른다. 어디 출신인지, 어떻게 생겼는지, 어떻게 먹고 사는지, 어떤 문맥도 없다. 이것은 전통적인 리얼리즘을 거부하는 표현이기도 하며, 미국 단편소설의 저류를 흐르고 있는 전제를 부정하는 것이다. 미니멀리즘은 사실적인 표현보다는 서사의 경제, 압축, 효율성을 우선으로 하는 구성 미학을 추구한다고 할 수 있다. 미니멀리즘은 최소한의 것으로, 불필요한 것이 전혀 없는 내러티브를 건축하는 것을 목표로 한다. 내용보다는 형식적 실험이다.

헤밍웨이의 생략이론은 정당하게 생략되면, 독자에게 느낌이 더욱 생생하게 온다고 주장하지만, 미니멀리즘에서는 인식론적 모호함이 기본적으로 남는다. 저자의 의도라기보다는 작업의 결과로서 독자의 역할이 요청되고 강조된다. 리쉬는 기본적으로 상업 출판사의 편집자이기 때문에 미니멀리즘을 극단까지 밀고 갈 수는 없었다. 미니멀리즘은 존 바스가 "미국 단편소설의 하나의 새로운 조류다"라고 말하는 곳에서 멈추었다.

그러나 20세기 말과 21세기 초에는 단편소설의 응축이 더욱 과감하게 진행된다.

▲미니멀리즘은 단편소설을 '짧게' 만들기 보다는 불필요한 세부를 제거한다고 이해하자. 미니멀리즘의 대표작으로 알려진 〈사랑을 말할 때〉는 여전히 표준적인 단편소설보다 긴 2만 5천 자나 된다. 리쉬가 감량하기 전의 초고 〈초보자들〉이 4만 자 가까운 뚱뚱한 것이어서 최대로 덜어내도 여전히 긴 단편소설이었다. 카버의 다른 작품, 〈대성당〉도 포크너의 〈에밀리〉나 헤밍웨이의 〈흰 코끼리〉에 비하면 1만 자

이상 길다. 물론 에이미 헴펠Amy Hempel이나 메리 로비슨Mary Robison의 작품은 상당히 짧지만, 미니멀리즘의 핵심은 "불필요함이 없다"는 것이지 길이가 짧다는 것은 아니라는 점을 말하고 싶다. ▲

우리는 이제 길이가 짧은 단편을 다루게 된다.

◆ 플래시 소설, 플래시 사이클

문학적 미니멀리즘이 단편소설의 르네상스를 가져올 것을 기대했지만, 카버1938-1988의 사망 이후에도 미국 단편소설은 부활의 순간을 맞지 못했다. 단편소설은 미국 고유의 창조물로 알려졌지만, 21세기에는 출판사들이 전망 좋은 소설가의 작품이 아니라면 단편소설 모음집을 출판하려 하지 않았다. 대부분의 사람들은 단편소설을 읽지 않는다. (전문 문예잡지도 많고, 대학창작 프로그램은 꾸준하지만) 미국에서는 텔레비전의 '리얼리티' 프로그램이 인기를 끌고 있으며, 사람들은 허구적인 것보다 사실적인 것을 더 선호한다. 인기있는 정기 간행물에서 논픽션과 픽션의 비율은 99대 1이다. 이익을 창출해야 하는 정기간행물은 유명인 중심의 논픽션에 매달린다.

대표적으로 단편소설에 우호적이었던 유명한 잡지 《더 뉴요커 *The New Yorker*》는 모더니즘 시대에는 일 년에 100-150편을 게재했지만, 현재는 단지 50편 정도만 싣는다. 다른 권위 있는 잡지들은 더 말할 것도 없다. 21세기에는 "이번 달 《더 뉴요커》에서 그 단편 읽으셨어요?"라고 대화를 시작하는 사람은 거의 없다.

물론 1990년대부터 디지털 문화가 강력한 압박을 행사하며 출판 사업을 위협한 것이 가장 큰 이유일 것이다. 인터넷 사용자들이 증가하고 스마트폰, 아이패드가 사람들의 독서습관reading habits을 바꾸기 시작했다. 사람들은 이제 인쇄된 종이책의 글보다는 디지털의 글과 이미지를 더 많이 읽는다. 디지털 화면의 글은 짧고, 쉽고, 일상적이어서 이해가 쉽다. 인터넷에 접속한 사람들은 길고, 복잡하고, 미묘하고, 어려운 글은 읽지 않는다. 결국 디지털 시대에는 독서습관이 바뀌는 것이다.

▲독서는 처음에는 낭독 형태로 공개적이고 공적이었다. 이것이 14세기 무렵에 소리 내지 않고 읽는 것으로 변하자, 사람들이 개인적으로 읽고 사적으로 생각하게 되었다. 침대에서, 욕실에서 혼자 읽는 것은 공개적인 낭독을 듣는 것과 이해와 사고에 큰 차이를 가져왔다. 18세기에는 인쇄술의 발달로 한두 권의 종교서적을 반복적으로 읽었는데, 새롭게 등장한 신문, 잡지 등 (여러 곳)에서 세속적인 정보를 널리 읽게 되었다. 유럽인의 생활태도와 사유 방식을 바꾼 것은 이러한 독서습관이었다.《젊은 베르테르의 슬픔》과 같은 소설이 갑작스럽게 18세기 젊은 남녀에게 미친 영향은 오늘날에는 짐작하기 어려울 것이다. 21세기 현재는 디지털로 독서하는 시대가 되었다. 깊이 읽기, 집중하기, 기억 측면에서 디지털 읽기는 기존의 독서와 상당한 차이를 보인다. 이것이 우리의 문화에 어떤 영향을 가져올지는 더 시간을 두고 봐야 할 것이지만, 잡지문화에서에게 탄생한 단편소설이 새로운 환경에 들어선 것은 확실하다. ▲

그러나 21세기 단편소설은 또다시 변신하며 실험을 거쳐 부활의 기회를 모색하는 것처럼 보인다. 디지털 시대에는 누구나 쉽게 새로운 '출판'을 할 수 있게 되었다. 인쇄 출판이 아니면서 자신의 텍스트를 갖는다는 것은 가히 혁명적일 수 있으며, 단편소설이 격변의 수혜자가 될 수도 있다. 디지털 시대의 텍스트는 짧을수록 유리하기 때문이다. 단편소설은 그 자체의 형식으로 (장편소설보다) 분명히 좋은 환경을 맞이한다. 미래가 없을 것 같았던 단편소설이 새로운 세기에는 "완벽한 문학 형식the perfect literary form"이며, "오늘날의 장르the genre of today"라고 불리기도 한다.

이는 단편소설이 그 간결함으로 새로운 플랫폼에 가장 적합하다는 말이다. 미니멀리즘 시대에는 감량을 했지만, 디지털 시대에는 더욱 짧아져 완전한 변신도 가능하다. 평론가들은 이렇게 변한 단편소설 형식을 'very Short Story', 또는 'Short-Short Story', 'flash fiction', 'microfiction'이라고 부르는데, 우리는 가장 널리 알려진 플래시 픽션flash fiction이라고 하자.

플래시 픽션flash fiction의 기원은 선사시대로 거슬러 올라가기도 하며, 미국에서는 19세기에 그 흔적을 발견할 수 있다. 20세기에는 단지 여섯 글자["팝니다. 아기 신발, 한 번도 안 신었습니다(For sale: baby shoes, never worn)"]뿐인데 소설이라고 보아서 '여섯 자 소설'이라고 부르기도 했다. 플래시 픽션은 물론 미국 이외의 나라들(독일, 이탈리아, 스페인, 일본)에도 많이 있지만, 우리는 디지털 시대에 새롭게 주목받는 것들을 미국 단편소설과의 발전관계에서 살펴보기로 한다.

▲ 만일 미국의 플래시 소설을 연구한다면, 그 시조로서 헤밍웨이를 다루어야 한다. 그러나 우리는 디지털 시대의 플래시를 검토하기 때문에 에이미 헴펠부터 다룬다. ▲

보통의 단편소설은 글자 수로 따지면 1만 자에서 2만 자 사이라고 언급하지만, 조금 길게 쓰는 사람들은 3만 자를 예사로 넘었다. 포의 〈어셔 가의 붕괴〉는 3만 4천 자 정도로 일반적인 기준을 훨씬 넘었지만, 그렇게 파격적인 길이는 아니었다. 모더니즘 시대 오코너의 〈좋은 사람〉도 3만 3천 자를 넘는 것이었고, 미니멀리스트 카버의 〈대성당〉도 3만 2천 정도였다. 물론 편집자 리쉬의 입장에서 보면 그들은 "뚱뚱한" 것이어서 감량이 절대적으로 필요하다.

당연히 표준적인 분량에 가까운 날씬한 작품들도 있다. 포크너의 〈에밀리〉는 1만 6천이고, 앤더슨의 〈손〉은 1만 4천, 헤밍웨이의 〈흰 코끼리〉는 짧아서 6천 2백 자였다.

그러나 디지털 시대에는 헤밍웨이의 짧은 단편보다도 훨씬 더 짧기를 요구한다. 플래시 픽션은 1천 자를 기준으로 하고, 서든 픽션sudden fiction은

750자, 트위터 소설은 280자이다. (우리나라에서 초단편이라고 하는 한국형 플래시도 1천 자다.)

문제는 디지털 출판을 위해 요구되는 이러한 크기가 기존의 단편소설의 장점 내지 고유한 성격을 변화시키지 않는가에 있다. 당연히 양적 변화는 질적 변화를 가져온다. 그러면 그러한 질적 변화를 기존 단편소설의 연장선에서 해석할 수 있는지, 아니면 전혀 다른 종으로, 새로운 돌연변이로 읽어야 하는지가 문제일 것이다.

우선 '좋은 단편은 깊은 내용과 의미있는 경험을 선사할 수 있을 정도의 길이여야 한다'는 오코너의 주장을 살펴보자. 에이미 헴펠Amy Hempel의 〈주부 *Housewife*〉이다.

그녀는 항상 그녀의 남편과 다른 남자와 같은 날 잠을 잤고, 그리고 남은 시간을, 무엇이 남아 있든지 간에 "프랑스 영화, 프랑스 영화."라고 주문을 외우며 착취했다.
She would always sleep with her husband and with another man in the course of the same day, and then the rest of the day, for whatever was left to her of that day, she would exploit by incanting, "French film, French film."

이 작품은 일반적인 플래시의 5분의 1정도로 짧아서 핸드폰으로 읽기에도 전혀 문제가 없지만, 가정주부의 공허하고 지루한 삶과 그것을 벗어나려는 슬프고 무모한 주문 외우기가 효과적으로 표현되었다. 이 짧은 글은 현대 어느 가정주부의 소외된 삶의 단면을 깊숙이 오려내어 연민의 정서적 반응을 일깨운다. 얼핏 읽으면 그로테스크한 욕정과 소비의 삶을 말하는 듯 보이지만, 주문을 외움으로써 공허함을 메우려는 절망에 가까운 비명이

들린다. 주부라는 단조로운 삶의 무한 반복하는 지루함에 의해서 착취되는 여성을 보여준다. 오코너의 조건을 모두 갖춘 꽤 잘 쓴 단편소설이라고 생각한다.

그러나 일반 단편보다 단어 하나하나에 주의하지 않는다면 깊은 이해에 도달하기 어려울 것이다. "주문을 외우는 것", "착취되는 것"(결국은 자신의 삶과 시간을 착취당하고 있다), "프랑스 영화가 마비시키는 것"을 느껴야 할 것이다. 짧아서 이해가 쉬운 것이 아니라 세부사항이 생략되어 있어서 해석을 요구한다.

또 다른 작품을 들어서 검토해 볼 수 있다. 리디아 데이비스Lydia Davis의 〈살라미 이야기*A Story of Stolen Salamis*〉(2015)이다.

브루클린에 사는 내 아들의 집주인은 이탈리아 사람인데 뒷마당의 창고에서 살라미를 숙성하고 훈제했다. 어느 날 밤, 사소한 기물 파손과 도난이 지나갔는데 창고가 털려서 살라미들이 도난당했다. 아들은 다음 날 집주인에게 이 사실을 이야기하며 사라진 소시지를 안타까워했다. 집주인은 체념하고 철학적인 태도를 보였지만 아들의 말을 바로 잡았다. "그건 소시지가 아니었어. 살라미였다."

그 후 이 사건은 도시의 저명한 잡지에 재미있고 다채로운 도시 사건ur-ban incident으로 기록되었다. 기사에서 기자는 도난당한 물건을 "소시지"라고 불렀다. 내 아들은 이 사실을 몰랐던 집주인에게 그 기사를 보여 주었다. 집주인은 잡지에서 이 사건을 보도한 것에 대해 관심을 갖고 기뻐했지만, "소시지가 아니었어. 살라미였어."라고 덧붙였다.

리디아 데이비스의 이 작품도 한눈에 이해할 수 있는 것은 아니다. 집중해서 중요 단어, 소시지와 살라미의 차이를 알고 있어야 한다(살라미는 소시지를 숙성하고 훈제한 것이다). 집주인에게는 잘 숙성된 살라미는 소시지와는 다른 종류의 고기이다. 만일 누군가가 집주인의 살라미를 소시지라고 한다면, 그는 주인이 가치를 부여한 훈제, 시간, 노력, 풍미를 부정하거나 무시하는 것이다. 더구나 소시지는 마구 만든 혼합 제품이고 살라미는 온전한 부위로 재료부터 다르다. 그렇다면, 살라미를 소시지라고 부르는 것은 고기의 격을 낮추는 것이다.

잡지가 사건을 기사화하면서 도난당한 것을 "소시지"라고 했다면, 외국인의 중요한 취향을 미국인의 저렴한 풍자로 바꾸어 버린 것이다. 집주인은 값진 물건을 도난당했을 뿐만 아니라, 그의 문화가 조롱거리가 되었다. 리디아 데이비스는 대중 미디어의 무례한 폭거를 비판하면서 미국 내 이주민의 수난에 대한 연민을 코믹하게 보여 주었다.

이주민의 문제는 미국의 주요 사회 문제 중의 하나이다. 이 작품은 단편소설의 20분의 1에 불과하지만, 짧은 플래시 픽션이 단지 가볍거나 빈곤하지만은 않을 수 있음을 보여 주었다.

단편소설은 장편소설에 비해서 다룰 수 있는 주제가 제한되었다고 느꼈을 때, 고유한 형식을 확대하여 "사이클"로 이 문제를 해결해 갔다. 완벽한 성공이라고 할 수는 없어도, 단편 사이클이 중요 주제의 깊이와 폭을 넓힌 것은 사실이다. 플래시 소설에서도 단편은 자신의 영역을 확대해 간다. 플래시 사이클이 그런 역할을 하는데, 미국에서는 이미 실험적인 작품들이 나왔다. 마리오 알베르토 잠브라노Mario Alberto Zambrano의 《로테리아 *Loteria*》(2013), 저스틴 토레스(*Justin Torres*)의 《우리 동물들*We the Animals*》(2011), 데이비드 스완(*David Swann*)의 《밝은 슬픔의 계절*Season of Bright Sorrow*》(2021)을 열거할 수 있다.

잠브라노Zambrano의 《로테리아》 사이클을 살펴보자. 《로테리아》는 독특한 서사 형식으로 많은 주목을 받았다. 멕시코의 전통 카드 게임 로테리아loteria는 54장의 그림 카드로 가족이 즐길 수 있는 민속놀이다. 여러 가지

룰이 있고, 승패를 가리는 다양한 규칙들이 있지만, 작품 《로테리아》는 화자가 펼친 한 장의 이미지를 보고 생각하거나 기억나는 것을 기록하는 방식으로 전개된다. 카드 이미지는 무작위로 열리고, 화자의 기억은 여기에서 촉발하므로, 《로테리아》의 서사는 비시간적, 비선형적이다. 그러나 54장의 카드는 화자의 과거, 현재, 미래에 걸치는 주요한 일이나 사건에 대한 단서와 개요를 알린다.

첫 번째 비네트vignette에서 화자인 루즈Luz는 주립 청소년 보호시설의 책상에서 일기를 쓰고 있다고 말한다. 열한 살인 루즈는 최근에 발생한 어떤 사건 때문에 이곳에 왔는데, 그녀가 그 사건뿐만 아니라, 어떠한 질문에도 입을 다물고 있기에, 사회복지사가 사건의 이해를 위해 카드를 주고 놀면서 글을 쓰라고 권했다. 아빠는 구속되었고, 13세의 언니 에스트렐라Es-trella는 중환자실에서 위독하다. (경찰은 아빠가 엄마를 살해했다는 정보에 따라 가택을 수색했고, 루즈는 텐차Tencha 고모가 보호하고 있다.)

로테리아 게임에 익숙한 루즈는 카드를 매개로 글을 쓴다. 카드는 무작위로 섞여 있어서 카드의 이미지들이 연대기적 순서나, 문맥적 연결을 갖지 않는다. 루즈의 카드는 거미, 작은 배를 탄 여인(La chalupa), 술병(El Cantarito), 용감한 사람(El Valiente), 멕시코 모자(El Gorrito)의 순서로 나타나는데, 이 순서는 단지 그녀의 개인적 기억이나 주관적 연상을 불러올 뿐이다. 그러나 루즈의 이야기는 최근 미국으로 이민 온 멕시코 가족의 치명적인 경험의 파편적 이야기들이 될 것이다.

그녀가 침묵하고 있는 트라우마는 사건 당시에는 충분히 이해되지 않았지만, 나중에 반복적으로 경험할 것이다. 사회복지사가 글쓰기를 권하는 것도 되풀이로 일종의 치유 작업이 될 수 있다.

루즈의 기억은 이민 가족의 인종적·문화적·경제적 배경에서 나타난다. 아빠가 처음 공장 일자리를 얻었을 때, 가족의 기쁨과 희망이 먼저 생각난

다. 아빠는 밤인데도 뒤뜰에서 노래 부르고 루즈는 춤을 추고, 엄마는 웃었
다. 공장에서 승진 제안이 왔을 때, 온 가족이 함께 설렘을 경험했고, 영어
에 서투른 유색 인종이어서, 승진이 좌절되었을 때에는 모두가 정서적으
로, 재정적으로, 힘든 시기에 접어든다. 가족은 미국에서 그들이 감당해야
하는 타자성과 고립감을 겪어야 했고, 아빠는 알코올 중독에 빠져 가정폭
력을 휘두른다.

　루즈의 첫 번째 트라우마는 일곱 살 어린 시절에 발생한다. 루즈는 사촌
에게 성희롱을 당했는데, 아빠가 그녀의 손이 손목에서 달랑거리도록 처벌
한다. 루즈는 희생자였지만, 가족을 치욕에 빠뜨린 것이다. 멕시코 전통문
화와 가부장적 권위, 성차별과 가정폭력이 어린 소녀의 정신에 큰 상처를
만든다. 그럼에도 (혹은 그래서) 루즈는 아빠에게 충성한다. 그녀는 아빠가
노래하면 어떤 노래든지 춤을 추었고, 아빠가 술을 마시면 그녀도 따라 했
다. 아빠가 네 모금 마시면 다섯 번째 모금은 어린 루즈가 마셨다.

　실직 후, 가정폭력으로 엄마가 가출하자, 혼자가 된 아빠는 점점 더 알코
올에 빠져들었고, 어느 날, 아빠는 뒤뜰에서 함께 일광욕을 하던 에스트텔
라에게 비키니를 벗으라고, 아무도 보지 않는다고 소리지르고는 자신도 입
고있던 팬티를 벗어 알몸이 된다. 에스트텔라는 집 안으로 달아났지만, 루
즈는 남아서 아빠와 함께있음을 행복하게 느꼈다. 루즈는 뒷마당에서 아버
지의 노래에 맞춰 춤을 추던 때를 기억했고, 눈을 감고 졸았다.

　결정적 사건은 집을 나간 에스트텔라가 아빠가 엄마를 살해했다고 경찰
에 신고한 것에서 비롯한다. 루즈와 집에 있던 아빠가 경찰에 끌려가는 상
황이 되자, 루즈가 총을 들고 나와 쏘아 버린다. 에스텔라가 그 총에 맞아 응
급실로 실려가고, 구치소에 갇힌 루즈는 아빠에게 불리할 것 같아, 아무런
말도 하지 않는다. 루즈보다 예쁘고 아버지가 더 집착하는 에스트텔라는 병
원에서 죽고, 그날의 사건은 루즈에게는 치명적인 트라우마로 남는다.

트라우마는 처음엔 그 상처를 제대로 이해하지 못하고, 나중에 사건을 되풀이, 반복 경험하는 경향이 있다. 따라서 트라우마 소설은 직선적 시간 형식으로 서술하기에 적합하지 않다. 당사자는, 특히 어린 나이라면 상처를 제대로 인식하지 못하기 때문이다. 그러나 치명적인 사건을 전후로 하는 경험과 함께 다중적 시간polychronic으로 서술한다면, 비록 파편적 기억일지라도 전체를 적합하게 이해하는 데 도움될 수 있고, 독자도 화자의 현재 심리상태에 대한 공감을 보다 쉽사리 얻을 수도 있다. 따라서 트라우마 소설은 어떤 다른 소설 형식보다도 플래시 사이클에 적합하다고 할 수 있다.

《로테리아》는 다양한 시간적 틀에서 이민 가족의 치명적 경험을 표현하는 유용한 형식, 플래시 사이클을 채택하고 있으며, 더구나 그 주제가 탈식민지 시대 인종 문제, 이민 가족 문제이므로 지극히 현실적인 내용이다.

▲트라우마와 그것을 말하기는《그들이 가지고 다니는 것들》의 단편 〈용기에 관해 말하기〉의 주요 테마이다. 오브라이언은 이를 단편 사이클에서 메타픽션으로 처리했는데, 잠브라노의《로테리아》는 다중적 시간으로 비교적 편안하게 다루었다. 비교한다면 플래시 사이클이 트라우마 테마를 다루는 데 보다 적합함을 알 수 있다.▲

루즈는 성인가족과 함께 멕시코로 되돌아가든가, 아니면 희망의 집Casa de Esperanza, 보육원에 남든가 할 수 있다. 아버지는 감옥에 있고, 에스트렐라는 사망했으며, 어머니는 사라졌고, 고모는 합법적인 미국 시민이 아니어서 루즈를 보호하여 멕시코로 갈 수 없다. 루즈는 희망의 집에서 아버지의 출소를 기다리기도 한다. 그리고 에스트렐라와 함께 달을 바라보던 기억을 거의 작품의 결말로 한다.

"사랑해, 루즈. 알고있지?"
"응 알아."

그리고 우리는 달을 올려다봤다.

"에스트렐라"는 별이라는 의미이고, 루즈는 밤에는 에스트렐라가 달과 함께있다고 생각한다. 루즈는 태양의 빛이라는 뜻이어서 그들 자매는 서로 밀접하게 연결되었고, 서로 사랑하고 용서하고 있다.

플래시 사이클의 개별 비네트는 짧고, 각각의 비네트가 자신의 이야기를 완결하고 다음 플래시에게 배턴을 넘겨주는 것이 아니라, 새로운 비네트가 이전 이야기와 무관하게 새롭게 시작하기에, 다른 문학 형식들보다 페이지 사이에 여백이 많다. 그래서 단편 사이클과도 차이나도록 삽화를 많이 넣기도 해서, 플래시 사이클은 외관상으로는 소설과 동화가 함께있는 것처럼 보이기도 한다. 어쩌면 이런 혼합된 유연한 형식이 독자의 참여와 공감을 더욱 쉽게 하는지도 모른다.

미국 단편소설은 2세기 동안, 미국의 정체성(19세기), 산업화와 도시적 삶(모더니즘), 전후시대의 기술적 공포와 악몽, 그리고 탈식민지 시대의 인종적·가정적 상황을 거치면서, 포의 고전적 단편, 셔우드 앤더슨의 모던 사이클, 바스의 포스트모던 사이클, 미니멀리즘의 초단편, 그리고 플래시 사이클로 진행해 왔다. 미국의 단편소설은 역사적 고비에서 결정적인 경험을 밝히는 횃불 같은 역할을 해왔다. 특히 단편소설은 위기의 순간을 어떤 장르의 예술보다도 더 잘 반응해 왔다고 말할 수 있다.

물론 이러한 설명이 포의 단편 형식이 시대에 맞춰서 단편 사이클로 확대되거나 미니멀리즘으로 축소되고, 그리고 플래시 단편으로 변화한다고 글자 그대로 말하는 것은 아니다. 미국 문학뿐만 아니라, 어느 곳에서도 단편소설의 실체가 존재하고 그것이 변신하는 것은 아니다. 불변의 소설 형식이 있고, 그것이 상황에 따라서 변신하는 것이 아니라, 문학은 새로운 현실 앞에서 이미 준비되어 있는 적합한 형식을 선택해왔다. 다시 말하면 앤더슨이 단편 사이클을 최초로 창안했거나, 헤밍웨이가 초단편을 제일 먼저 만들어 냈고, 플래시 사이클이 최근에 등장했다고 말할 수 없다는 뜻이다. 그들은 포 이전의 단편소설과 마찬가지로 역사 속에 이미 존재하고 있었다. 그렇다면, 단편 사이클과 초단편, 혹은 플래시는 (단편이라는) 이름만 함께 부를 수 있는 전혀 다른 이질적인 것인가? 아니다. 그들은 가족유사성을 가지고 있으며, 한 국가 사회의 역사 속에서 함께, 진전할 수 있는 예술적 특징도 공유하고 있다.

결론적으로 말하면 단편소설에는 불변의 에센스라는 것이 없으며, 상황과 위기에 대응하는 다양한 형식이 있을 뿐이다. 그래서 어떤 것을 단편소설의 본질이라고 주장한다면 그것은 바로 부정되며, 그러한 정의는 비판되기 위해서 있을 뿐이다.

그럼에도 살펴본 것처럼 미국 단편소설은 디지털 미디어 시대에도 잘 살아남는 것처럼 보인다. 앞으로 AI 시대도 문학이 존속한다면, 그것은 단편소설이 보여주는 것과 같은 실험 정신 덕택일 것이다.

미국의 단편소설은 그들이 "정의되지 않는" 한, 다시 말해서 시대에 따라서 자신을 적극적으로 개방하는 한, 미국 문학의 주요 장르로 살아남을 것이라고 기대할 수 있다. 우리는 이 글의 처음에서 미국 단편소설은 정의되지 않는다고 말하며 시작했다. 그리고 어쩌면 정의되지 않음이 정의가 아닐까라는 함의로 이 글을 마감한다.

세부목차

1. 〈어셔 가家의 붕괴〉
　—에드거 앨런 포　10

요약　12
Setup_관련 작품　14
◆호프만의 《세습지》(1817)　14
◆에드거 앨런 포,
　《그로테스크하고 아라베스크한
　이야기들》(1840)　16

분석　19
◆서술자　19
◆분위기의 존재　22
◆〈귀신 들린 궁전〉　23
◆생매장 공포증taphophobia　24
◆〈미친 트리스트〉　25

해석　28
◆어셔 집의 붕괴　28
◆미국 단편소설　31

2. 〈누런 벽지〉
　—샬롯 퍼킨스 길먼　34

요약　36
Setup_배경적 사실　43
◆나는 왜 〈누런 벽지〉를 썼는가?　43
◆당시 여성은 '게으르고 무식하기'를
　요구받았다　44

분석　45
◆'광인일기'의 언어　45

◆상상력으로 보는 광인일기　51
◆'smooch'의 미스터리　55

해석　56
◆서술자의 붕괴　56
◆미국식 그로테스크　58

3. 《와인즈버그, 오하이오》
　—셔우드 앤더슨　62

I. 서문 : 〈그로테스크의 서〉　64
요약　64
Setup　65
◆사이클　65
◆《와인즈버그, 오하이오》　67

분석　68
◆〈그로테스크의 서〉　68
◆스타일　69
◆부드러운 남자　70
◆새로운 그로테스크　71

해석_미국 그로테스크의 전개　73

II. 단편 : 〈손〉　75
요약　75
Setup_관련 시집들　77
◆《스푼 리버》(1915)　77
◆《부드러운 단추》　79

분석　80
해석　84

4. 〈흰 코끼리 닮은 언덕들〉
　　―어니스트 헤밍웨이　88

　전문(全文)　90
　Setup　96
　◆헤밍웨이의 문체　96
　◆생략이론　99

　분석　100
　◆"그녀는 임신중절을 할 것이지만,
　　남자 친구를 떠날 것이다."　104
　◆"여자는 강하다."　105
　◆"여인은 남자 친구의 요구를 받아들이고,
　　둘이서 함께 마드리드에 갔고, 여인은
　　남자 친구와 함께 머물기 위해서
　　임신중절을 할 것이다."　105
　◆"지그는 임신하지 않았다."　106

　해석　107

5. 〈에밀리에게 장미를〉
　　―윌리엄 포크너　112

　요약　114
　Setup　119
　◆남부 그로테스크　119
　◆배경　120

　분석　122
　◆서술자　122
　◆연대기　123

　해석　124

6. 〈좋은 사람은 찾기 어렵다〉
　　―플래너리 오코너　132

　요약　134
　Setup　139
　◆오코너의 그로테스크　139
　◆다크 유머　141

　분석　143
　해석　150

7. 〈어디 가니, 어디 있었니?〉
　　―조이스 캐럴 오츠　154

　요약　156
　Setup　160
　◆1960년대 미국　160
　◆투손의 피리부는 사나이　161
　◆밥 딜런　162

　분석　163
　해석　170

8. 〈소녀〉
　　―자메이카 킨케이드　180

　전문(全文)　182
　Setup　184
　◆배경　184
　◆페미니즘　185

　분석　186
　해석　193

◆단편소설으로서의 〈소녀〉　193

◆〈소녀〉의 형식　196

사잇길　199

◆《빌러비드》　199

◆《재즈》　202

**9. 〈그들이 가지고 다니는 것들〉
　—팀 오브라이언**　206

요약　208

Setup　213

◆베트남 전쟁 소설　213

◆메타픽션　215

분석　216

해석　219

◆〈용기에 관해 말하기〉　221

◆그로테스크와 메타픽션　224

**10. 〈굿 올드 네온〉
　—데이비드 포스터 월리스**　226

요약　228

Setup　234

◆내적 독백　234

◆유령의 내레이션　236

분석　237

◆사기꾼　237

◆시간　239

◆서술자　240

◆각주　241

해석　242

◆〈이반 일리치의 죽음〉　242

◆비트겐슈타인과 유아론　244

에필로그　251

◆소설의 시작　253

◆미국 단편소설과 애드거 앨런 포　254

◆20세기 모더니즘, 셔우드 앤더슨　257

◆포스트모더니즘 1945-1980,
　존 바스　262

◆문학적 미니멀리즘, 레이먼드 카버　270

◆플래시 소설, 플래시 사이클　275